解 紫禁城裡的西遊世界

黃如一 著

明朝祕辛！歷史現實與政治隱喻
大明首相李春芳筆下的隱喻與歷史解讀

【以小說為引，縱覽社會形態的演進】
大鬧天宮的背後，明朝官場現實的深度剖析

恢弘的神話世界給了讀者無盡的想像空間
其實對應下來，也無不落在紫禁城的牆裡牆外一草一木

目 錄

宣告

編者序

摘要

緒論 —— 解明西遊密碼

1　參透《西遊記》的九重密碼……………………………………………014
2　海內外研究現狀…………………………………………………………024
3　心懷謙遜看西遊…………………………………………………………025

上篇　紫禁城裡的西遊世界

1　製造孫悟空 —— 須菩提祖師並不神祕………………………………028
2　玉帝親兵 —— 御馬監的真相…………………………………………041
3　玉帝私賞 —— 蟠桃園的真相…………………………………………055
4　大鬧天宮 —— 誰的大鬧劇……………………………………………066
5　取經幹嘛 —— 王大臣與大禮議………………………………………076
6　誰要取經 —— 唐僧還是唐太宗………………………………………087
7　西苑取經 —— 司禮太監的倖進之路…………………………………094
8　天界謊言 —— 西天取經的輿論造勢…………………………………105

003

目錄

9　黑熊袈裟 —— 緊箍咒的血腥報復⋯⋯⋯⋯⋯⋯⋯⋯⋯⋯⋯⋯120

10　唯一軍人 —— 豬八戒的「加盟」⋯⋯⋯⋯⋯⋯⋯⋯⋯⋯⋯⋯129

11　錦衣衛 —— 沙師弟在看著你⋯⋯⋯⋯⋯⋯⋯⋯⋯⋯⋯⋯⋯⋯143

12　人蔘果會 —— 明朝藩王的野望⋯⋯⋯⋯⋯⋯⋯⋯⋯⋯⋯⋯⋯157

13　白骨黃袍 —— 凡人與狀元的命途分野⋯⋯⋯⋯⋯⋯⋯⋯⋯⋯173

14　誰是作者 —— 李春芳 PK 吳承恩⋯⋯⋯⋯⋯⋯⋯⋯⋯⋯⋯⋯184

15　青詞宰相 —— 主角當然是作者的自畫像⋯⋯⋯⋯⋯⋯⋯⋯⋯192

參考文獻

宣告

　　本書僅針對明代小說《西遊記》(萬曆二十年金陵世德堂本)進行文學解讀，與現實宗教無關，也與其他文學作品無關。《西遊記》借用了大量神佛暗喻現實官場人物，也均只是借用其名，與現實宗教中的神佛無關。

宣告

編者序

「光陰迅速,歷夏經秋,見了些寒蟬鳴敗柳,大火向西流」……《西遊記》這種用來快轉的過渡,簡直是神筆,20個字不到把光陰流逝勾勒得多好。編者恰好和作者一同混跡於網路論壇,一起探討《西遊記》的真實作者以及創作本書的兩個宗旨:

1.《西遊記》的作者是李春芳而非吳承恩。

2.《西遊記》中的故事都能在《明史》中找到對應。

我們從小就對《西遊記》的解讀有一些自己的看法,求學階段背「文學常識」,老師說「四大名著」三部都是現實主義,唯獨《西遊記》是浪漫主義,當時心中就埋下了疑問的種子,之後的歲月,也看了不少對《西遊記》更深層次的內涵分析,指出這部名著其實蘊含了對現實的諸多抨擊,比熱血小說《三國演義》要現實多了。《西遊記》中對佛道之爭一直是焦點,電視劇版《西遊記》更是傳遞給民眾一種誤導,也可以說是急遽放大了這種誤導,如果能糾正這種錯誤認知是不是一件功德無量的事呢?

當我們試著轉換角度,從李春芳的角度來重新摸索《西遊記》的寫作思路,會驚奇地發現,明代的很多官場爭鬥故事都隱約閃現在了《西遊記》的搞笑故事中。尤其是王大臣刺萬曆帝和大鬧天宮、萬曆帝栽贓御馬監太監馮保搶購珠寶和玉帝栽贓弼馬溫偷蟠桃、海瑞剷除徐階的兒子徐瑛和孫悟空剷除太上老君的兒子紅孩兒……這些史實和《西遊記》中的情節簡直完美對應。很多看不懂的「未解之謎」都一一在心中解開了謎底。對《西遊記》的認知又更進了一步:這本書不僅僅是對官場、職場

編者序

的諷喻，更是直接針對明中後期官場現實的一種藝術再現，解讀《西遊記》，不能脫離李春芳的時代背景。有了這個思路，《西遊記》的很多「密碼」在眼中清晰地還原成了「明碼」。

李春芳擔任過明朝內閣首輔，他考了5次才進入清官行列（37歲才考上，算是大器晚成，所以唐僧也是37歲開始取經的）。他手下的少壯派宰相張居正、趙貞吉、高拱每天對他驕橫跋扈。尤其是張居正「恃才凌物，視春芳蔑如也。」首相大人也只能「嘆曰：『徐公尚爾，我安能久？容旦夕乞身耳。』」（徐階大人尚且壓不住張居正，我在這個位置上還能長久？容我過兩天就退休吧！）誰知張居正竟然答道：「如此，庶保令名。」（你這樣自覺，還能保個好名聲）「春芳愕然。」高拱入閣後更是多次發生正面衝突，李春芳「度拱輩終不容己」，連上五道奏疏堅決請辭。李春芳就是這樣卸任的，他的性格也曾經耿介過，所以經常有人拿他和王安石比（改革家多少都有點這種性格，不如此沒辦法推進）。其實李春芳這種人根本不會去啟動什麼改革，他是個保守派，拖過任期了事。看他連考5場就知道很惜身，不敢賭命運，除了科舉，他不知道還能往何處去。職場傾軋很殘酷的，他在內閣混著混著也算老油條了，自認去討廷杖（明朝文臣後期一心求廷杖好落個流芳千古）留清名也滿沒意思的，不投靠嘉靖帝出任點事做這一輩子就了無生趣。嘉靖帝當時行政大權旁落，內閣都是票擬逼皇帝硃筆批一下（大禮儀事件他也是慘勝，一直持續了28年），嘉靖帝無奈縮排中宮玩青詞，自稱「內閣奏報23年不曾更動一字」，也算滿腹怨氣直衝雲霄的。於是李春芳也透過進獻青詞成為帝黨成員，與明朝皇帝嘉靖精心策劃，派御馬監太監護送司禮監太監（披紅的權力一直在司禮監，嘉靖、隆慶、萬曆明三朝可是權相風起雲湧的時期，宋英宗才鬥了4年就被權相司馬光壓制）到西苑「取經」，從而扶植內朝私臣，平衡外朝文官。李春芳期間得以重用，成為嘉靖帝私臣集

團中的中堅分子。李春芳後期還擔任過《永樂大典》總校官，但終究留下「青詞狀元」、「青詞宰相」之名。

　　我們重新梳理了明史知識並查閱了更多相關資料，尤其是明朝貪官弄權爭鬥的腐敗故事，基本完善了對《西遊記》的內涵解讀：既是將密碼重重的《西遊記》還原成明碼，更是借小說講講明朝那碼子事兒。其實自從萬曆二十年（西元1592年）世德堂本《西遊記》出版以來，對它的解讀就源源不斷，遠有清代的《西遊真詮》，近有胡適、魯迅的一系列研究，2009年以來更是掀起一股以官場、職場規則來解讀《西遊記》內涵的熱潮。本書對他們的借鑑引用頗多，並都標註在了參考文獻中。這些前輩對本書的創作啟迪很大，但他們往往沒有抓住、抓牢明史這條主線，所以欠缺頗多，作者在他們的基礎上做了很大的改進。也和諸多前輩的見解也不盡相同。本書透過《西遊記》的神魔表象，深入剖析了其隱喻的官場現實，緊扣明代史實，更將官場百態解碼成一幅中國特色封建社會演進至明的浩瀚社會長卷。打破原有對該書簡單的認知，深入發掘其深刻的思想內涵，將書中的神話妖魔故事還原成明朝歷史上發生過的史實，藉此對明朝官場、明朝所處的中華文明、明代權力、明代中國社會構成等重要問題進行深入剖析。透過揭示「取經路上」各方利益博弈的本質，在賞析小說的引導下閱讀歷史，洞悉官場，縱覽社會形態演進的長河。

編者

編者序

摘要

　　本書透過《西遊記》的神魔表象，深入剖析了其隱喻的官場現實，緊扣明代史實，從作者李春芳而非吳承恩的視角，揭示了玉帝（明朝皇帝）精心策劃，派御馬監太監孫悟空護送司禮監太監唐僧到西天（西苑）取經，從而扶植佛教（內朝私臣），平衡道教（外朝文官）的主旨。透過揭示須菩提真實身分，御馬監、蟠桃園的真實意義，取經路上佛、道、龍族、人類各方利益博弈的本質，在賞析小說的引導下閱讀歷史，洞悉官場，縱覽社會形態演進的長河。

摘要

緒論 —— 解明西遊密碼

作為中國古典文學「四大名著」(《西遊記》、《三國演義》、《水滸傳》、《紅樓夢》)和電視劇「四大名著」(《西遊記》、《還珠格格》、《亮劍》、《新白娘子傳奇》)兩個組別的雙料冠軍,《西遊記》承受住了《紅樓夢》和《還珠格格》的雙重挑戰,堪稱經典文學和電視劇的跨界總霸主。近年來,許多人從《西遊記》中發掘出不少諷喻官場、職場現實的內涵,力圖帶我們了解到這絕不僅僅是一部少兒讀物。許多內幕揭開,令人冷汗涔涔,大呼過癮。事實上,官場諷喻也只是《西遊記》的多重內涵之一,其實《西遊記》是用密碼寫作的,如果我們將其解鎖為明碼,還將發現一個更加宏大的世界。

緒論—解明西遊密碼

1 參透《西遊記》的九重密碼

　　為什麼《西遊記》這麼成功？要回答這個問題，就需要了解到它深邃的層層內涵，而不僅僅停留在有了金箍棒和筋斗雲怎樣扮英雄的幻想中。我認為讀《西遊記》至少要參透九重密碼。

1.1　老少咸宜的精彩神魔打鬥

　　作為一部名著，首先要在觀賞性層面立得住腳。我從未遇到過哪怕一個人不認可《西遊記》的觀賞性——是的，沒有，一個都沒有——包括文盲——除非有人連文盲都不如。古往今來沒有哪部文藝作品的讀者群能夠覆蓋全人類——除了《西遊記》——我甚至相信還可以覆蓋神、仙、佛、鬼、妖類。儘管這是最膚淺的一個層次，是把密碼當明碼看，但不誇張地說，僅憑這個層次，《西遊記》便已無愧於人類文學藝術史上的一份瑰寶。

1.2　個人戰勝組織的英雄史詩

　　少年！你可曾為一人一棒（確切地說是一猴一棒）大鬧天宮的壯舉忘情喝采？你可曾被自封「齊天大聖」的通天豪情點燃心中的烈焰？你可曾被力敵十萬天兵、滿天神佛的奮戰精神感動得淚流滿面？你可曾被電視連續劇裡最高統治者玉皇大帝被嚇得鑽桌子的狼狽神情逗得開懷大笑？三界六道四大部洲還有比這更恢弘壯麗的個人英雄史詩嗎！現實中，個

人在組織面前是渺小的，更遑論國家，但超級英雄卻往往上演著銅頭鐵臂對抗政權組織的好戲，而我們的英雄孫悟空卻以一己之力對抗整個天庭！超人、綠巨人、金剛狼、神奇女俠不得不甘拜下風。

1.3　百折不撓的勵志故事

我們小時候都學過：缺乏定力、見異思遷之人終無所成。然而《西遊記》卻是一隻猴子堅定執著，終成正果的故事。還有原本弱小怯懦的唐僧、原本貪吃好色的豬八戒、原本犯過大錯的沙和尚以及原本不怎麼樣的白龍馬，他們都承受住了重重考驗，修成正果。其實，最是百折不饒的還並非這幾位：唐僧是佛祖座下二弟子金蟬子轉世，歷經十世修行，而教孫悟空武藝的須菩提祖師門下弟子輩分是「廣大智慧真如性海穎悟圓覺」十二字，孫悟空、豬悟能、沙悟淨都排在第十輩。沙悟淨說他在流沙河吃了九個取經人，那麼唐僧就是第十個。十、十、十，這可不是什麼巧合，而是如來佛祖更加令人驚嘆的執著。

1.4　深邃神祕的修仙哲理

這畢竟是一部以神仙妖魔為表象的小說，人物、法器、數字無不充斥著帶有宗教暗示的神祕色彩，使得全書更顯深邃神祕而富有哲理，說穿了就是賣弄成功。比如師徒五人（含白龍馬）分別代表了陰陽五行，相生相剋。一路上遇到的妖魔也是以五行相生的順序出場，解決他們的辦法也必須用相剋的屬性。書中出現的數字，比如金箍棒重 13,500 斤，花果山有妖猴 47,000 名，取經走了 14 年（5,048 天，一藏之數），其實都是煉丹術中的一些引數。一條取經路，引嬰兒、斬三尸、煉內丹、脫

緒論—解明西遊密碼

外胎、去金公、存木母、逐心猿、收意馬、肝火滅、腎水枯……細看目錄，無外乎丹爐裡一道提煉過程[3]。不少人糾結於《西遊記》到底是弘揚佛法還是道法，更有人提出其實是在弘揚王陽明的心學。

1.5　諷喻現實的官場小說

應該說《西遊記》的本質畢竟是一部官場諷喻小說，很多人發現一個規律：沒背景的妖怪一棒打死（比如白骨精、老虎精等野妖怪）；有背景的（比如神仙的坐騎、童子）即便作惡多端，主人趕來一句話就帶回去，什麼事情都沒有。這就是官場的現實。

官場法則的本質本來非常簡單——利益分配，但往往又要披上掩蓋本質的外衣，反而常表現得極不合理。比如《西遊記》中很多人明明會飛，為什麼要讓唐僧慢吞吞地走十四年去取經？孫悟空大鬧天宮時那麼厲害，神仙都被打成縮頭烏龜，為什麼取經時反而連他們的童子、坐騎都奈何不了？

這些都算淺層次的疑問了，更深的還有：誰都知道猴子偷桃，玉帝為什麼偏偏讓一隻猴去管蟠桃園？紅孩兒只是一個妖怪的兒子，為什麼那麼囂張？關鍵是他極其囂張地侮辱完了觀音這麼大的上司，上司還忍氣吞聲地給了他不錯的職位？相反青牛精的金剛鐲那麼厲害，什麼兵器都能收，連如來的金丹砂也照收不誤，但他只收兵器不傷人，太上老君一來他又立即伏法，怎麼就這麼有教養呢？須菩提祖師到底是誰，他為何莫名消失了？為什麼玉帝要求鳳仙郡拜佛才給下雨？小雷音寺黃眉老怪為何膽敢冒充佛祖？三個犀牛精為何敢在靈山腳下冒充佛爺享受香油，還持續了上千年……《西遊記》留下了太多疑惑，其實只要以官場法則來解開密碼，很多問題就豁然開朗，只要您看穿他們的神性，理解他們的人性。

1.6 明朝皇帝扶植私臣對抗公權

如果能把《西遊記》扎扎實實地放在成書的明中後期時代背景下再來看，我們不難將書中隱喻和史實對應起來。

大鬧天宮時，如來曾向孫悟空宣傳玉帝的修練年限：「他自幼修持，苦歷過一千七百五十劫。每劫該十二萬九千六百年。」1,750，這就是作者留給我們的第一個密碼。如果我們把玉帝看作人間的皇帝，用再把「劫」這樣的神仙數字換成現實中常用的年。皇帝，1,750年，這不難算。秦始皇在西元前221年創立皇帝制度，歷過1,750年，來到明世宗嘉靖八年（西元1529年）。明神宗萬曆二十年（西元1592年）出版的世德堂本《西遊記》諷喻的現實故事大多正是由嘉靖初年徐徐展開。

《西遊記》的主線當然就是西天取經這個專案，其本質是佛教東擴，透過將大乘三藏真經傳播到東土，搶了不少道家的香火。這顯然影射了明朝皇帝（玉皇大帝）有意扶植內朝私臣（佛教），來對抗過於強大的外朝文官（道教）的政治手腕。

扶植一派，打壓一派，這是政治博弈中最常見的手腕。道教神仙幾乎壟斷了天庭的清要職位，卻不怎麼聽玉帝的話，所以玉帝扶植佛教集團，平抑一下道教。

我知道您在疑惑什麼：玉帝這麼厲害？

其實您誤會了，這不是厲害，恰是窩囊。誤會的根源恐怕就在於對玉帝、如來、太上老君這些角色的定位失誤。很顯然，玉皇大帝暗喻明朝皇帝，甚至可以具體到明世宗（朱厚熜，年號嘉靖，以下稱「嘉靖帝」）。皇帝還要耍這些手段，您說這是厲害還是窩囊？

很多人將如來佛祖置於一個高於玉帝的地位，或者退一步認為佛教集團是獨立於玉帝的道教集團之外的一個平行勢力。必須指出，這些認

識都是錯誤的,《西遊記》講的就是一個朝廷內部的官場,而不是國際關係與貿易。事實上,玉帝根本不是一個道教神祇。在任何道教理論中,最高神祇都是三清(玉清元始天尊、上清靈寶道君、太清太上老君),根本沒有什麼「玉皇大帝」。至於說什麼玉帝是道教四帝(其實道家更常用的稱謂是「四御」)之一,位於三清之下,就更是謬以千里。還人說玉帝最初是道教「六帝」之一,後來巧妙地將六帝變四帝,自己「脫臣為君」,翻到了三清之上,所以才有《西遊記》中的一系列鬥法。此說頗得宮鬥陰謀大戲之精髓,但《西遊記》絕無此說,請不要脫離原著,臆造概念。

所謂玉皇大帝只是一種樸素的中國民間神話,是以中國皇帝為原型建構的一個人格化神祇,不屬於任何宗教。那既然是皇帝,請問在中國古代政治體系中,有高於或平行於皇帝的角色嗎?千萬別說什麼行政長官之上還有宗教長老、意識形態領袖,這是中國明代文官寫的官場小說,不是《三藏真經》,更不是《西方宗教神話通俗演義》。相反,如來是明確在天庭有公職的,在「三清、四帝、五老、六司、七元、八極、九曜、十都、千真萬聖」這個序列中高居「五老」之一,號「西方佛老」,僅次於三清四帝,佛教另一位大神南海觀音也是五老之一。這很明確地將佛道神仙以及一些散仙同列於玉帝的臣子行列,君臣關係非常清晰。《西遊記》的設定其實完全是明代朝廷(含後宮)架構的對映,如圖 1 所示。

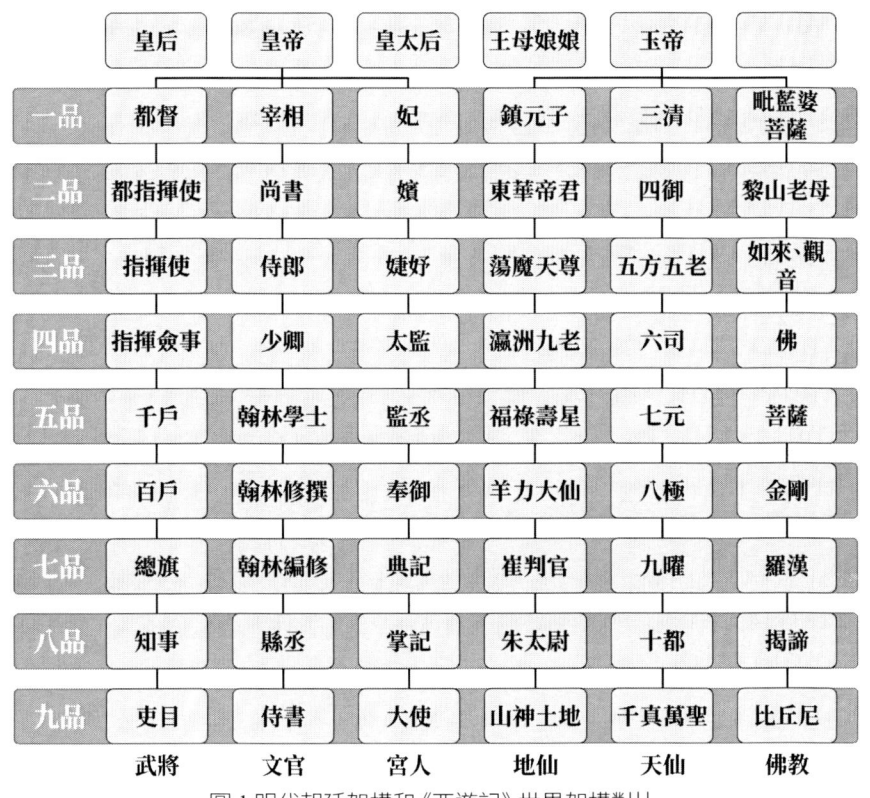

	武將	文官	宮人	地仙	天仙	佛教
	皇后	皇帝	皇太后	王母娘娘	玉帝	
一品	都督	宰相	妃	鎮元子	三清	毗藍婆菩薩
二品	都指揮使	尚書	嬪	東華帝君	四御	黎山老母
三品	指揮使	侍郎	婕妤	蕩魔天尊	五方五老	如來、觀音
四品	指揮僉事	少卿	太監	瀛洲九老	六司	佛
五品	千戶	翰林學士	監丞	福祿壽星	七元	菩薩
六品	百戶	翰林修撰	奉御	羊力大仙	八極	金剛
七品	總旗	翰林編修	典記	崔判官	九曜	羅漢
八品	知事	縣丞	掌記	朱太尉	十都	揭諦
九品	吏目	侍書	大使	山神土地	千真萬聖	比丘尼

圖1 明代朝廷架構和《西遊記》世界架構對比

　　玉帝是整個宇宙的皇帝，天庭是他管理宇宙的行政體系。道教是天庭最強勢的一個政治派系，幾乎壟斷了天庭所有要職。佛教是一個公職方面相對弱勢的政治派系，只有如來、觀音等寥寥數人象徵性地在天庭占個五老虛銜，但和玉帝私人關係更親暱。這就相當於明朝皇帝是國家君主，朝廷是管理國家的行政體系，文官（科舉進士）幾乎壟斷了朝廷所有清要職位，皇親國戚、太監、宮妃、錦衣衛等私臣和皇帝私人關係更親暱，但很難獲得清要公職，只象徵性地有寥寥數人掛幾個四、五品的虛銜。弄清楚了這個定位，就不難看穿《西遊記》所寫西天取經這個大工程的本質，是在諷刺某些皇帝扶植私臣對抗政府公權的齷齪行為。

也許您一時還難以接受，因為自《西遊記》出版以來——確切地說是電視連續劇《西遊記》播出以來，您一直認為佛教是很正面、很光輝的形象，怎麼突然和歷史上不那麼正面的弄權內臣扯上關係了呢？更可怕的是最後佛教贏了呀，贏了的怎麼可能是壞人！您可能真的得放下某些慣性思維，用更客觀的心態和我一起來看看這本明朝官場筆記。當然，玉帝、道家、佛教都找到了現實對應角色，那我們的主角孫悟空呢？

1.7　作者李春芳的一生仕途寫照

作者李春芳！李春芳是誰？每學期國文考試前我們都背過一條文學常識：《西遊記》作者是吳承恩呀！我理解您的驚訝，但我確實很容易將孫悟空對應上明史中的青詞宰相李春芳，而且我更容易找到一大堆證據證明作者就算不是李春芳也絕不是胡適[4]牽強附會考證出來的這位吳承恩——一位僅僅在舊版地方志中出現過的縣衙小吏。而孫悟空的成長奮鬥史太符合李春芳的官場軌跡了：學得通天本領（高中狀元）——受封齊天大聖（入直翰林院）——參加玉帝的取經工程（以青詞向嘉靖帝邀寵）——投靠佛教（投效內朝）——果正金身（當上宰相，但被蔑稱為「青詞宰相」）。至於形形色色的神仙妖魔，無非是他在這條路上所見所聞的內宮外朝官場人物而已。

通俗點說，《西遊記》就是李春芳版《官場現形記》。

1.8　明中後期人類社會形態

這是一個非常大的話題，比淨壇使者的飯量還大！

官場政治是社會形態的集中展現，一部經典的官場小說，不能僅限

於陰謀詭計、勾心鬥角，還要勾畫出一個時代的社會形態特徵，市面上的速食閱讀很少能達到這個水準，所以唯有《西遊記》堪稱經典。明朝是中國特色封建社會[5]演進至高度成熟，並與西方思潮激烈碰撞的大時代，李春芳作為明中後期一位勘破紅塵的宰相，自有無限感慨。

作為一部以個人奮鬥為線索的官場小說，其對映的官場用人機制自然是核心問題，《西遊記》透過道教和佛教不同的成仙法則來展現這個問題的劇烈衝突。《西遊記》反覆提及道家成仙的正統法則——「金丹大道」。此語源自東晉道家思想代表人物葛洪[6]的《抱朴子》：「我命在我不在天，還丹成金億萬年。」（有版本作「我命由我不由天」）意思是人的命運在於自我修練，而非上天恩賜。歷代道家不斷豐富、完善、發展這個觀點，本質上是中華民族最深層次的意識形態在本土宗教思想領域的反映[7]。很多道觀裡的對聯寫道：「舉念邪奸，任爾燒香無益；誠心正直，見吾不拜何妨。」表明中國人認為，要獲得人生的成就（主要指當官）應有一個客觀標準，透過自身努力去達到這個標準而不是向權貴祈求恩賜。這個標準的具體形式就是越來越客觀嚴格的科舉考官制度，中國人只要勤學苦讀，考上什麼功名相應地就能當什麼官，無須向任何人祈求。

但道教可以說是人類宗教的一個異類，包括佛教在內的絕大多數宗教都宣揚神明完全掌控了所有人的命運，所以人們獲得美好命途的方法是賣力地獻媚於神明，祈求恩賜。取經團最終果證靈山，如來口封取經團成員為佛、菩薩，完全由他一口說了算，淨壇使者不服，但哪裡說得過他？至於那些自我修行的，雖然道行比取經團（尤其是唐僧）不知高了多少倍，但無緣見得佛面，又到哪裡去找菩薩來當，只能在凡間當妖怪。

除了用人機制，中華文明演進至明，科層制、法制化、中央集權制

都愈發成熟，全社會人身依附關係解體，中國特色封建社會臻於完善，但也產生了很多新問題。站在頂端的李春芳俯瞰芸芸眾生，縱覽歷史長河，將無限感慨都融入了這部虛誕表象的神魔小說。我可以負責任地告訴您：這絕對不是一個秀才學歷的縣吏能達到的境界。

1.9　對人類社會發展趨勢的預言

　　作者以現實之外的神話小說形式，對人類社會的現實發展趨勢做出了一個重大預言。

　　在中國的政治傳統中，士大夫必須代表全天下最普遍的公義，絕不容許公然結黨營私，作為天下共主的皇帝，更要秉公管制好這些人。然而晚明「閹黨」、「東林黨」、「齊黨」、「楚黨」、「浙黨」粉墨登場，朝廷中明確代表某派私利的利益集團嶄露頭角。這些利益集團不能明說自己代表某個集團的私利，須得披著為國為民的外衣，掩蓋為某集團謀私的真實目的，這就需要將自己吹得天花亂墜，甚至將自我吹噓形成一套看似高深莫測的理論，才能騙到善良的百姓來信仰自己。《西遊記》名為取經，實則多次譏諷這經的虛偽無用，根本不能救苦救難，唯一作用只是騙取無知的百姓落入自家利益盤子而已。

　　皇帝按理說很不喜歡有政治集團來威脅皇位，至少應該抑制，但晚明皇帝為了擴充私權，不惜扶植某些集團，自以為可藉此形成各個集團的相對均勢，自己居中協調，讓大家都爭相來巴結自己[8]。如此玩火必然只能葬送江山，到最後各派勢力爭鬥不息，皇帝也無法協調，終致亡國亡天下。

　　《西遊記》中的道家、佛教、地仙、散仙、龍族、凡人都是或明或暗的政治派系，他們在玉帝的默許甚至暗示下明爭暗鬥，李春芳正是以此

作出了一個重大預言 —— 他身後將會出現一種新的政治形態：利益集團不再羞羞答答，而將以正式的組織形式登上政治舞臺，以類似「傳經」的形式推廣包裝自己的學說，騙取人民跌入自己的利益盤子。而皇帝，甚至朝廷，儘管名義上的地位更加鞏固，但實權也更虛化，只能成為各個集團爭權奪利的平臺。當然，李春芳沒有預料到歷史進程會被清軍入關這個偶然事件打斷，但他已經無愧為一位偉大的儒學家、思想家、公共管理學家，一位優秀的公務員、行政事務操作員，他更看透了萬卷青史，勘破了萬丈紅塵，將自己拔出了歷史的長河，所以才能用俯瞰天下的視角一覽無遺。

2　海內外研究現狀

可喜的是,《西遊記》的內涵越來越為世人所知。早在上世紀初,胡適、魯迅[9]等人就提出《西遊記》影射了現實官場,孫悟空則被考據成了一位大無畏的「反帝反封建鬥士」,玉皇大帝、太上老君這些「封建統治者」被孫鬥士打得狼狽不堪,深刻揭露了統治者的虛偽、軟弱、怯懦,熱情謳歌了鬥士的偉大革命情懷!而取經路上妖魔成群,師徒四人不畏艱險,鏟妖除魔,最終取得真經,更是熱情謳歌了勞動人民堅貞不屈的革命鬥志。當然,最著名的論斷還是妖怪的結局——沒背景的一棍子打死,有背景的老闆帶回去,深刻揭露了封建官場的陰暗本質。

2009年,吳閒雲[10]出版的《煮酒探西遊》可謂現代「西學」的一個里程碑。吳大師擺脫了長期以來中小學教科書文學常識部分對《西遊記》的模組式解讀,更擺脫了電視劇和各路影視作品的強化印象。尤其是他揭穿了紅孩兒實為太上老君私生子的內情,開啟了以官場法則解讀《西遊記》的新思潮。在此,我們應該對吳大師致以崇高的敬意!之後,又湧現了不少類似作品,比如六鈴使者的《揭祕取經門》、英熊北遊的《天庭內幕》、赫克託耳的《七大聖全傳》、葉之秋的《勘破西遊》等都可謂是「西學」的發展[11-19]。我贊同吳閒雲[10]的一個論斷:不久的將來,「西學」將會成為比「紅學」更顯赫的學問。但至少到目前為止,這股「西學」潮尚有一個瓶頸——分析者往往已經擁有了較高的文學鑑賞能力和邏輯分析能力,但尚欠缺較強的明史基礎。劉乃達[11]提出解讀《西遊記》要結合明朝尤其是嘉靖朝的現實歷史,並創造性地提出了玉帝就是嘉靖帝,太上老君是嚴嵩,如來是徐階的新觀點,可以說極大地提升了「西學」的史學含量。

3　心懷謙遜看西遊

　　也有一些朋友堅持認為《西遊記》就是個少兒神話故事，反對從官場政治的角度「過度解讀」，對於這類分析解讀往往只用一句「作者自己都沒想到」就輕輕帶過。但我認為這恰是一種傲慢的態度，《西遊記》的邏輯鏈條極其嚴密，只有作者有意寫來而我們還沒看懂，絕對沒有作者無意構築而機竅自成的。本書不但不是過度解讀，相反，就連本書也只能帶您窺見《西遊記》的門徑，其真實內涵還有待您借我的啟發繼續發掘。

　　同時，《西遊記》雖然暗喻了明朝的現實歷史，但它畢竟是小說，不是正史。作者只是將古往今來官場上形形色色的人和事作為靈感泉源，而不是用小說去複述這些史實。小說中很多角色情節能在歷史上找到大致對應，但絕非精確對應，我們也不要試圖將每個細節都在歷史上找出精確對應。比如我們說玉皇大帝暗喻了嘉靖帝，其實他身上也不乏成化、隆慶、萬曆帝的影子。再比如我們說如來佛祖暗喻了明朝太監頭子，那具體是劉瑾、馮保還是魏忠賢？太上老君暗喻了明朝宰相，那是嚴嵩、徐階還是張居正──抑或是李春芳自己？這個問題不必太過精確化，否則就落入文學欣賞的下乘了。

●●●● 緒論─解明西遊密碼

上篇 紫禁城裡的西遊世界

《西遊記》構築了一個宏大的神魔世界,本質上是各路神仙鬼怪的利益江湖。但這些神魔角色絕不能等同於現實宗教中的神祇,甚至很多人物設定與現實宗教的基本常識背道而馳,他們都只是作者藉以影射明代內宮外朝現實政治人物的演員。這個恢弘的神話世界給了讀者無盡的想像空間,其實對應下來,也無不落在紫禁城的牆裡牆外一草一木。

1 製造孫悟空 —— 須菩提祖師並不神祕

美猴王從東勝神洲花果山水簾洞飄洋過海，來到西牛賀洲靈臺方寸山斜月三星洞，拜在須菩提祖師門下學藝，理論上須菩提比孫悟空法力更強。但怪的是，孫悟空一畢業，他似乎也消失了，而且嚴厲要求不能洩漏師承，三界之中從此再無此名號。更怪的是，玉帝、如來、太上老君驚心動魄的大棋局，他一點也不參與，這些大老對他也絲毫不擔心。其實，這個須菩提祖師一點都不神祕，他也從未離去。

1.1 須菩提可能的真實身分

人們對孫悟空這位神祕的師父研究頗多，主要有世外高人、孫悟空自己、太上老君、如來佛祖、燃燈古佛等幾種觀點。

(1) 須菩提是位淡泊名利的高人

這種說法最站不住腳，首先，《西遊記》就是一個追求功名的故事，完全不存在能力超群卻淡泊名利的思維方式。其次，就算他真淡泊名利，玉帝、老君、如來甚至觀音能對他放心嗎？至於他法力高到什麼程度？有些人認為不亞於佛祖、道祖，我認為是嚴重高估了。高估他的根源就在於高估了孫悟空，很多人認為孫悟空打得玉帝鑽桌底，那他師傅豈不是應該打得玉帝、如來、太上老君集體鑽王母娘娘床底？但我們後文會講到，孫悟空的法力在天庭眼中簡直不足一提，他師父也不過爾爾。如果須菩提真有太上老君的神通，那三清應該變四清才對，他怎麼可能隱姓埋名？毫無名頭只能說明他的實力確實就是個垃圾。

我知道您恐怕一時很難接受這種說法，但不要誤會，我不是針對他——我是說他們師徒倆的實力都是垃圾。誠然，孫悟空學藝練得很刻苦，據說十餘年如一日，每天都看見靈臺方寸山寅時（凌晨四點）的太陽。不過這在常人看來很厲害，但在《西遊記》的神仙世界中，跟那些動不動就億萬年修行的大神比起來又算什麼？就算從文學角度出發，這麼重要一個角色不作交代就消失，這是結構性缺陷，請不要傲慢地認為四大名著就只有這個水準。

(2) 須菩提只是孫悟空自己的心境

李春芳是王陽明心學門人，有人說《西遊記》不弘佛，不弘道，恰是弘揚陽明心學。須菩提的洞府叫靈臺方寸山斜月三星洞。這個靈臺方寸，即指我們方寸之間的這個靈臺，也就是心；斜月三星指一個斜勾底，再加三點，也就是個「心」字。孫悟空的修練不在別處，唯修心耳。原著中孫悟空離開師門，筋斗雲飛回花果山，但在電視劇中，孫悟空離開師門後是突然從夢中驚醒，回到現實世界，倒是很有創意地展現了這種思路。

(3) 須菩提其實就是太上老君

很顯然，太上老君對孫悟空栽培頗多。首先，孫悟空的寶貝兵器——金箍棒，就是由太上老君打造。當然，《西遊記》中由他打造的寶貝太多了。其次，大鬧天宮時老君用金剛鐲收走金箍棒，避免被二郎神繳械。再次，斬妖臺上沒斬死妖猴，老君力請將其送入八卦爐煅燒，但留個巽位給他保命。試想如果不這樣，天庭難道就沒有方法弄死孫悟空嗎？這其實是保了他一條小命。最後，大鬧天宮時老君故意放了五壺金丹給猴子吃。猴子在瑤池吃得大醉，莫名其妙就來到了兜率宮，而兜率宮裡「碰巧」一個人都沒有，金丹這麼珍貴的寶物卻放在門口，您說誰信這不是故意給他吃的啊？整整五壺金丹「被他都吃在肚裡。運用三昧火，煅成一塊，所以渾做金鋼之軀。」刀槍不入，這是比筋斗雲和七十二

變更高的絕技。老君對孫悟空能力的提升其實是最大的，簡直是把孫悟空當嫡傳弟子培養。按這個思路，太上老君是道教三清之一，另兩位元始天尊、靈寶道君似乎也有資格當孫悟空的師父。

(4) 須菩提其實就是如來佛祖

有一版電視劇將須菩提祖師拍成一個道士妝扮，這是完全錯誤的，可能因為教給孫悟空一些道家神通，便認為他是道家人士。但歷史上兼通儒道佛三派學術的人不少，不能僅從他展示出的部分學識便判斷門戶。比如我也發表了不少歷史文學著作，但就此判斷我是文學或史學專業出身就不科學了，我是一位工學博士。其實從原著對須菩提有限的描寫還是容易判斷他的宗派，孫悟空初見他時，用了一首詩描寫他的形象：

大覺金仙沒垢姿，西方妙相祖菩提。

不生不滅三三行，全氣全神萬萬慈。

空寂自然隨變化，真如本性任為之。

與天同壽莊嚴體，歷劫明心大法師。

這顯然是一位佛教高僧。西天取經是玉帝策劃的一部大戲，藉此來抬高佛教，壓制道家，這個專案自然由佛教打主力，孫悟空則是佛教培養的執行人，培養者當然很有可能就是如來。

須菩提授藝的靈臺方寸山和如來的靈山同在西牛賀州，什麼人敢在如來的地盤上開宗立派？書中描寫過此山景緻，有松柏翠竹四種靈根、鶴鸞猿鹿獅象六種瑞獸，而後文幾次描寫靈山大雷音寺的景色，基本重複，似在透露：這個所謂靈臺方寸山，其實就是頭尾兩字——靈山！有趣的是，取經途中，孫悟空有幾次去靈山面見如來，靈山的景色描寫已然只有鶴鸞猿鹿四種瑞獸，獅、象去哪裡了？獅、象不就是文殊、普賢二位菩薩的坐騎嗎？第七十四回獅駝嶺三大魔王：青獅、白象、大

鵬——這兩位跟著如來的舅舅下山當妖怪去了呀！

另有一個很隱蔽的線索，孫悟空悟到了須菩提的暗號，三更時分潛入後院開小灶，說：「此間更無六耳，止只弟子一人，望師父大舍慈悲，傳與我長生之道罷！」這裡的「六耳」指只有他們兩人四隻耳朵，沒有第三個人的六隻耳朵，師父您有什麼祕密可以單獨傳授啦！作者不用「三人」這麼直觀的常規語法，生造出一個「六耳」，正是留下一個線頭。第五十八回真假美猴王，如來說假悟空正是個「六耳獼猴」，再提「六耳」二字便是另一個線頭，串成一條線索，告訴悟空，也告訴讀者：「猴子，我就是你的授業恩師須菩提啊！」

須菩提是如來這個論點看似站得住腳，但一定就是佛祖本人嗎？難道就不能是靈山上的另一位大老？如來工作那麼忙，怎麼能抽出那麼多時間，長期坐鎮斜月三星洞？更重要的是，唐僧是如來座下二弟子金蟬子，孫悟空若是如來弟子，那就和他平輩，怎麼能又做他的徒弟呢？這叫亂倫！明代作者是不會這樣寫的。

(5) 須菩提是燃燈古佛等邊緣大老

也有不少觀點認為這個須菩提其實是一些邊緣大老，他們培養孫悟空這個大殺器，惹出很多禍事，是為了發出自己的聲音。比如大乘佛教集團的現任領袖是釋迦牟尼如來，而該集團的前任領袖燃燈古佛、未來領袖彌勒佛都想發出自己的聲音。再比如小乘佛教集團、散仙大老東華帝君、鎮元子大仙等。不過很顯然，西天取經是一個大工程、大專案，是有規劃、有組織、有章程，甚至有應變方案和退出機制的全盤計畫，如果我們用專案管理的思維，很容易知道孫悟空的培養也是專案的一個環節，所以孫悟空的培養者必是專案策劃者，而不會是那些邊緣人。若說培養一個孫悟空只是為了露露臉——嚴格地說只有孫悟空露了，他自己還沒露成——那您煞費苦心圖個什麼呢？

1.2　我認為須菩提是如來弟子

總結起來，我傾向於認為：這位須菩提祖師是如來座下的一位弟子。培養孫悟空是如來的主意，只不過他不是親自收徒，而是派一位弟子給他收一個徒孫，這個徒孫同樣在他的體系中。

事實上，「須菩提」此名並非《西遊記》原創。佛經中寫明，釋迦牟尼如來（佛教思想創始人喬達摩·悉達多，如來佛祖的原型）有十大傑出弟子，其中一位便是須菩提（梵文：सुभूति；轉寫：Subhūti）。這十大高足各有所長，比如摩訶迦葉號稱苦行第一，即最善於艱苦修行。還有目犍連神通第一、富樓那說法第一、舍利弗智慧第一、羅睺羅密行第一、阿儺陀多聞第一、優婆離持戒第一、阿尼律陀天眼第一、迦旃延議論第一，須菩提則號稱解空第一。其實也有典籍將「解空」譯為「悟空」，為了避免和孫悟空混淆，我們還是用「解空」——但您應該嗅到其中的意味。

歷史上的須菩提出生於憍薩羅國舍衛城（位於今北印度烏塔普拉帝須邦東北部），父親是著名的婆羅門（祭司階級）須達多。傳說他出生時，家中財物突然都消失了，父母嚇壞了，連忙請法師來占卜而不是報警。法師見沒有警察來，就說這是生了貴子的好兆頭啊，他一出生便萬法皆空，預示他將是解空第一的大智慧尊者，所以取名須菩提，梵文意為「空生」。那這位小空生又是如何成為佛陀的得意弟子呢？其實《西遊記》不吝篇幅，完整講述了這個故事，只不過這一段講佛經典故，不如神魔鬥法引人注目，往往就被導演們忽略了。

第九十三回〈給孤園問古談因　天竺國朝王遇偶〉，全書已近尾聲。取經團收伏了冒充佛祖狂收酥合香油的三隻犀牛精，離開金平府，前往天竺國都，準備去會會冒充天竺公主的玉兔精。路上閒聊間唐僧說他已將

烏巢禪師傳授的《多心經》學得倒背如流。孫悟空道：「師父只是唸得，不曾求那師父解得。」唐僧道：「猴頭！怎又說我不曾解得！你解得麼？」孫悟空道：「我解得，我解得。」然後二人再不作聲。八戒、沙僧在一旁哈哈大笑，說你倆故弄玄虛，不是說解得麼？那解啊，我們等著聽呢。我們只知你會耍棒，哪會講經？唐僧卻說：「悟空解得是無言語文字，乃是真解。」

這裡為何突然出現一段關於解空的哲學拆解？緊接著再看一段。

唐僧道：「悟空，前面是座寺啊……」悟空看得是布金禪寺，八戒也道是。唐僧在馬上沉思道：「布金，布金，這莫不是舍衛國界了麼？……我常看經誦典，說是佛在舍衛城祇樹給孤園。這園說是給孤獨長者問太子買了，請佛講經。太子說：我這園不賣。他若要買我的時，除非黃金滿布園地。給孤獨長者聽說，隨以黃金為磚，布滿園地，才買得太子祇園，才請得世尊說法。」

這正是當年須菩提之父須達多禮請釋迦牟尼講經的故事。須達多尊號「給孤獨長者」，祇陀太子在賣園同時布施了園中之樹，故稱「祇樹給孤園」。釋迦牟尼在園中說法，須菩提夾在人群中聽了，嘆服他的廣大智慧。還好他父親是園主，實際上是這次說法的出資人，所以他有特權晚上單獨去見佛陀，佛陀收其為弟子。《西遊記》中須菩提祖師給孫悟空特殊待遇，傳授長生祕訣也是這種形式，看來真是師門一脈呀！後來須菩提在佛陀座下悟到了「無相布施，無我度生」的法理，擺脫了我、人、眾生、壽者四相，離一切執著，見到空理，成為解空第一的大智慧尊者（佛）。所以取經團現在走到此地，正是到了須菩提的老地盤。八戒、沙僧不知他們的來路底細，所以不明就裡。

須菩提為美猴王取名「孫悟空」，孫是姓氏，悟是輩分，空則是他最擅長的解空（悟空）。所以這個須菩提祖師，分明就是如來座下解空第

一的須菩提尊者。如來很早就在策劃取經這個大工程，他讓須菩提等弟子廣收門徒，從中精挑合適人選。孫悟空學藝的靈臺方寸山確實就是靈山，只不過他所在的只是其中一個堂口而非總堂。西天取經打著一個很光明的幌子，卻要實施很多不可描述的勾當，暗中培養執行人的細節當然就不能公諸於眾，所以堂口嚴厲要求孫悟空保密。

不過須菩提祖師這麼重要一個角色，兩回過後就消失完全說不過去，何況悟空離了他又拜唐僧為師，這不是叛出師門嗎？這在明朝人看來能接受？關鍵是取經團到了靈山，他跟高升為佛的這倆師徒又怎麼見面呢？其實他從未離去。

1.3　須菩提與唐僧

話已至此，就不必再賣關子了，一句話——唐僧就是須菩提。

《西遊記》明說了唐僧的前世是如來座下二弟子金蟬子，因不認真聽講，被佛祖貶入塵世，歷經十世修行，至唐初第十次轉世，是為陳玄奘法師，也就是唐僧三藏，但沒有正面交代金蟬子前世的情況，不過書中留下許多線索，很容易串起來。

(1) 須菩提與金蟬子兩個名字

菩葡萄（藏文轉寫：bo-di-ci），學名黃藤，棕櫚科黃藤屬木質藤本植物，果實風乾打磨拋光後可用於製作佛教重要的法器念珠。儘管菩葡萄、菩提樹、須菩提尊者三個概念在梵文中其實沒有任何關係，只是中文翻譯過來很像，但《西遊記》是中國人寫的，所以我們就應該用中文來理解，沒問題。黃藤有很多品種，中國只流行其中一種，因其表面紋路形似眾星拱月，故稱星月菩提，根據處理工藝不同主要分三種：

一、普通黃藤種子打磨，形似元寶，稱元寶菩提；

二、細籽黃藤種子打磨，形似金蟬，稱金蟬子菩提；

三、打磨後表面紋路呈冰花狀的，稱冰花星月，亦稱摩尼子。

請看，星月菩提的第二種叫金蟬子菩提。須菩提——斜月三星洞——星月菩提第二種——金蟬子菩提——如來二弟子金蟬子——唐僧，這個邏輯銜接其實非常清晰。

須菩提在為孫悟空取姓時說：「你身軀……像個食松果的猢猻……猻字去了獸傍，乃是個子系。子者，兒男也；系者，嬰細也。正合嬰兒之本論。教你姓『孫』罷。」子細，表明他金蟬子菩提的姓氏就是他的原料：細籽黃藤。

(2) 金蟬子轉世次數暗藏玄機

十次，這個次數多次得到呼應。沙和尚在流沙河當妖怪時，吃了九個取經人，暗示如來前九次取經（傳經）都失敗了，只是如來沒有氣餒，又繼續啟動了第十次。那麼前九次，每一次如來也都安排了他培養的高手保護金蟬子，這些人沒有正面出場，但且看須菩提門下弟子輩分：廣大智慧真如性海穎悟圓覺。孫悟空是第十輩的悟字輩，很顯然他本就是計劃用在第十次取經嘗試時保護金蟬子第十世肉身的徒弟。

第十次取經工程啟動時，如來派觀音前往長安尋找取經人，路上從西往東依次遇到被貶在凡間的捲簾大將、天蓬元帥和齊天大聖，代收他們為取經人徒弟，讓他們在路上等候取經人。她將前兩位依次取法名為沙悟淨、豬悟能，本來還想給齊天大聖也取一個，但大聖說已有法名孫悟空。觀音見「悟」字相合，就沒再取。

其實在宋元西遊故事中，唐僧大徒弟本名猴行者，唐僧收他為徒賜法名悟空，世德堂本《西遊記》才改為須菩提為美猴王取名孫悟空，唐僧

收他為徒後取俗名行者。這正是作者為了表達觀音從西往東走,她給沙悟淨、豬悟能取名時還沒遇到孫悟空,但已經取出悟字輩的名字,正因她和須菩提都在這個專案團隊中,知道這是第十次,就該取第十輩的悟字。可以想像,前九次如來也早已放出什麼汪廣洋、胡大海、崔智友、陳慧嫻、李真旭、黃如一等,護送金蟬子的前幾世肉身一起犧牲在取經的路上了。如果——我是說如果第十次又失敗了呢?那當然是金蟬子的第十一世、十二世肉身又在高圓圓、春覺曉的保護下繼續上路啊!

(3) 孫悟空的拜師大禮

獵戶劉伯欽將唐僧送到兩界山(五行山),孫悟空在山底激動地大喊:「我師父來也!我師父來也!」其實唐僧還在山頂數里,孫悟空的目光並不能看見他,但遠遠就感應到師父來了!哪個師父?當然不是尚未謀面的陳玄奘法師,只能是五百年前授業解惑的須菩提祖師。唐僧下山找到他,孫悟空眼淚都要掉出來了:「師父,你怎麼此時才來?來得好!來得好!救我出來!」是啊,被壓五百年,從無一個故人來看他,連師父也不管不顧了。哦,師父在取經路上死了九次,哪還有空來探監。

第三十四回,孫悟空變成金角大王手下小妖去請大王的乾媽九尾狐,當時需要拜她,孫悟空不由得暗暗滴淚,心想:「我為人做了一場好漢,止拜了三個人:西天拜佛祖;南海拜觀音;兩界山師父救了我,我拜了他四拜。」現在要拜這個妖怪,所以難過得哭了。他心想只拜了這三人,佛祖、觀音是有明確指向的,這個「師父」是誰呀?須菩提師父還是唐僧師父呢?為了避免您停下來細想,作者故意寫明是兩界山救了他的這個唐僧師父。但悟空明明就拜過須菩提師父啊!這裡怎麼就不算了呢?很顯然,須菩提就是以上三人中的一個,所以沒有重複計算。作者又專門提了一句「拜了他四拜」,為什麼是四拜?誰都知道拜師是磕八個響頭,悟空你怎麼專門強調只拜一半呢?呵呵,師父啊!因為徒兒在您

九世之前就已經行過拜師大禮了呀!

所以,唐僧可以和悟空大談解空的奧義,八戒沙僧完全不知就裡。所以,唐僧首先認出舍衛國布金寺,豬八戒不由道:「奇啊!我跟師父幾年,再不曾見識得路,今日也識得路了。」呵呵,我的地盤我識得。

圖2 如來佛祖讓弟子須菩提(金蟬子)收孫悟空為徒

為何原著中須菩提和唐僧的連繫如此明顯,卻極少有人將二者連繫起來?很多分析者找遍三界六道,就是不願考慮一下唐僧就是須菩提。原因很簡單,正常人真的很難將神通廣大的須菩提和懦弱無能的代名詞唐僧等同起來。那麼本應打得玉帝鑽王母娘娘床底的孫悟空師父到底為何「自甘墮落」,變成唐僧這個反覆被妖怪甚至凡人強盜五花大綁的笑柄蠢蛋?這正是因為要想提拔,須菩提恰恰需要隱去如來弟子的身分。在明朝官場上,二郎神頂著個玉帝外甥的身分,永遠升不了官,所以須菩提以此為鑑,換個馬甲終於成佛,這實際上也是作者受到了徐珵改名徐有貞升官的史實啟發[20]。

徐珵,明宣宗宣德八年(西元1433年)癸丑科進士,考選庶吉士,入直翰林,本來前途一片大好。然而在明英宗正統十四年(西元1449年)

突發土木堡之變，明英宗（朱祁鎮，年號正統、天順）御駕親征，深入大漠，誰料兵敗被俘。留守北京的群臣緊急擁立明代宗（朱祁鈺，年號景泰）為帝，商議如何應敵。時任翰林侍講（正六品）的徐珵提議南遷首都以避戰，遭到眾人一片恥笑。後來在大英雄于謙的主持下，朝廷絕不與瓦剌言和，堅決鎮壓，力挽狂瀾。戰後徐珵謀升國子祭酒（從四品），本已通過會推（明代文官開會推舉晉升的重要程序），甚至找到如日中天的于謙保薦，景泰帝卻鄙夷道：「此議南遷徐珵邪？為人傾危，將壞諸生心術。（這是建議南遷的徐珵嗎？他為人不好，會壞了國子監學生們的心術！）」徐珵明白自己仕途無望，經高人指點，改名徐有貞，從另外一個路徑升官，居然矇混過關，三年後升為右諭德（從五品），繼而借治理黃河立下大功，連續升遷左僉都御史（正四品）、左副都御史（正三品），直至入閣為相，後來大家終於發現所謂徐有貞就是徐珵時他官已經升上去了。

這個充滿戲劇色彩的真實素材，作者一定不會放過。

1.4　為何是須菩提

佛陀座下弟子五百，賢者有十，作者為何偏偏選中了須菩提？事實上，孫悟空也沒展現出太多解空的特長，更多地展現了實用性的神通，如此用神通第一的目犍連作他師父不是更合適嗎？作者自然有他的講究。

(1) 歷史上的須菩提與玄奘法師

小說中的陳玄奘（唐僧三藏）顯然借用唐代高僧玄奘法師（陳禕）為原型，但玄奘當年到天竺取經，可不是拿了經卷就往回走，而是遊歷天竺各大寺院求學，十餘年後才學成歸國。若說大乘佛法是一個學科，佛陀十大高徒就代表了這個學科下的十個研究方向。其中，須菩提就代表

了解空方向，來自大唐的留學生玄奘則是攻讀解空方向的研究生。玄奘在那爛陀寺學法，導師正是秉承須菩提一系嫡傳的戒賢法師。玄奘[21]在《大唐西域記》中寫道佛祖在菩提樹下得道，也正是玄奘闡釋了空的奧義，使漢傳佛教成為佛教最擅長解空的一支，所以漢語中佛門亦稱空門。第十九回，浮屠山烏巢禪師傳授了唐僧一部《多心經》，一路唸誦。但現實中這部著名的《摩訶般若波羅蜜多心經》可不是什麼烏巢禪師所作，恰是釋迦牟尼親傳弟子須菩提法師的代表作，並由唐代高僧玄奘法師翻譯成中文如下[22]：

觀自在菩薩，行深般若波羅蜜多時，照見五蘊皆空，度一切苦厄。舍利子，色不異空，空不異色，色即是空，空即是色，受想行識，亦復如是。舍利子，是諸法空相，不生不滅，不垢不淨，不增不減。是故空中無色，無受想行識，無眼耳鼻舌身意，無色聲香味觸法，無眼界，乃至無意識界，無無明亦無無明盡，乃至無老死，亦無老死盡，無苦集滅道，無智亦無得，以無所得故。

菩提薩埵依般若波羅蜜多故，心無罣礙，無罣礙故，無有恐怖，遠離顛倒夢想，究竟涅槃。三世諸佛依般若波羅蜜多故，得阿耨多羅三藐三菩提。故知般若波羅蜜多，是大神咒，是大明咒，是無上咒，是無等等咒，能除一切苦，真實不虛。故說般若波羅蜜多咒，即說咒曰：揭諦！揭諦！波羅揭諦！波羅僧揭諦！菩提薩婆訶！

這被絕大多數人認為是最著名的佛教經典，尤以一句「色即是空」成為漢傳佛教最經典的偈語。所以，歷史上的須菩提和玄奘確實淵源極深。

(2) 金蟬子的煉丹術意義

煉丹術提煉鉛汞生成「聖胎」，成功後胎兒誕生，稱「金蟬脫殼」，比喻像金蟬脫去外殼，人脫去肉體凡胎，羽化昇仙。《西遊記》講的正是修仙，金蟬子最符合這個意義。取經團抵達靈山，接引佛祖用無底船渡唐僧

過凌雲渡，唐僧（金蟬子）看到自己的屍體漂在河中，正是「金蟬脫殼」。

(3) 小小地惡搞一下海瑞

孫悟空這個形象糅合了很多歷史人物，其中一個就是大明官場上著名的罵將——海瑞。海瑞以犀利的罵功獨樹一幟，初任戶部雲南清吏司主事（正六品，相當於處長），第一件事就是砸給嘉靖帝一個「直言天下第一事疏」，尤以一句「嘉靖者，言家家皆淨而無財用也」成為罵壇永恆的經典。這個「家淨」當然不是指創衛打掃乾淨，而是家家戶戶都被你嘉靖老頭搜刮乾淨沒財物啦！據說氣得嘉靖老頭把奏本扔在地上猛踩。

對，家淨，剛才我們說到誰一生下來就家淨了呢？

2 玉帝親兵 —— 御馬監的真相

孫悟空出生時，目射金光，直衝斗府，千里眼、順風耳立即秉報玉帝。玉帝卻說：「下方之物，乃天地精華所生，不足為異。」阻止了神仙們去搞清楚這個異象，自己卻悄悄多了一個私下培養的對象。按孫悟空的宣稱，是玉帝不會用人，只給他個「弼馬溫」小官，職責僅是在御馬監養馬，所以他才反下天庭。弄得來我們現在形容官小，都愛用「弼馬溫」這個典故。

但，御馬監真的只是養馬的嗎？

2.1 御馬監的真相 —— 內樞密院

其實這也說不上什麼隱藏真相，只是大家沒注意而已。御馬監在明代歷史上是一個真實存在的衙門，而且還很顯赫，在後宮二十四衙中排名第二，僅次於司禮監。

後宮！難道我們的偶像孫悟空是太監？別急嘛，我也沒這麼說，我只是為您介紹一下歷史上真實存在的御馬監而已。

隋唐以來，中央政府設吏、戶、禮、兵、刑、工六部，每部四司，共二十四司，所以明朝內宮設二十四衙與之呼應。二十四衙由十二監、四司、八局組成，十二監分別是司禮、內官、御用、司設、御馬、神宮、尚御、尚寶、印綬、直殿、尚衣、都知，其後還有鐘鼓司、浣衣局等四司八局。二十四衙有很多職能都和外朝看似重疊，比如司禮監和翰林院都管文書、御馬監和太僕寺都管車馬、尚寶監和尚寶司都管印綬、

內官監和工部都管工程、尚膳監和光祿寺都管宴會，區別在於外朝是國家政府機構，內宮只是皇帝的私家。

按《西遊記》表面上的說法，御馬監就是天庭餵養天馬的地方，「餵得馬肥，只落得道聲『好』字，如稍有些尪羸，還要見責；再十分傷損，還要罰贖問罪。」好像真就是養馬的，非常卑賤而且吃力不討好，所以孫悟空怒而辭官。明代御馬監明面上的確也定位於馴養內宮御馬之職，而且由於猴尿能夠驅趕馬身上的一些寄生蟲，所以御馬監在馬廄裡養了一些猴子，稱作「避馬瘟」，後來很多人以此戲稱御馬監的小太監。《西遊記》中的「弼馬溫」顯然意指於此，看來沒亂寫啊！但如果真這樣理解，那司禮監就真只是磨墨的，尚膳監就真只是做飯的，浣衣局就真只是洗衣服的，整個內宮都只是一群家政服務人員，那所謂「權閹」又是哪裡來的呢？顯然這些太監除了表面上的家政工作，還常以皇帝私人代表身分參與國政，其中尤以司禮監和御馬監權力最重，號稱對掌內廷文武大權，俗稱「內政事堂」和「內樞密院」。

明代行政體系沿襲唐宋，由東西兩府對掌文武大權。唐宋的最高議事機構稱政事堂，亦稱都堂，設於禁中。政事堂東是主管行政的中書門下，亦稱東府、政府，顯然這就是現代「政府」一詞的濫觴。西邊則是主管軍事的樞密院，亦稱西府、樞府。順便說一下，白虎代表西方，所以樞密院的辦公廳叫「白虎節堂」，就是豹子頭林沖誤闖的地方。政府和樞府長官合稱「兩府宰相」，平時在各自府中處理常務，凡軍國大事由皇帝召集，於政事堂合議，即為國家最高決策會議。

明承宋制，也分文武兩府。政府當然就是內閣了，幾位內閣大學士就是宰相，樞府則是五軍都督府（內閣下屬的兵部軍權也很大，互為制衡）。但這些都是國家公共管理機構，也就是所謂「外朝」，不是皇帝私房。所以明朝皇帝又用內朝私臣來擴充個人權力，其中宦官機構尤為

重要,基本上是一個內宮衙門對口一個外朝衙門。其中,司禮監對口內閣,自是位高權重,號稱「內政事堂」,司禮監掌印太監甚至被稱作「內相」。御馬監則對口五軍都督府和兵部,所以號稱「內樞密院」。

明末學者沈德符[23]便說:「司禮今為十二監中第一署,其長與首揆對柄機要。御馬監所掌乃御廄兵符等項,與兵部相關。近日內臣用事稍關兵柄者,輒改御馬銜以出,如督撫之兼司馬中丞。」意思是:司禮監當然是內宮第一署衙,其長官與外廷的首相共同掌管政要。御馬監則掌管御前禁衛和兵符,與兵部相關。近日太監被派出承擔一些稍微相關兵權的事務,都會給他掛一個御馬監的職銜,就像朝廷派到地方上的總督、巡撫都要掛五軍都督府、都察院職銜一樣。也就是說,司禮監是收撿硃筆御印的奴婢,代表皇帝本人去掌控政府;御馬監則是收撿兵符印信的奴婢,代表皇帝本人去掌控軍隊。

您說,這個養馬的部門真的很卑賤嗎?皇上讓一個人掌管御馬監是重用還是不惜才呢?

當然,我知道還有個更重要的問題:我們的偶像孫悟空是太監?恐怕我們得面對這個現實,因為這確實是明朝文官寫的官場小說,他難道不知道御馬監是太監衙門?我見過很多解讀《西遊記》的著作,堅持認為「御馬監」完全是作者虛構出來的一個天庭部門,人間並無。其中不少人明明有不錯的史學功底,非常熟悉明代御馬監的史實,但就是不願意和孫悟空扯上關係,甚至硬拉唐宋的太僕寺、群牧司等養馬的政府部門來解釋小說中的御馬監,總之就是要竭力避開明朝歷史上真真實實的這三個字 —— 御馬監。

我理解他們的心情,但這確實是不客觀的態度,要想看懂《西遊記》,首先就要面對一些現實。《西遊記》的主旨就是諷喻明朝皇帝扶植太監來平衡文官勢力的權謀,後面太監還很多,也不只孫悟空一個。更

好的消息是，我還說了孫悟空這個角色主要是對作者李春芳一生仕途打拚的心路寫照，李春芳可不是太監，是狀元宰相喲！主角是一個複雜的綜合體，御馬監小太監只是其中一面，不能片面看待。不過首先我們還是來了解一下最直觀的這一面。

2.2　御馬監掌管核心御前禁衛

御馬監最首要的職能是掌管紫禁城的核心禁衛[24]，但請注意，這支核心禁衛並不是正規明軍，而是明朝皇帝蓄養的私人武裝。按理說宋明以來中華帝國就建立起嚴格的國有軍制，任何人都不應該擁有私軍——包括皇帝本人。漢朝的南北軍、唐朝的神策軍、五代的控鶴軍、宋朝的殿前司雖然都明確為御前禁衛，但仍屬國軍編制，人事、財政、指揮均由政府。明朝的侍衛親軍司本來沿襲了這個傳統，但明帝在此基礎上又蓄養了一支私人武裝充當更核心的近衛，不在國軍編制內，由皇帝私財給養，以親信太監掌管，值守禁宮。承擔這個重任的內衙，正是御馬監。

這支私人部隊最初建立的名目是接受蒙古草原帶著馬匹投奔關內的蒙古逃民，御馬監收下他們進獻的馬匹，並組織他們繼續養馬、馴馬、操練騎術，併發給器械衣甲——這不就成一支軍隊了嗎——而且是繞開了國家，純屬皇帝私兵的軍隊！其中，騰驤左衛、騰驤右衛、武驤左衛、武驤右衛，合稱「騰驤四衛」，每衛編制 5,600 兵，共 22,400 兵，是最最核心的禁宮衛戍部隊。弘治朝御馬監太監寧瑾公開宣稱：「騰驤等四衛勇士旗軍，乃祖宗設立禁兵，以備宿衛扈從，名為養馬，實為防奸禦侮也。」（《明武宗實錄》卷七，弘治十八年十一月乙酉）。除騰驤四衛，如果還有多餘兵力，就可以充實到勇士、旗軍、淨軍等稍外圍的皇帝私兵中去。這些私兵日常衛戍禁宮，明軍只能在外圍拱衛，嚴禁靠近禁宮。

在《西遊記》中，御馬監同樣掌管著玉帝的御前禁衛。可能很多人還沒注意到，小說中鎮守天宮四門的四大天王並非道教神仙，而是佛教須彌山第一重天（又稱「四天王天」）健陀羅峰的四大金剛：東方持國天王提多羅吒（Dhṛtarāṣtra）、南方增長天王毗流馱迦（Virūḍhaka）、西方廣目天王毗留博叉（Virūpākṣa）、北方多聞天王毗沙門（Vaiśravaṇa）。進佛寺第一重殿都能看到四位的神像護衛兩側——恰如明代戍守禁宮的騰驤四衛。可見衛戍天宮的部隊並非道教掌管的天庭正規軍（明代文官掌軍制度下的正規明軍），而是玉帝私人蓄養並委任佛教掌管的私軍（明朝皇帝私養並委任太監掌管的私軍）。難怪孫悟空打到玉帝面前，本應衛戍左右的天兵天將都自覺消失了——那些根本就是他的人嘛！

2.3　御馬監的監軍職能

中國很早就形成了監軍的傳統，部隊主官當然只能是專業武將，但朝廷會派出一位有威望的文官監軍。這位監軍使不直接指揮軍隊，但代表朝廷監督將領。後來皇帝發現派宦官監軍更好，因為宦官比文官更貼心。不少文官長年追隨軍旅，鍛鍊出不錯的軍事素質，成為一代儒將，也不乏從監軍宦官位置上成長起來的名將，唐有楊思勖，宋有李憲、童貫，大明更有威震四海的鄭和公公。在內宮參政規範化後，御馬監就明確為承擔監軍職能的內衙[24]。

據《明史‧兵志》記載，明軍陸軍主力京師三大營中，五軍營設提督內臣1員；三千營設提督內臣2員；神機營比前兩營大得多，設提督內臣2員，其下屬五個集團軍，每軍設坐營內臣1員、監槍內臣1員。京營共常設提督內臣5員，坐營內臣6員，監槍內臣20員，總計31員，慣例均由御馬監派出[25]。除京營外，明朝還在各個地方派駐了二十餘

個都指揮使司作為地方部隊，各都司也有御馬監派出的鎮守太監。至於海軍，鄭和、侯顯、王景弘這些監軍太監比艦隊司令名氣更大，甚至常讓人誤會他們就是明軍主將。戰時皇帝也會從北京專門派出監軍使，慣例亦出自御馬監。就算遇到必須派出某位來自其他宮監的高級太監的情況，也會臨時給他加掛一個御馬監太監或少監的頭銜。事實上，取經團就是一支特勤別動隊。既然只要是部隊，就應該有御馬監派出的監軍太監，那請問這支小部隊中，您覺得誰是御馬監派出的監軍呢？

值得注意的是，御馬監派駐在地方的鎮守太監後來職權擴散了[26]。明朝沿襲宋制，在全國二十餘個地區（相當於元、清的行省）分設三司一道分掌軍事、行政、司法、監察大權，分別是五軍都督府和兵部聯合派駐的都指揮使司、戶部派駐的承宣布政使司、刑部派駐的提刑按察使司、都察院派駐的××道監察御史。三司互不統轄，互為牽制，避免地方長官像漢朝的州牧、唐朝的節度使（兼採訪使）那樣一手遮天，形成藩鎮。明中期開始出現巡撫一職，但三司是中央部、院的直屬派駐機構，巡撫並無管轄許可權。巡撫一般掛侍郎或副都御史銜，僅正三品，比三司長官（一般是二品）品級更低，也無法私下施加影響。然而太監卻無所謂品級，內宮派駐在都指揮司的鎮守太監職權擴散，同時也要干涉布政司、按察司的政務，事實上掌盡一方軍政大權，有違三司分立的本意。鎮守太監撈到如此一手遮天的大權倒不是為了謀反，主要是方便在地方上撈錢。這個肥缺除南京守備太監慣例由司禮監派出，其餘地方大多由御馬監派出[8]。

2.4 特務職能 —— 提督西廠

一說到明朝的太監，很多人就容易跟陰暗的特務政治連繫起來，這主要是因為司禮監長期承擔了提督東廠的職能，御馬監也沾染過此事。

宋明政府序列中有刑部、都察院、大理寺這三個主管司法的三法司，但三法司必須依法行政，有些隱祕的政治任務就不便處理。更重要的是三法司官員一律由科舉進，不是皇帝的私人親信，於是皇帝考慮培植一些直接聽命於己的私人密探[27]。約在永樂年間，明太宗（朱棣，後改廟號成祖，年號永樂）派出一批太監在今北京東安門一帶成立了一個署衙，稱東緝事廠，專門辦理皇帝直接交辦的祕密案件，人員不多，只有數十人，後來形成慣例欽差一員司禮監秉筆太監提督東廠[28]。作為內宮機構，東廠就可以超越法司甚至錦衣衛，不按法律法規辦事。這樣辦事效率倒是高了，但破壞司法公正，尤其是被有些人用作政治爭鬥的工具，黑幕重重。最初東廠還只有偵緝的權力，偵緝結果仍需移送錦衣衛北鎮撫司才能依法處理。但約到明中期，東廠設立了自己的監獄——詔獄。理論上詔獄仍無司法權力，但實際上可以法外施刑，所以東廠實際上擁有了偵緝、起訴、審判、執行的全套司法權力，而且這種私權還無需受公權力的法律甚至倫理限制，所以令人聞之色變，有著地獄般的黑暗恐怖。

那東廠這麼厲害，皇帝有沒有擔心過失控呢？正是這種擔心，催生了西廠。成化十三年（西元1477年），明憲宗（朱見深）以東廠辦事不力為由，命御馬監太監汪直設立西廠，形成司禮監提督東廠、御馬監提督西廠的制衡態勢。六年後西廠裁撤，正德朝又恢復了五年，前後總計不足十二年。因存在時間短，西廠的名頭遠不如東廠響亮，但西廠設立時皆逢東廠谷底，風頭完全蓋過東廠，也算是後宮為數不多能與司禮監東廠分庭抗禮的存在了。

取經團一路走來，收拾了不少妖魔，多是神仙私自派下凡的坐騎、童子，也糾察了一些神仙在凡間的不法行徑，例如觀音的金魚每年在陳家莊吃一對童男童女、比丘國王要收集1,111個小兒的心肝作長生藥、

金平府三個犀牛精冒充佛祖盜賣香油等等，糾察他們其實都是在執行西廠的職能。尤其是多次打擊西天大乘佛教利益，恰是皇帝利用西廠（御馬監）來平衡東廠（司禮監）的權謀。細心的讀者可以注意到，上面這幾次都是孫悟空「管閒事」，唐僧都責罵他惹事上身，並以趕路為由催促上路，但孫悟空堅持逗留，在該地解決完此事再上路。這很可能是玉帝暗中指示來自御馬監的西廠特務孫悟空藉機解決，司禮監小弟唐僧雖不便反抗，但也甚不樂意。

2.5　經濟方面的小祕密

除了在軍事方面的公開職能，御馬監還有一個不太好意思多說的小祕密──它是皇帝的私房錢。小到什麼程度呢？這個您恐怕得做好心理準備。

中華帝國很早就實現了國庫和皇室私財的分離，儘管口稱「溥天之下莫非王土」，但事實上皇帝還是有私財概念的。而且皇帝受到的公共監督太大了，其實也不富裕，有些皇帝就忍不住要撈點零用錢，明帝的主要形式就是牧場、皇莊、皇店三者[29]。

御馬監主管馬政，當然就要管牧場、草料場，在建起騰驤四衛等數萬禁軍後，這個後勤規模就非常大了，牧場也是一擴再擴。永樂年間御馬監名下牧場只有二十餘萬畝，但到兩百年後的嘉靖年間，已達 56 所牧場共兩百四十餘萬畝。初期牧場自產草料，後來逐漸商品化，向市場購買，這經手費用就更大了。很多牧場私下開墾，僱傭大量佃農租種，賺取利潤，這些非法耕地大多成為後宮人員如宮妃、太監們的私田。

有了管理這種私田的經驗，皇帝乾脆讓御馬監公然創辦皇莊，擴大經營範圍。嘉靖初年已有 36 處皇莊近四百萬畝耕地，據猜想一年可向後

宮上繳十萬兩白銀。須知嘉靖初每年的國庫收入也才兩百萬兩左右，他這裡相當於5%！

有了牧場和皇莊的刺激，有些皇帝和太監心情更加豪邁，得寸進尺地開起了皇店！所謂皇店，就是皇帝創辦的店鋪，動用國家資源來採辦、運輸貨物，到價高的地方出售，屬於典型的公權力直接插手市場行為。明武宗正德九年（西元1514年），御馬監太監於經奏請在京師九門外和宣府、大同等邊鎮創辦皇店。皇店開在邊鎮恐怕是為了便於走私，尤其是一些違禁策略物資，海關唯獨不敢查的就是皇店。皇店每年要上繳利潤八萬餘兩，接近皇莊的水準。

據嘉靖初年的全面清理，御馬監每年透過牧場、皇莊、皇店三項徵收的銀兩可達23萬兩左右。這什麼概念？接近全國內河河道（含運河）車船稅的水準（25萬兩左右），國庫收入的10%！特別需要指出的是，這只是御馬監上繳的私稅，但他們的經營行為並不在國稅體系監督下，他們到底賺了多少錢根本無法清查，據猜想太監們只拿出不超過十分之一的利潤上繳皇帝，絕大部分由他們私吞[8]。

當然，這樣明顯的貪腐行徑常會遭文官彈劾，司禮監和御馬監也常因分贓不均打架，皇帝自己也知道這是損害統治根基的做法。嘉靖帝14歲由外藩登基，初時與內宮並無私情，又在宰相張璁的力主下，下大力氣革除了皇店這個弊政，一度被視為少年聖君，第九十一回金平府冒充佛祖狂收酥合香油的三個犀牛精其實就是講這個故事。

2.6　御馬監的光榮歷史

略覽御馬監的歷史，其實不乏光輝榮耀。

永樂朝最重要的宦官當然是內官監太監鄭和，獨當一面率領世界上

最強大的艦隊，威播四海八荒。但永樂大帝五次親征漠北，隨行宦官三次是御馬監太監劉永誠，兩次是御馬監少監海壽。永樂帝次子漢王朱高煦是個野心家，一直陰謀奪嫡。永樂帝第五次親征漠北，在班師途中駕崩，臨崩前託付海壽偕內閣大學士楊榮馳告皇太子朱高熾即位，以免漢王作亂。明仁宗（朱高熾，年號洪熙）駕崩時，又是託付海壽馳告正在南京的皇太子朱瞻基搶在漢王前進京即位。可見海壽是參與幾朝皇位更迭的核心政治人物。後來漢王起兵造反，明宣宗（朱瞻基，年號宣德）御駕親征，御馬監少監劉順為先鋒，蕩平叛王[30]。

明英宗正統十四年（西元 1449 年），發生了震驚中外的「土木堡之變」，明英宗親征漠北，結果全軍覆沒，皇帝被俘，瓦剌太師也先趁機攻向北京。此時京師三大營、侍衛親軍司早已潰散，全靠大英雄于謙組織了可歌可泣的北京保衛戰。那這時用的是什麼兵呢？不正是御馬監旗下的騰驤四衛、勇士、旗軍！

明英宗天順三年（西元 1459 年），司禮監掌印太監曹吉祥造反，率私軍衝殺皇宮。京營不明情況，遲遲不敢作出反應，叛軍圍定紫禁城狂攻！此刻全靠御馬監率騰驤四衛奮死抵住曹氏私兵的猛攻一整天，苦苦支撐到京營調兵入城，拿下曹吉祥。

成化朝御馬監出了一位天才小英雄──汪直，很小（汪直生年失考，但據信應是在十歲之前，身高如孫悟空的年齡）就當到了御馬監太監。汪直是成化帝和萬貴妃（觀音主要原型）共同寵幸的小廝，所以才能以十歲小兒直接就當如此高位。孫悟空初上天庭就執掌御馬監，除了汪直誰能給作者這樣的靈感？汪直能辦成東廠辦不成的事，因此設立西廠，還能上陣殺敵，指揮方遒，更有不凡的策略眼光，其力主的搜剿河套策略是成化朝最耀眼的武功。更重要的是從汪直開始，太監和文官的地位發生了逆轉[31]，以往文官從不正眼看太監，但汪直每次巡視邊疆，

主事、御史級別的官員（六、七品）全都「迎拜馬首，箠撻守令」（迎著汪直馬來的方向跪拜，垂手站立在一邊待命），掛侍郎或副都御史銜（正三品）的巡撫大臣則揹著箭袋迎接，鋪張百里。事實上，孫悟空很多驅使中低階神仙的排場正是在小汪直身上發掘到的靈感，我認為汪直是孫悟空眾多歷史原型中比較重要的一個（但重要程度低於海瑞和李春芳自己）。

到正德朝，御馬監的權勢可謂全面蓋過司禮監。首先是恢復西廠壓制東廠，後來甚至出現過一次御馬監太監張銳提督東廠之特例，而且御馬監太監很容易轉任司禮監掌印太監（太監的最高職務）。當然，過了這個巔峰，御馬監又遇到一個谷底。嘉靖帝嚴禁宦官干政，御馬監被打擊到了冰點，四衛、勇士營的編制從兩萬餘兵裁減到 5,400 兵，派出的鎮守太監被大量驅趕，牧場、皇莊大量充公，皇店一律革除。這時候，您說換誰是御馬監太監不憋悶委屈？不想掣出如意棒，打出天庭去呀！

不過到明末，隨著戰亂頻繁，御馬監的地位又開始提升。騰驤四衛、勇士營合編為勇衛營，編制定為近萬。在那個正規明軍都像李天王、巨靈神一樣打仗的年代，勇衛營竟然成了王朝最後的精銳，號稱「選鋒」，在鎮壓李自成起義中發揮了重要作用。不過天朝氣數將盡，豈是幾員太監能夠挽回，御馬監的光榮也就隨著大明王朝的覆滅，淹沒在了歷史的塵埃中。

李春芳是正德五年（西元 1510 年）生人，他成長的歲月正值御馬監權炎炙天，他剛成年就目睹了御馬監從巔峰跌落，不過走上仕途後御馬監又止跌回升。李春芳曾參與修撰《明武宗實錄》，細細領教了正德朝御馬監權勢冉冉高升的恢弘全景，他退休後一度腐化墮落的御馬監甚至成了帝國中堅。這肯定給了他不少人生感慨，也為他提供了不少寫作靈感。

2.7　御馬監的遺憾——「未入流」

說得這麼熱鬧，我們領教了御馬監的實權，他們不是一般的太監，而是太監中的太監，太監中的霸主！那是什麼？還是太監。那這群太監到底混得到幾品官銜，能領幾石俸祿，孫悟空為什麼還是不滿足呢？

清代以後所謂「太監」是對內宮閹人奴婢的泛稱，但最初是一個具體職務。內宮每個監的長官為「太監」，副官為「少監」，如司禮監太監、御馬監少監等，著名的鄭和公公就曾長期擔任內官監太監。不過後來內宮官銜氾濫，一個監有好幾個太監，但總得有一個主事的，於是就在「太監」上面再加頭銜。比如司禮監就設提督太監一員，掌印太監一員，秉筆太監、隨堂太監數員，其中這位提督太監才是真正的最高領導人。不過司禮監提督太監不實授，掌印太監是實際最高長官。又由於司禮監是二十四衙之首，所以司禮監掌印太監也是實際上的太監總頭子，俗稱大公公，甚至稱「內相」，幾位司禮監秉筆太監可稱二公公、三公公等。

御馬監則設有掌印太監、監督太監、提督太監各一員，下有監官、掌司、典簿、寫字等員。永樂朝設定品級如下：太監正四品，少監從四品，監丞正五品。應該說品級不低，政府那邊尚書正二品，侍郎正三品，郎中（各部內設的司長）才正五品。各地巡撫一般掛侍郎或副都御史銜，也才正三品。

但御馬監也有個問題，恰是監丞對孫悟空所說：「這個官未入流」。這個「未入流」跟我們口語中的「入流」還不同，至少蘊含了三層意思：

(1) 佛教小乘四果的第一果，謂初入聖人流。達到這個境界，才算邁出成佛第一步。意思是說御馬監的實權不可謂不重，但畢竟沒有走上修仙的正道。

(2) 古代的流官制度。官員隨著資歷累積，官階會相應晉升。隋唐

開科舉以來，一般人中了進士便踏上仕途，開始這個升官的流程，這就叫「入流」。隋唐以來官職和差遣分離，實際差遣必須得等上面有位置空出來才能填補，但虛銜可以無障礙晉升，不耽誤，官階像流水一樣始終上流。但也有些人直接獲得官品，比如一些部落首領、功臣的後代或者皇親、宦官，但他們就不在這個流內，即所謂「不入流」。

(3)明朝官場的清流、濁流之分。隋唐以來的官員主要有四個來源：進士入官（科舉考試）、恩蔭入官（功臣的兒子直接獲得官職）、以吏入官（由吏員轉為官員）、軍功入官（在軍隊當到一定級別，改為文官）。科舉進士將自己稱為「清流」，其餘統稱為「濁流」。三省六部九卿翰林院國子監這些要職稱「清資官」、「清望官」，《舊唐書‧職官志》便稱：「出身非清流，不注清資官。」不過隋唐科舉制度尚不嚴格，濁流亦有可能轉為清流。很多縣令（六七品濁流）轉為監察御史（正八品，清流官的最低品），州刺史（正四品濁流）轉為員外郎（各部內設的副司長，正六品清流），就是寧願品級降很多，也要爭取擠進清流的情況[32]。

宋明以來實施嚴格的公務員分類管理，明確了京師閣、部、院、寺，地方府、州、縣主官等三千多個清要職務全由清流進士把持，濁流只能充當幕僚，形成了嚴格的「清濁分流」。儘管幕僚也有品級，甚至可以升到很高，但並不是八品就能晉升七品這麼簡單，還必須在自己的流內。像汪直不到十歲就當到正四品的御馬監太監，但其實也已到頂，並不能轉為平級的文官，更不能再升了。汪直立了很多軍功，跟他混的文武大臣不斷升官，甚至有文官封爵的特例，但他本人卻始終只能「加祿米」（增加一點後宮的薪水），就因為他在太監這個流內已經到頂，又不能轉到其他官流。

明代這種分流路徑是以制度明確下來的，沒有什麼人為操作空間，出身學歷基本決定了一個官員未來的發展方向，唐代那種繞開科舉先入

濁流，再降級擠入清流的路子也被堵死了。踏上哪條路徑，全憑自己的考試成績，血統、關係在這裡通通沒用，更別說靠諂媚上司鑽營倖進了。《西遊記》開篇闡述宇宙起源，曰「輕清上騰」，形成了天；「重濁下凝」，形成了地，其實就是在闡述這個清濁分流的機制。修練道家正統「金丹大道」者，才能在天庭任職，否則法力再強、勢力再大，就算手眼通天，當到了地仙、散仙或者妖怪的極致，依然靠不到天仙這條「清流」上來。

　　李春芳中舉後，連考五次才終於進士及第。其實他的舉人學歷也足以讓他在州縣謀一個幕僚甚至局長職務，當一個安穩的公務員，但這就未入清流了。如果不是下定決心，排除萬難，用了五次才考取進士，哪來後面登閣拜相的機會呢？他對「入流」與否的重要性理解太深刻了！這就是御馬監實權和肥缺都這麼大，但孫悟空依然志不在此的原因。

3　玉帝私賞 —— 蟠桃園的真相

　　玉帝為何能成為宇宙的總主宰，讓三清四帝這麼多大神俯首稱臣？就是因為他掌握著一個重要的資源 —— 蟠桃，可以讓仙人修身延壽，這其實就相當於現實中的皇帝私賞。能發錢的人當然就是大老，不過能提供類似資源的也並非皇帝一人，很多人總能找到除國家（皇帝）以外的利益孔道。這些利益孔道就能形成小勢力，當這種小勢力大到超過皇帝時，就形成所謂篡權，大到超過皇帝實際資源和正統威望總和時，就可以篡位了。比如曹操總攬大權，官員們升官發財都指望他而不是漢獻帝。那麼到明朝，官場呈何種態勢？作者又是如何透過《西遊記》來描繪的呢？

3.1　玉帝的核心資源 —— 蟠桃俸祿

　　蟠桃吃了可以延年益壽，甚至霞舉飛昇，同時還具有兩個特性：一是壟斷，只有玉帝的蟠桃園才能產出；二是產量，蟠桃園裡三千六百株桃樹，其中一千二百株三千年一熟，一千二百株六千年一熟，一千二百株九千年一熟。這個產量不算很多，多了就不值錢了，但也不少，夠神仙們分。所以玉帝靠這個資源當上了老大，那麼別人還有類似資源嗎？應該說有，但都不如他。

　　首先，太上老君就有比蟠桃更強的神物 —— 金丹。這東西甚至可以打破天地間最基本的法則，讓死了三年的烏雞國王直接活過來！但金丹產量太小，不能像蟠桃那樣當月薪發，不足以供養一個朝廷，所以太上老君只能作為一個勢力很大的臣，立不了國。同理，鎮元子大仙的人蔘

果，福祿壽三星的棗、梨，乃至唐僧肉也都號稱有類似功效，但都苦於產量太小，所以這些人都只能作為小勢力存在。

而佛祖有什麼資源呢？他就有成佛這種獨闢蹊徑的成仙之路。《西遊記》將道家「金丹大道」設定為修仙正道，修成可到天庭任職。但道家修成的標準太難，成佛不失為另一種選擇。而且這條路似乎不一定要有什麼實際成績，只要能把人事做通，佛祖一句話，您就成佛了。

玉帝暗喻明朝皇帝，他雖然掌控不了金丹大道，但蟠桃就是他發出的私賞，可以作為一種極好的補充。這個賞賜是廣義概念，既包括賞金，也包括晉級帶來的人生、事業成就。蟠桃還分三千年、六千年、九千年的等級，恰好比官員也分高、中、基層。佛教集團則暗喻了玉帝的私臣，提供了一種旁門，不必讀書考試，可以透過軍功、恩蔭、閹割等多種途徑獲得官職。儘管這種官職不是天庭（朝廷）的清要官職，但好歹也是官，關鍵是清資官那邊考不上啊！私臣本質上是皇帝私人的奴婢，只要把主子服侍得好，說提拔就提拔，沒有文官考試、會推、票擬那一套，所以很多人沒有讀書的稟賦、毅力，便渴望一個旁路，比如傍上一個主子，就能提攜著自己往上走。在科舉制度成熟後，這個旁路就變得越來越窄，但越窄就越需要加把勁鑽啊！

李春芳的時代出現了一個新情況 —— 青詞宰相。這是指嘉靖帝當了皇帝後發現科舉考試選拔出來的文官們都不聽他的話，於是他獨闢蹊徑，以青詞為標準選拔官員。所謂「青詞」是一種道教辭文，和文官們的儒家孔孟之道、程朱理學不是一個路數，很多文官都很鄙視，但也有極少數人投其所好，苦練青詞以邀寵。大奸臣張璁、嚴嵩都在「青詞宰相」之列，這相當於是在傳統主流文官中分化出來一部分充當了皇帝的家奴。李春芳很辛苦地考中了進士，為了加快升官，也選擇了投身此列。這正是孫悟空已經修成了大道，仍投身在佛教集團之意。

3.2 猴子偷桃還管桃園？

眾所周知，猴子偷桃，玉帝怎麼偏偏讓一隻猴子去管桃園？有人說這是封建統治者的昏庸。這豈止是昏庸，簡直是弱智！但官場小說不能這樣看，智力正常的玉帝這樣做自有深意。

封了一個齊天大聖虛銜後，玉帝又給了孫悟空一個主管蟠桃園的差遣，這可以說是把核心資源交給他掌管了。這樣做有兩方面原因：其一，玉帝一開始就把孫悟空當心腹培養。御馬監某些時候比司禮監更貼皇帝腹心。孫悟空在御馬監時就做得不錯，把天馬養得膘肥體壯，算是通過了第一輪考驗，可以把更重的擔子交給他了。其二就有點陰暗了，玉帝其實是想讓孫悟空背一個大黑鍋。

某人明知猴子偷桃，卻偏偏讓孫猴子去管桃園，其實就是想讓他偷幾顆。果然，孫猴子沒有辜負期望，進了桃園就開始偷。那麼他到底偷了多少？這個很難精確計數，且看他偷桃的大致效率：「奈何本園土地、力士並齊天府仙吏緊隨不便。忽設一計道：『汝等且出門外伺候，讓我在這亭上少憩片時。』那眾仙果退。那猴王脫了冠著服，爬上大樹，揀那熟透的大桃，摘了許多，就在樹枝上自在受用。吃了一飽，卻跳下來，簪冠著服，喚眾等儀從回府。遲三二日，又去設法偷桃，盡他享用。」

（1）孫悟空只是支開了下屬獨自偷吃，一隻身高不滿四尺的瘦猴兒，食量不會很大；

（2）他也不是每天守著當飯吃，「遲三二日」才去一次；

（3）孫悟空明白自己的職責，如果蟠桃明顯少了，他脫不了關係。所以他不敢撒開了吃，也不敢讓更多人參與，更別提批次處理了。他只是認為三千六百株桃樹很多，枝繁葉茂處偷幾個，別人發現不了。

結果呢？蟠桃勝會如期召開，玉帝該給神仙們發俸祿時，便「只有

兩籃小桃，三籃中桃。至後面，大桃半個也無，想都是大聖偷吃了。」我的媽呀，這猴兒的食量比豬八戒還大？三千六百株桃樹被他一個人啃光了？很顯然，孫猴子一人偷不了這麼多桃，但猴子偷桃的事實倒也坐實，問題只在於猴子到底偷了多少？這就是標準的神仙數字了，都吃到猴肚子裡您還能點數不成？那就把三千六百株桃的消失都算在猴子頭上？不這樣也沒別的辦法呀！

　　說到這裡，您應該明白玉帝為什麼要找一隻猴子去管桃園了吧？

　　沒有錯，桃子其實都是被玉帝收起來了，卻栽在猴子頭上。這就是官場上常用的「火龍燒倉、陰兵借糧」技巧，只不過一般都是栽到「火龍」、「陰兵」這種虛誕概念頭上，讓人無處追究。玉帝何其狠毒，栽到一個實體責任人頭上。

　　當然，這種實體栽贓也比虛栽更需技巧，玉帝可不能直說：「眾位仙卿，今年我不高興，不發桃子給你們了。」那就換個說法：「眾位仙卿，今年我沒有不高興，要發桃子給你們 —— 可惜都被那隻猴子偷吃光啦！」其實大家也不是傻子，但政治就是這樣，明知是那麼回事，但只要你找到一個理由，我一時也不好駁你，除非撕破臉，否則只能打落牙往肚裡吞。

　　歷史上，明帝和文官的主要爭鬥方式就是罰俸。因為文官是靠科舉入仕，又靠會推（宋明文官制度中，相關文官組織集會，推舉人員晉升，推舉結果由吏部、內閣呈給皇帝象徵性批准的人事制度）來晉升，受皇帝個人的影響其實不大，所以很少有誰依附於皇帝，反而常在工作中頂撞他。皇帝被誰頂撞太過，心裡過不去，只能逮住點小過錯罰幾個月俸祿，稍出一口氣。當然，這裡玉帝還不僅是找到了理由罰大家的俸，更有可能是試探一下停發俸祿這種動作他們會做何反應，試著提醒一下 —— 你們的俸祿還掌握在我手中哩！別太不把皇上當一回事。

那麼，道家神仙是怎樣回應玉帝這次政治態度問詢呢？作為道家領袖，太上老君很快給出了回應：您說桃子沒了，那金丹也沒了。

孫悟空在蟠桃宴上吃得酩酊大醉，本來急著回齊天府睡覺，卻「不知怎的」走到三十三天之上的兜率宮去了。這比過一會兒他要從兜率宮一路打到位於九重天的靈霄殿還要神奇，因為打過去無人阻攔雖然很不合理，但好歹是認準了方向動腳走過去的，這裡他一個醉漢怎麼就「走」到兜率宮去了，有這麼巧？也很巧的是老君正巧不在家，而且不是一個人不在，是把全兜率宮的人都帶走了。更巧的是，有五壺仙家至寶九轉金丹赫然擺在顯眼位置！醉猴一眼就看見了，拿起來「如吃炒豆相似」。

之後七仙女、王母娘娘、主持宴會的仙吏依次向玉帝奏報齊天大聖攪亂蟠桃會，玉帝都沒有做出太大反應，甚至都用「笑道」回答。直到太上老君來報：「老道宮中，煉了些九轉金丹，伺候陛下做丹元大會，不期被賊偷去，特啟陛下知之。」這一次卻是「玉帝見奏，悚懼。」

皇上這次真被嚇著了。也許他設想過很多種神仙們可能會對蟠桃沒有了的反應，並研究了下步對策。萬萬沒想到，他演了這麼多內心戲，然而太上老君早已看穿了一切，就一句：您說桃子沒了，好，那我這裡金丹也沒了。什麼？您質疑一隻猴子不可能把兜率宮的金丹一口氣吃光——就像也有人質疑一隻猴子不可能把三千六百株蟠桃吃光一樣？

道家講究清靜無為，但無為絕非無能，而是有所為，有所不為。老君這個回應可謂絕妙，不露聲色，一副可憐巴巴的受害者模樣，卻直擊根本，一招輕巧的以彼之道還施彼身，暗合太極運數。這其實是博弈論中的對稱博弈技巧，不管你出什麼招，我只需出一個對稱的招數，無論你有多麼絕妙，我也和你一樣絕妙，你拆穿我的同時也就拆穿了自己。更妙的是，玉帝想用這招警醒道家神仙：蟠桃掌握在我手中。老君卻是一招太極推手，讓這個警醒尚未傳達到眾位仙卿，卻掉轉方向，重重地

警醒玉帝：金丹掌握在我手中。

您會火龍燒倉，我還會乾坤大挪移呢。

當然，蟠桃和金丹這次小小的交鋒，跟我們還將詳解的宏大官場博弈相比，只是一次墊場表演。不過它很出色地描繪了明朝皇帝的劣勢與窘境，文官的油滑與成熟。

3.3　萬曆帝栽贓御馬監的鬧劇

皇帝金口玉言，說不得半句假話，故意栽贓下屬更是天大的忌諱，一旦暴露有此行徑，簡直丟臉到三十三天之上。玉帝這種故意讓一隻猴子去管桃園，然後栽贓給他的行徑其實是有原型的。

明神宗（朱翊鈞，年號萬曆）是大學士張居正的學生。張居正因為主持改革得罪了李春芳等很多高官，但他在李春芳退休後一年多就當上了內閣首輔，並與李太后以及御馬監太監馮保結為政治同盟，籠罩了皇室、文官、太監幾個權力源，成為明朝歷史上最大的獨裁者，比太祖（朱元璋，年號洪武）還要大八倍。李春芳本就不是個廷爭面折（臣子在朝廷上犯顏直諫，據理力爭）的硬漢，退了休哪還敢跟他們當面作對，他就敢寫寫《西遊記》而已，他把萬曆帝的一個大笑話精心編排，揉入了小說中。

張居正死後，他的權力網全面瓦解。馮保被貶為奉御（正六品宦官），南京閒住，第二年就鬱鬱而終。其弟馮佑、姪子馮邦寧均官至都督（正一品武官），都免官下獄，最後死在獄中。朝廷抄沒馮保家產，抄出來金銀百餘萬，還有價值連城的珠寶、字畫、古琴等藝術品。

事實上，馮保的財產恐怕遠不只這麼多。馮保被發配南京，他女朋友李太后肯定要過問。萬曆帝對老媽撒了個謊敷衍：「老奴被張居正蠱惑，沒什麼大過失，去去就召回。」但不久潞王（李太后另一子朱翊鏐）

結婚，需要大量珠寶作彩禮，李太后當然找大兒子解決。萬曆帝捨不得給，於是又撒了個謊：「近年來無恥臣僚大量收購珠寶，送給張居正、馮保兩家，導致市價暴漲，皇室都買不起了呀！」李太后說：「不是已經抄家了嗎，應該把這些珠寶抄出來呀！」萬曆帝只好用新謊圓舊謊：「這老奴狡猾，先轉移了財產。」李太后說：「轉移了就得追查呀！」萬曆帝也只好下詔再深查馮保的財產，結果捅了馬蜂窩，查出錦衣都督劉守有及其下屬張昭、龐清、馮昕確實在抄沒過程中私吞了大量財產，均獲罪。但萬曆帝一門心思查劉守有案，至於最初說的追查馮保轉移的財產，也就忘了繼續深究。李太后見她一句話捅破馬蜂窩，也沒好意思再追問，這件事最終不了了之。

此事一經大白，天下鬨笑，倒不是笑貪官凶猛，也不是笑錦衣衛查案時趁機貪墨贓款，這種事情在當時已經不好笑了。大家笑的是皇帝捨不得給親弟弟辦彩禮，不斷撒謊，而且是以栽贓家奴的形式對親娘撒謊。你個不仁不孝的大騙子，還當皇帝哩！朱翊鈞啊朱翊鈞，你是要存心笑死豬一群呢！

李太后娶兒媳婦，要用珠寶辦彩禮，皇帝不想給，就栽贓給御馬監太監馮保；王母娘娘辦蟠桃勝會，要用蟠桃，玉帝不想給，就栽贓給御馬監弼馬溫。嘿！好你個玉帝，秦皇漢武、唐宗宋祖不學，學個萬曆小兒！

3.4　玉帝的培養課程

當然，玉帝悉心培養孫悟空也不僅僅就為了背這個黑鍋，取經工程也早就在計畫中。根據時間判斷，孫悟空是作為第十次取經的梯隊培養，他出師不久，金蟬子就走上了取經路。在金蟬子前幾世取經嘗試時，孫悟空正好有空掛職鍛鍊，玉帝給他安排了這幾個培養課程。

(1) 在花果山掛職當山大王

取經路上主要面對的障礙就是占山為王的妖怪，所以先讓孫悟空自己去當一次山大王，熟悉妖怪占山為王的運作模式。比如白骨精變作嬌俏美女來誘唐僧，孫悟空便解釋他當年「在水簾洞做妖魔時，若想人肉吃，便是這等」變化成金銀或女色，將人迷到洞裡，盡情享用，勸唐僧莫著了道兒，這就是下派鍛鍊的基層工作經驗。水簾洞的設施一應俱全，顯然是早就安排好了給美猴王掛職鍛鍊用的，不是讓他真正從頭打造一個獨立王國。孫悟空作為妖王，雖然抓了不少人來給群妖吃，但取經路上他多次強調是胎裡素，從沒吃過肉。這就更符合下派幹部的特徵了——只看不吃，熟悉基層，累積經驗，但不過多沾染。另外玉帝還派了圍剿隊，讓孫悟空進一步熟悉妖怪應付天庭派人來找麻煩時的解決辦法，真正做到知己知彼，充分鍛鍊，熟悉基層。

(2) 與龍宮和地府打交道

地府指代監獄，龍宮指代資本家。這是現實社會的兩個重要構成面，但明朝官員多數是從小一心只讀聖賢書，考取功名後走上仕途，小太監更是在深宮中長大，絕少有人有機會和這兩個陰暗的層面打交道，更別提深入了解了。但西天路上卻有這個現實需要，所以先讓孫悟空接觸一下，增進了解。如果按現代標準，孫悟空不但有基層工作經驗，還是個有經濟和法律工作經歷的幹部。

不過小說中有一段孫悟空闖入地府，無視地府權威，強銷死籍的精彩描寫。有些解讀稱這是為了展現孫悟空本領高強、富有反抗精神，而地府的封建統治者外強中乾。說真的，這讓我倍感憂慮。這種持棒打進地府去強銷死籍，分明就是私自破壞司法體系啊！閻王們怕他，哪裡又是因為他本領大，無非是害怕他御馬監的背景哪！這哪裡是什麼反抗封建統治的讚歌，分明就是一齣御馬監的太監目無王法，為所欲為的醜劇呀！

(3) 以齊天大聖頭銜廣泛交遊

孫悟空要一個「齊天大聖」頭銜，玉帝毫不遲疑就給了。此銜不帶職能，但地位崇高，有了這個頭銜，孫悟空才好去和高級神仙稱兄道弟，廣泛結交。這一方面是為孫悟空累積人脈。不少人說孫悟空有諸般神通，但其中最厲害的一般還是搬救兵，靠的就是這段時間累積的人脈。另一方面，這也是讓孫悟空全面了解天庭的權力執行機制，遇到問題時知道該去找誰幫忙。別小看了這個，比如車遲國鬥法，他就得先清楚降雨的程序，才知道該找雷公電母龍神來解決。

3.5　玉帝憋悶委屈只因人事權太軟

御馬監和蟠桃園，一是核心禁衛，一是核心資源，可以說是玉帝私人手中一文一武兩個最核心的位置，重視和栽培不言而喻。但玉帝掌控了禁衛、薪資兩大核心權力，他還缺什麼以至於掌控不了天庭顯得那麼無能？因為法力太低？儘管《西遊記》沒有正面描述過，但我認為玉帝本人的法力並不重要，如果一個組織的老大是靠個人武藝維繫統治，那這是黑幫，不是天庭，明朝也沒有哪個皇帝是靠個人的學術水準統領三千進士。所以這還得從玉帝掌控的資源來尋找答案，那他到底缺了什麼以至禁衛和薪資兩大核心資源都無法彌補？

答案是——人事權。

人事永遠是最最核心的政治權力，尚書六部的秩序中吏部高居第一，吏部尚書號稱「天官大塚宰」，可見地位殊崇。掌握了官職任免，可以在關鍵位置上安插「自己人」，也就掌握了權力根源。官員們走仕途，圖的就是晉身，誰掌握了人事權，誰就是真老大。那玉帝在天庭到底有多大人事權？應該說有，但是很軟。

道家的法則是「凡有九竅者皆可修仙」，蛇蟲鼠蟻都可以憑自身努力，通過一個公正、明確的路徑「金丹大道」修練成仙，這主要是靠自身努力，而不是靠玉帝或哪位大神的私人恩賜，也就是所謂「我命由我不由天」。所以道家神仙並不是玉帝的貼心心腹，甚至還在相當程度上提防玉帝提拔私人，擠占他們的官位。二郎神其實頗有本領，但就因為是玉帝外甥，無法在天庭撈到一官半職，只能「聽調不聽宣」，這正是道家神仙對玉帝私人高度提防的一個極端事例。這些道家神仙幾乎完全占據天庭要職，嚴防任何私人關係插入，所以玉帝在天庭可謂舉目無親，真的成了孤家寡人。甚至孫悟空都已經揮舞著金箍棒打到靈霄殿前了，道家神仙還能集體忍住無一人出手救駕。當然，玉帝也不是完全沒有自己人。您看，如來佛祖不就在關鍵時候積極救駕了嗎？這正因佛教集團便是玉帝的私人班底。

佛教集團的升官法則和道家完全不同，修練只是一個參考因素，更重要的是上司提拔。取經團最後敘功封賞，完全是佛祖一口說了算，沒有什麼客觀標準。所以在佛教這個集團，巴結逢迎上司才是晉身之途，這樣一個團體才能成為某人的私人班底。只不過，道家神仙已經完全把持了天庭要職，佛教神仙只能在地上西牛賀洲的靈山地界自己玩玩。玉帝想提拔取經團這幾位「親朋好友」，也只能往靈山送，天庭沒他們的位置。

這正是人類歷史發展到明代的一個重要現實：皇帝相當程度上失去了文官的人事權，所以文官不那麼聽話。

這種嚴格的科舉考試選官制度是在漫長的歷史中逐漸形成的，漢唐以前的官職由皇帝隨意分發，所以想當官就得巴結好皇帝，一個二個非常聽話。但能巴結上皇帝本人的畢竟是少數，也有很多人選擇巴結其他權臣，這樣一些權臣就形成了所謂的門閥世族。門閥提拔的官員聽這個

權臣而不聽皇帝的話，歷代的篡權篡位便是這樣來的。所以到隋唐，中國皇帝就弄了所謂的科舉，以客觀公正的考試來選拔官員。唐太宗（李世民）曾在科舉放榜後，看著新科進士從端門魚貫而入，高興地說：「天下英雄盡入吾彀中矣。」因為他知道這些人從民間出身，不是哪位權臣的附庸，反而會抑制權臣安插「自己人」，在這個制度下，門閥世族的社會基礎開始消融[33]。

但時至明代，皇帝和文官共同的敵人──門閥貴族早已消失在歷史長河中，那主要矛盾就由皇帝害怕門閥貴族威脅皇權的矛盾轉化為皇帝對科舉文官不那麼聽話心生不滿的新矛盾。文官徹底占據了所有重要官位，一個不剩。皇帝的私人很難考上進士，無法染指哪怕一個清要官職，這樣一來皇帝畢竟有些不爽，甚至懷疑自己當了個假的皇帝，於是有些皇帝開始想方設法地繞開科舉，安插私人。文官們當然也要想方設法防止這種人插入，這種博弈可不是戰場上堂堂正正地兩軍對壘，而是君臣之間、同僚之間、公權力與私人關係之間的複雜博弈，《西遊記》整本書講的就是這麼一件事。

4 大鬧天宮 —— 誰的大鬧劇

孫悟空的成名之戰堪稱全書乃至整個人類文學史上的經典 —— 大鬧天宮。無須掩飾，你的童年是在多少次大鬧天宮的夢裡一路走來。多少次你夢見自己就是那個身披黃金甲，手持金箍棒，打得滿天神仙哭爹喊娘，玉皇大帝直鑽桌底的無敵戰神。大鬧天宮，它太容易觸動我們內心深處的英雄情結。然而，今天我可能需要直接而非間接地告訴您：這場激勵過您童年的英雄讚歌，其實只是一場鬧劇，而且還不是孫悟空一個人的鬧劇，而是幾乎所有人聯合演出的一齣天大的鬧劇。

4.1 齊天大聖究竟實力幾何？

大鬧天宮這部恢弘壯麗的英雄史詩，其實從一開始就帶著一個邏輯上的矛盾 —— 各個角色的實力嚴重無法評估。

如果按照大鬧天宮時的實力展示，孫悟空簡直就是天地間第一神力。神到什麼程度？神到個人的力量可以對抗整個天庭！然而作者是明朝中後期 —— 官僚體系高度發達時代的宰相，混了一輩子官場，他難道不明白組織力量和個人力量的懸殊嗎？他怎麼會寫出這種意淫小說呢？而西天取經時那些看似無能的滿天神佛，他們的坐騎、童子下界為妖，就能讓孫悟空無可奈何，最後還得低聲下氣地去求他們解救。這是一個嚴重且明顯的邏輯矛盾，對此有人解釋孫悟空被壓了五百年，實力退化，妖怪們卻更新了。但明朝還沒有普及打怪練級的網路遊戲，這種解釋只能當笑話聽聽。真正說得通的解釋有且僅有一個：大鬧天宮時，天

庭諸神都默契地隱藏了實力。

隱藏實力，官場常用技術。您去請一個當官的幫點小忙，或者履行正當職責，他可能就會皺著眉頭說：「哎呀，這個確實應該幫您的忙，但確實又有什麼什麼實際情況，或者超出我職能範圍，我也沒辦法呀！」

其實即便在小說中，孫悟空也只是在通明殿外大鬧了一番，根本沒有摸到靈霄殿的地板。很多人熱衷於討論「五百年前打遍天庭無敵手，五百年後取經路上卻誰也打不過」的邏輯矛盾，其實根本沒有矛盾，因為這個問題的題幹本身就不成立，五百年前他也沒打過誰。孫悟空從八卦爐裡跳出來後直奔靈霄寶殿，天兵天將是「九曜星閉門閉戶，四天王無影無形。更無一神可擋。」但是這裡打敗誰了嗎？其實一個也沒有呀！若說是孫悟空一頓棒，打死一群神將，剩下的拋下玉帝落荒而逃了，這可稱大勝。但問題是根本沒有任何人接上一棍，直接就消失了呀！五百年後取經路上狂打孫悟空的那些神魔，其實也沒誰在這一戰被孫悟空打敗過。

電視劇將大鬧天宮的場景改編成孫悟空揮棒激戰，打敗了諸天神佛，甚至創作了玉帝鑽桌子的場面，這確實更精彩，更能盡情釋放個人英雄主義情懷，但進一步放大了原著暗藏的誤導。只不過這其間的個人英雄主義情懷太動人，讓我們都深陷其中，根本捨不得自拔。回到原著，我們冷靜地看大鬧天宮，完全是上至太上老君，下至天兵小卒，全都默契地選擇了隱藏實力，拒絕出面制止正在大鬧的孫悟空。諸神為什麼要這樣做呢？玉帝為什麼容忍呢？因為他們都需要演這場大鬧劇。

孫悟空第一次號稱嫌弼馬溫官小，反下花果山。天庭派托塔天王李靖率兵討伐，李天王派巨靈神、哪吒三太子兩將依次與孫悟空單挑落敗，班師回朝。天庭二次招安，孫悟空如願獲封齊天大聖頭銜。人們讚頌孫悟空透過一場勝仗為自己爭取到升官的壯舉，也譏笑天庭這個封

建統治者的外強中乾。要真這麼外強中乾早就被推翻了，還等得到孫悟空？再仔細一看，李天王為何只派兩員將領單挑一下就認輸呢？這不還沒真正開打嗎？而且哪吒戰了三十回合就被孫悟空一棒打中膀臂敗逃，這不是他的水準。後來取經路上，哪吒也曾下界助取經團降妖，比如面對獨角兕大王（太上老君的青牛），哪吒和孫悟空都和他打成平手，可見哪吒和孫悟空武藝相當，斷無三十回合就敗走之理。

之後孫悟空攪亂蟠桃會，二次革命，李天王率十萬天兵天將會剿。這次天兵認真多了，猴子也應付得很辛苦。但大殺了一整天，天兵卻「止捉得些狼蟲虎豹之類，不曾捉得他半個妖猴」。這可是十萬級的大會戰呀！想抓誰就抓誰，別說打仗，軍體操匯演能控制到這程度也得令人讚嘆哪！嘿嘿，這恰是我大明天兵看家的本領。明中後期，明軍經常展現出這樣的「素質」。對面往往是多個游牧部族組成的聯軍，明軍可以對其實施精確打擊。沒關係的部族，砍你腦袋回去報功；暗中勾結好了的部族，您還可以順手帶點友軍的財物回草原。所以這根本不是精準打擊，是精準扶貧。清朝創始人努爾哈赤本是東北女真諸部中較弱的一個，但成功申請到了遼東都指揮使司的精準扶貧專案。每次圍剿，明軍都打擊女真、蒙古其他部落，偏偏留下他的建州左衛發展壯大，最終被他統一東北。

觀音菩薩派弟子惠岸行者（李天王次子木吒）出戰，又單挑失敗，李天王又向天庭發出敗報。玉帝「笑道：叵耐這個猴精，能有多大手段，就敢敵過十萬天兵！李天王又來求助，卻將那路神兵助之？」儘管作者用了極大篇幅渲染戰鬥過程的精彩激烈，但我們還是能夠發現：李天王根本沒認真打，試想十萬天兵一起擁上去，誰扛得住啊？但他始終象徵性地單挑一下就認輸。儘管這第二次圍剿花果山，樣子做得倒是比第一次足，但還是沒動真格。玉帝其實也看出來了，所以才會「笑道」，而不是「悚懼」。

4.2 皇親與狗不得入內

見以李天王為代表的眾天兵都不賣力，觀音菩薩舉薦了二郎神。

二郎神的身分相當微妙，他法力不弱，也為天庭立過功，但卻不能在天庭任職，只能在人間灌江口居住。究其原因只有一個——他是玉帝的外甥。這個角色恰是代表了宋明以來一個非常尷尬的群體——皇親國戚。若在前代，皇親國戚可不尷尬。若能跟皇帝沾上點親，就算您是廢物也能受重用，更別說有點真本事了。但在宋代以後情況就反過來了：皇親國戚一律不得為官，哪怕像二郎神這麼有本事的。

宋朝明文規定：宗室不得為官，更不能為相。但南宋有一位名相趙汝愚，卻是宋朝第二代皇帝宋太宗（趙匡義）長子楚王趙元佐之後。不過宋太宗駕崩後由第三子宋真宗（趙恆）繼位，所以趙元佐這一系從此就偏離了帝系。趙汝愚是在第十三任皇帝寧宗朝才當宰相，隔了兩百年，早就跟現任皇帝出了五服，其實根本算不上宗室，所以才能為相。不過政敵卻抓住他這個把柄，大力攻擊，把他趕下了臺，可見宗室為官的高度敏感性。明朝比宋朝更嚴格，明代其實頗有一些才華橫溢的宗室成員，比如創立「十二平均律」的數學家朱載堉、被日本譽為現代啟蒙之父的思想家朱舜水等，但他們雖可憑宗室身分得到國家供養，卻絕無可能撈到一官半職。

玉帝和二郎神就面臨著這樣的苦惱。玉帝看著李天王這幫工作應付了事的官吏，心裡焦急，多想用一些「自己人」啊。二郎神有通天徹地的本領，卻攤上個皇帝舅舅，升不了天（當不了官）。但這次圍剿妖猴就是個立功的機會，你們都解決不了這猴子是吧？行，我來解決了，總能讓我當個什麼官吧？這是憑實打實的軍功，而非血親。觀音是個很乖巧的人，適時地推薦了二郎神，所以玉帝調二郎神出戰，聖旨結尾處專門加

上篇　紫禁城裡的西遊世界

上一句「成功之後，高升重賞。」二郎神也是「大喜」，立即率梅山六兄弟、一千二百草頭神，「霎時過了東洋大海，徑至花果山。」這幫私人武裝比國軍積極多了。

二郎神進入戰場，他讓李天王的正規軍無論勝敗都不用相幫，只求他立個照妖鏡不要讓猴子變化逃走。但即便這麼一個小小的要求，其實李天王還是沒有滿足。後來二郎神與孫悟空賭變化，靠的是自身經驗和判斷（很多神話說二郎神有三隻眼，有相當於照妖鏡的功能，但《西遊記》並無此說，同樣孫悟空的「火眼金睛」也無此功能），李天王架著個照妖鏡卻始終沒吭聲。李天王的副將巨靈神和兩個兒子跟孫悟空單挑時，都是數十合敗走，唯獨二郎神和猴子大戰三百餘合，「抖擻神威」，愈發賣力。梅山六兄弟更是率兵衝殺，一舉擒獲了兩三千妖猴。

十萬天兵天將，半個妖猴都抓不住；一千二百草頭神，一戰擒拿兩三千。您說這是能力問題還是態度問題？

之後二郎神的親兵將孫悟空團團圍住，眼見就要成擒，玉帝的外甥馬上就要立下大功了！就在此刻，觀音菩薩提出擲淨瓶下去打猴頭，助二郎小聖一臂之力。太上老君卻以淨瓶易碎為由，拿出他的至寶金剛鐲（有些較權威版本《西遊記》根據世德堂刻本作「金剛琢」，但此寶是一個手鐲形狀的圓圈，為便於理解，本書作「金剛鐲」。），打翻猴頭，二郎神率眾擒下孫悟空，穿了琵琶骨，使其不能變化，押回天庭受審。

二郎神立下這份大功，可惜玉帝先前承諾的「高升重賞」卻未兌現，只是給了金花、御酒等賞賜，沒有讓他入朝為官。二郎神也只好「謝恩，回灌江口不題。」

因為你是皇親，哪怕立下擒拿孫悟空這麼大功勞，展現出這麼高的本領，甚至戰前聖旨寫明「高升重賞」，結果依然別想入朝為官。我們這圈子就是文官的，皇親與狗不得入內。你不但是皇親，還真的帶一條狗

（哮天犬，《西遊記》中叫細犬），就你這樣還想入朝？這就是明朝的時代特徵，忽略或對這個特徵視而不見，就無法看懂《西遊記》的內涵，只能停留在一猴一棒包打天下的層次。

有人說玉帝和二郎神因為「斧劈華山救母」之事，關係不好，所以二郎神不願上天庭為官，「聽調不聽宣」，展現了一種不屑為官的丹心傲骨，也展現了玉帝外甥有一定特權。被排斥在體制外的特權？二郎神這個角色在民間神話傳說中其實很豐富多彩，但在《西遊記》中就是一個皇親與狗不得入內的尷尬角色。

事實上，明朝對軍功封爵也有很嚴的規制，如果二郎神真的立下軍功，文官們恐怕也阻不了他「高升重賞」。也正因如此，當二郎神的私人武裝擊潰妖猴大軍，團團圍住孫悟空時，形勢已成定局，太上老君偏偏要去幫一下手，就是為了分二郎神的功。他這個圈一擲，顯得是他打翻了猴頭，二郎神才趁機拿下對方，功勞就小多了，「金花百朵、御酒百瓶、還丹百粒、異寶明珠」可以打發，官您就不用想了。

4.3　親暱私臣如來救駕

擒住了猴子──更重要的是打發走了二郎神，接下來就該審判執行了。反賊當然是死刑，但行刑人員「刀砍斧剁，雷打火燒，一毫不能傷損。」太上老君解釋說孫悟空吃了蟠桃，飲了御酒，更重要的是吃了他五壺金丹，「運用三昧火，煅成一塊，所以渾做金鋼之軀，急不能傷。」遂提議由他將猴子放進八卦爐煅燒七七四十九日，煉出丹來，猴也成灰了。玉帝准奏，於是「那老君到兜率宮，將大聖解去繩索，放了穿琵琶骨之器，推入八卦爐中。」結果猴子「躲在『巽宮』位下。巽乃風也，有風則無火。」四十九日鍛鍊下來，毫髮未損。影視作品總愛表現他的衣

服甚至毛髮被燒光了,其實不對,火根本沒舔到他身上。

老君一揭爐蓋,猴子一下子衝出來,老君和眾道士來揪他,卻都被他掀翻在地。尤其是鶴髮蒼髯的太上老君「趕上抓一把,被他一摔,摔了個倒栽蔥」。真是引得不少人捧腹大笑。但笑完我們得想想:堂堂兜率宮,當真連一個能擋擋這猴子的人都沒有?沒叫您拿下,只是擋一擋啊!西天路上的金角大王、銀角大王、獨角兕大王這麼多兜率宮下派幹部,都讓取經團吃盡苦頭,此刻他們怎麼不挺身而出呢?還讓大老闆親自去抓猴,出那麼大洋相?弄得來孫悟空衝出兜率宮,「耳中掣出如意棒」,直衝靈霄殿──衝著玉帝去了!險些造成一樁弒君的重大事故。

孫悟空在八卦爐中沒有煉死,卻煉成了狂戰士,直奔玉帝而去,打得天兵天將是「九矅星閉門閉戶,四天王無影無形。更無一神可擋。」所幸還有一位佑聖真君佐使王靈官,使金鞭擋住瘋猴,「又差將佐發文到雷府,調三十六員雷將齊來,把大聖圍在垓心。」還發文?沒錯,沒有正式檔案,玉帝腦袋被敲爆了人家也沒責任呀!作者「發文」二字簡直用得妙到毫巔,道盡了官場不盡滄桑。

圖 3 天庭眾神笑看大鬧天宮

這時驚動了玉帝，親自下詔宣西天佛老前來降伏，如來佛祖急忙趕到天庭，騙猴子說他可以安排猴子當玉帝，條件是到他掌上來翻一翻。結果猴子就上當了，被壓在了他手掌變的五行山下。孫悟空還一度想憑神力掀翻五行山，又被如來加了一張帖子，穩穩壓住，並安排專人出任土地，配合五方揭諦看管。至此，大鬧天庭這場大劇總算落幕。玉帝召眾神歡宴，並請如來取名「安天大會」。

很多人理解成這是玉帝的道教天庭無法降服孫大聖，所以去西方佛教世界請來外援，甚至是到上級部門求救，其實作者透過玉帝請如來救駕的禮儀措辭，很明顯地標定了他們的君臣關係。

如來收伏妖猴，連玉帝的面都還沒見到就準備轉身回凡間的靈山，看來按官方禮儀，如來做了這個工作玉帝連線見都不用，這不但是明確的君臣關係，而且還是個品級不怎麼高的臣子。《西遊記》設定了如來佛祖在天庭位居「五老」之一，大致是四品官。按明代官制，六部侍郎（正三品）以上可稱公卿，皇帝應親自接見，如來正好差一點點。但玉帝很給面子，親自出來接見，說要設宴致謝，「如來不敢違悖，即合掌謝道：『老僧承大天尊宣命來此，有何法力？還是天尊與眾神洪福，敢勞致謝？』」、「不敢違悖」、「救駕」、「宣命」等措辭都進一步坐實了君臣關係。

但值得注意的是，如來堅持官方禮儀措辭，玉帝本人卻沒有。最初玉帝「傳旨著遊弈靈官同翊聖真君上西方請佛老降伏」，二聖到佛前也稱「玉帝特請如來救駕」，都是用的「請」而不是「宣」，之後更違背禮制親自接見如來。這充分說明玉帝和如來的私人關係非常親暱，不是官品問題。安天大會上道教眾神和四海散仙紛紛「向佛前拜獻」，這也是君臣之禮，所以很多人認為如來才是天庭真正的君主，其實這恰恰說明如來是玉帝的私人代表。按明代禮制，司禮太監在很多場合作為皇帝私人代表，官民和外國君主都應跪拜如見皇帝陛下本人。

所以在《西遊記》設定中,玉帝是明朝皇帝,如來是其最寵幸的司禮監掌印太監無疑。不過這也暗示了明中後期有些人漸漸亂了禮法,皇帝不以法定禮制稱呼太監,而稱「大伴兒」甚至「翁父」。這不得不令人想起漢靈帝(劉宏)寵幸太監,以至於公然宣稱「張讓是我父,趙忠是我母」,從而引發「十常侍」亂政的歷史教訓。明代某些寵監如劉瑾、馮保、魏忠賢等,也正是不斷突破禮法,要求官員不分場合只要見到自己都要跪拜,從而打造「閹黨」。

　　其實玉帝和如來這種君臣關係作者表達得很清楚,而且當時的政治氛圍是「大禮議」剛過,人人心有餘悸,這樣寫相當敏感,時人一看便知,只是後世很多人不了解明代禮制所以產生了誤解。但還有人認為佛祖法力高強,您看孫悟空從八卦爐中衝出來,道家神仙無人能擋,只有佛祖能收伏他。如果這樣想,那就真上了作者的當了。

4.4　道家故意放孫悟空去衝擊御駕

　　沒錯,他們是故意的,尤其是太上老君。

　　什麼?您堅持認為是孫悟空本領高強,把天庭諸神打縮頭了?尤其是電視連續劇,玉帝被打得鑽桌子,這是多麼令人開懷的一齣英雄讚美詩啊!

　　好吧,且不說拿下,神仙們擋一擋猴子的功力總該有吧?很多神仙都在取經路上與孫悟空交過手,比如二十八宿中的奎木狼,也就是寶象國碗子山波月洞的黃袍怪。他一個人就能和孫悟空打成平手,但大鬧天宮時二十八宿加起來卻擋不住孫悟空一個(其實根本沒去擋)。而且黃袍怪在取經路上見了孫悟空,只是覺得有點面熟,半天想不起是誰。這說明什麼?說明大鬧天宮對於他根本不是多大一回事,他只是象徵性地

吆喝了兩聲，過了就忘了。如果真是打得他當了縮頭烏龜，連皇上都不顧，豈非刻骨銘心？

最恐怖的是，孫悟空跳出八卦爐後，從「耳中掣出如意棒」。他怎麼就能從耳中掣出呢？二郎神抓住妖猴，第一件事就應該是繳械，豈能容他將此等神兵留在身上？有人說二郎神不知道金箍棒可以變成針藏在耳朵裡，但金箍棒是「made in 兜率宮」，親手打造的太上老君不可能不知——問題恰恰出在他身上。

二郎神即將抓住猴子時，老君擲下了金剛鐲打翻猴頭。這個金剛鐲是全書最頂級的法寶，第五十二回獨角兕大王用它大顯神通，任你什麼兵器法寶，包括如來的十八粒金丹砂，一律可以收進來。太上老君號稱是他當年西出函谷關，帶著早晚防身的至寶，但這裡卻只當磚頭扔一下，是不是殺雞用了牛刀？其實這個細節大有玄機——老君正是利用金剛鐲套物的神技搶先套走金箍棒，以免被二郎神繳械。如果真讓二郎神把這繳獲的兵器呈給他舅舅，好哇！李老君，這反賊用的可是您打造的兵器呀！那李老君可就說不清楚了。而且二郎神抓住孫悟空時是鉤了琵琶骨的，斬妖臺上始終沒有放開，但老君主動請纓用八卦爐將其煉化，入爐前偏偏要把他放開，而且故意留了個巽位有風無火。噯！我們蒸大閘蟹尚且知道綁好了蒸，而且不留死角，老君這個用八卦爐的祖師爺，居然會犯這樣的錯？

孫悟空出爐那一刻，老君「趕上抓一把，被他一摔，摔了個倒栽蔥」。我說別光顧著笑，就是這一把，將金箍棒塞回了猴子身上，然後指示道家諸神放開一條路，放那猴子從兜率宮一路打到靈霄殿。

無量天尊！兜率宮在三十三天之上，靈霄殿在第九重天，這麼遠的距離，就沒一個神仙稍微擋擋？相當於從京城外就開打，一直打進紫禁城，衝到乾清門皇帝面前，無一兵一卒護駕！換您是皇帝，您覺得這是敵人太強大，還是我軍讓您太心寒呢？

5 取經幹嘛 —— 王大臣與大禮議

官場政治，有些東西看起來是鬧劇，其實隱藏著很深內涵，只是當事人不願意說出來，樂得讓人以為真是鬧劇。明朝歷史上，正有一齣無厘頭的大鬧劇，還有一齣很無聊的肥皂劇，像極了大鬧天宮和西天取經，恰是作者源於生活的素材。

5.1 無厘頭的王大臣刺萬曆帝案

大鬧天宮這場鬧劇，道家大老太上老君放縱弼馬溫去打玉帝，這顯然是對王大臣謀刺萬曆帝案的演繹。

萬曆元年（西元1573年）正月一天清晨，御駕出乾清門，路中突然出現一名身穿御馬監宦官服飾的神祕男子！當時霧很大，此人都已經到了駕前，禁衛才發現，慌忙拿下，一搜此人身上果然藏有刀刃！禁衛審訊他，此人供稱名叫王大臣，是原隸左都督戚繼光麾下的逃兵。他不是一位姓王的大臣，而是姓王名大臣，您說這是個真名字嗎？顯然就是到最後連真實姓名都沒審出來。至於他為何穿著宦官服飾，如何走到乾清門卻無人發現，身藏刀刃奔向皇帝意欲何為，背後是否有人指使？禁衛審了半天沒個頭緒，於是萬曆帝下詔改由司禮監秉筆太監、提督東緝事廠兼管御馬監馮保負責審理。

馮保是多年的二公公，本來理應接任司禮監掌印太監，成為大公公。但接替李春芳為首相的高拱作為外朝文官，卻多次干預內宮人事，連續力薦資序在馮保之後的御用監太監陳洪、尚膳監太監孟沖等人彎道超

車，一次又一次阻止了馮保得正大位，馮保恨得咬牙切齒。排名靠後的大學士張居正趁機與馮保結為同盟，在高拱和新登基的萬曆帝以及兩宮皇太后之間製造誤會，最終逼高拱下野，張居正得以位居首相，不久馮保也終於圓夢司禮監掌印太監。現在馮保的東廠得到王大臣這個「資源」，又與張居正合謀，準備藉此繼續攻擊高拱，逼其自殺甚至滅族[34]！

馮保授意王大臣自供，就說高拱政爭失敗，怨恨萬曆帝，所以策劃他來行刺。不過東廠只是祕密調查機構，沒有執法權，它調查的結果還得移交錦衣衛，繼而提交司法部門才能判決。但錦衣左都督朱希孝指出此案疑點眾多，王大臣的自供說不通，傳喚馮保來和王大臣當面對質。結果王大臣就翻案了，對馮保大呼：「你不是許諾我富貴嗎？怎麼又把我抓起來治罪？我一個人渣，到哪裡去認識什麼高閣老（宰相）？」這等於是反而把馮保供出來了。

錦衣衛故意把這個消息放出來，朝野譁然。少師兼太子太師、吏部尚書楊博代表行政系統，太子少保、左都御史葛守禮代表監察系統出面質詢。張居正也迫於輿論，告誡馮保適當收斂。最後王大臣被匆忙處斬結案，沒有牽連任何人。

表1 《大鬧天宮》小說情節與史實的對照

《大鬧天宮》中的小說情節	王大臣案史實	說明
孫悟空持金箍棒衝擊玉帝	王大臣藏刃接近萬曆帝	一模一樣
一隻猴子從三十三天的兜率宮一路打到九重天的靈霄殿	一個無業遊民從紫禁城外到乾清門神奇地無障礙通行	一個是假裝不敵，一個是根本不出現
佑聖真君佐使王靈官將其攔住	御前禁衛將其拿下	
斬妖臺上就是砍不死猴子，天將圍住孫悟空就是拿不下	禁衛反覆審訊王大臣就是沒結果	
玉帝宣如來救駕，將其擒獲	萬曆帝詔馮保來審理	親信大太監出馬

《大鬧天宮》中的小說情節	王大臣案史實	說明
如來號稱可做主讓孫悟空當玉帝	馮保對王大臣許諾富貴	唬唬而已
如來突然將孫悟空壓在五行山下	馮保匆忙殺王大臣結案	都是為了封口
大牌神仙紛紛出席「安天大會」	張居正、楊博、葛守禮等重臣紛紛出面，結案	各方勢力總結陳詞
太上老君故意塞金箍棒，讓孫悟空去打玉帝	高拱指使王大臣攜刃刺殺萬曆帝	歷史懸案
孫悟空實為佛家培養	王大臣可能是馮保指使	歷史懸案

應該說，《大鬧天宮》比王大臣案還要複雜精彩，這正是源於生活，高於生活。不過該劇對事件的還原度已經夠高了，同時，看懂此案，您也就明白了大鬧天宮的真相——確實是有人故意清空並引導了他打往玉帝面前的路——您總不會認為王大臣能衝到萬曆帝面前真的是他武藝高強無人能擋吧？

發生此案時李春芳剛退休一年多，可能正在家創作《西遊記》，自然就將此事拿來做了《大鬧天宮》這一回的原型。世本《西遊記》的主要故事框架來源於宋元話本，但《大鬧天宮》一回不見於任何其他作品，是完全的原創。

5.2 官場無鬧劇，取經不無聊

大鬧天宮是不是一場無聊的鬧劇？是啊是啊！那猴子無聊死了，玉帝陛下您可千萬別怪罪啊！這個眾仙卿不要誤會，朕可沒怪罪誰，有些人就這麼無聊。這不，那如來佛也是無聊，搞什麼西天取經。

第七十七回，獅駝國青獅、白象、大鵬三大魔王騙孫悟空相信他們

已將唐僧吃了。孫悟空「悽悽慘慘的，自思自忖，以心問心道：『這都是我佛如來坐在那極樂之境，沒得事幹，弄了那三藏之經！若果有心勸善，理當送上東土，卻不是個萬古流傳？只是捨不得送去，卻教我等來取。怎知道苦歷千山，今朝到此喪命！』」

很多人看書或看電視到此都忍不住要幫悟空罵如來幾句：你真是無聊到一定程度了！不就幾本經書嗎？送到東土又有何妨？好，你要端著高姿態，熬自己的身價，要東土人自己來取也行，那麼多人會飛，你叫個會飛的呀！偏要叫唐僧這個白白胖胖的和尚步履千山，而且這個和尚的肉吃了還能長生不老，引得一路妖魔出洞。這不是被吃了！只能說你太無聊了。

真這樣認為，您就上政客的當了。

大鬧天宮是道家神仙警示玉帝，西天取經則是玉帝的回應。道家勢力這麼大，主要是因為他們掌握了道統。天庭存在的意義就是統治凡間，靠凡人的信仰和貢奉供養。當時凡人普遍信仰道教，天庭選拔神仙的主流也是道家規則 —— 修練成仙。這就是宋明以來的政治形態：儒家占據中華道統，朝廷存在的意義就是統治百姓，靠百姓的擁護和賦稅供養。而百姓普遍信任儒家，朝廷選拔文官的主流也是儒家規則 —— 科舉入仕。科舉是一個客觀的選拔程序，考上是靠自己的學問，而不是皇帝恩賜，「我命由我不由天」，所以考上來的這些文官不領皇帝的情，不在皇帝一手掌控中[35]。恰如修練是個人修為，而不是玉帝的賞賜，所以靠自身修練成仙的道家神仙們相互認同卻漸漸將玉帝邊緣化。

其實形成這樣的政治態勢，對皇帝也不是壞事。因為在這套規則下，儘管皇帝無法構築私人勢力，別人也不行了，所以宋明兩朝絕無有權臣篡逆之事。宋有南宋四大權相 —— 秦檜、韓侂冑、史彌遠、賈似道，明有嚴嵩、高拱、張居正，都曾炎炙一時，架空皇帝的本事不比王

莽、曹操、司馬昭、楊堅、李淵小,恐怕只有《西遊記》中的太上老君能比。但李淵之流不但架空皇帝,還能篡位,改朝換代,秦檜、嚴嵩之流卻絕無此法。儘管在職時可以架空皇帝,一旦離職就成為一個普通人,斷無可能將權力傳承給家族。

權臣生命有限,皇朝君名永固,這其實是中國皇帝透過讓渡實權來換取虛名鞏固的一種權術。玉帝儘管招呼不動太上老君這幫道仙,但道仙們也絕無可能撼動他的地位。不過當橡皮圖章的滋味畢竟不好受,有一些自尊心強、精力旺盛的皇帝就忍不住要去和文官們爭權,最常用的一招無非就是扶植私臣當馬甲。嘉靖帝連當45年皇帝,從進京路上就開始就跟文官們鬥,鬥到死為止,不知扶植起了多少勳貴、太監、錦衣衛,還建設了西苑這個青詞基地,甚至有了「青詞宰相」之說。皇帝這樣做勢必遭到文官抵制,這就是一個討價還價的過程。當然,這個過程不能擺上桌面,只能暗中博弈。

西天取經,正是承載這種暗中博弈的表面形式。道家的強勢源於掌握了最富庶的南贍部洲(大唐)信眾,佛家則想透過傳教給大唐這種形式來侵奪市場份額。三藏真經傳到東土,佛家勢力有所增強,一定程度上平衡了道家勢力。不過道家大老也會得到相應的補償,不然絕對不會放行。具體什麼補償呢?這個就得桌上談判,桌下博弈了。就連玉帝也不是一味餵肥佛家,有些過分的事他平時不好收拾,這次借取經團路過的機會一舉剷除,佛祖為了取經大局,也只好忍痛割肉。

所謂取經路,就是這樣一連串複雜的博弈過程。不光是玉帝、道家、佛家,還有妖怪、散仙、龍王、人類甚至取經團成員各種利益主體,紛紛借取經這個題目表達自己的訴求。您覺得這種利益博弈很無聊嗎?而在歷史上的嘉靖朝,也確實發生過一起表面上看起來很無聊的大爭鬥,整個西天取經都是對它的精彩演繹。

5.3 大禮議 —— 皇帝與文官的取經之戰

嘉靖帝剛剛登基就爆發了著名的「大禮議」，皇帝與文官展開了一場曠日持久的爭鬥[36]，而爭鬥的表面目的無聊到了極點 —— 辯論嘉靖帝的爸爸是誰 —— 是不是比西天取經還要無聊八倍？

嘉靖帝的堂兄明武宗（朱厚照，藝名朱壽，年號正德），曾與文官激鬥，甚至發生過極端的「左順門事件」，用廷杖打死了不少文官。正德帝死得也很蹊蹺，30 歲時一次偶然落水，得了感冒，武藝高強、能徒手搏虎（小老虎）的他居然就死了！而他還沒得來得及生孩子，也沒有親弟弟，於是在首相楊廷和的主持下，經朝廷議定，由興王朱厚熜繼位，即為嘉靖帝。

朱厚熜是正德帝的隔房堂弟，也就是明孝宗（朱祐樘，年號弘治）的姪子，不是親兒子。但既然弘治、正德一系無後，文官們便議定將朱厚熜過繼為弘治帝之子，入繼大統。這涉及到改宗問題，時年 14 歲的朱厚熜小朋友呢，他父親就由興獻王（朱祐杬）改為原來的伯父弘治帝（朱祐樘）啦。一般人肯定不願改換門庭，但有皇帝當還能不要？於是朱厚熜先虛以委蛇，當上皇帝後又開始耍賴，堅決要繼續認興獻王為親爹，弘治帝只是「皇伯考」。更過分的是，他提出要把沒當過皇帝的朱祐杬奉入太廟，追贈廟號、諡號！

這就太違背道統了，雖然中國人是很現實的，這種替死人扮家家酒的表面功夫無傷大雅，大臣們犯不著為個死人的名號跟皇帝較勁，更何況這應該算皇室的家事。但隨著歷史的進步就不行了！宋英宗（趙曙）的情況和嘉靖帝相同，想尊禮生父濮安懿王（趙允讓）為皇考（去世的父皇），但司馬光等臣僚堅持要他尊禮宋仁宗（趙禎）為皇考，其生父只能為皇伯考，結果引發了長達四年的「濮議」。五百年後，明朝又為同樣

的事爆發了更加嚴重，長達二十八年的「大禮議」。嘉靖帝和文官們每天為此辯論得臉紅筋漲，因此被罰俸、杖責甚至免官的大臣不計其數，連德高望重的首相楊廷和也在嘉靖三年（西元1524年）被罷免。可是大家就是前仆後繼，前後至少有兩百名以上的廷臣因此被罷官，罰俸、廷杖的更不計其數。

文官掌握道統大權，但不聽皇帝的話。勳貴、宮妃、太監、錦衣衛這些私臣是皇帝的貼心心腹，但沒什麼權，甚至在禮法辯論中都幫不上忙──這套封建禮法對他們來說太複雜了。這就是明朝皇帝的大苦痛。當然，絕大多數文官反對皇帝亂搞，也有極少數人劍走偏鋒，放下了儒家士子的禮義廉恥，這其中就以大奸似忠的張璁（後避嘉靖帝諱改名張孚敬）為代表。張璁力挺嘉靖帝不合禮法的倡議，並充分運用他的禮法知識幫皇帝與文官們辯論。終於在嘉靖十七年（西元1538年），明廷追尊朱祐杬廟號為「睿宗」，嘉靖二十七年（西元1548年）神主奉入太廟。

很顯然，濮議、大禮議不是真的為了爭論爸爸是誰，而是爭論誰說了算的問題，是嘉靖帝故意挑起，與文官爭奪發言權的政治爭鬥。嘉靖帝對文官們的隨意擺布不滿，想提高自己的話語權，文官則企圖磨平這枚有稜角的橡皮圖章。雙方借這個題目進行了二十八年（西天取經的兩倍）的漫長爭鬥，終以嘉靖帝慘勝告終。這是一場極其劇烈甚至近乎擺上桌面的爭鬥，一點都不無聊。

從「大禮議」的結果看，嘉靖帝似乎贏了，但從此皇帝和文官的關係也就更差。中華帝國自唐宋以降，行政體系愈發完善，皇權已經被文官分割了不少，到明朝基本上只剩下一個批紅的權力。在明朝的行政體系中，各部門草擬方案，由內閣研究是否批准或者修改，然後以「票擬」（在奏摺上面貼一張紙，寫上內閣意見）形式呈報給皇帝用硃筆批示可否。皇帝似乎掌握著最終決定權，但事實上皇帝接到奏報時內閣已經把

處理意見寫得很清楚,無非就是象徵性地讓您表示一下同意而已。那如果不同意呢?內閣會不會按您的意思再報?這就得看關係了。關係好當然好說,關係不好那就公事公辦。「大禮議」之前,大家還是很給皇帝面子,也願意在形成正式檔案之前先徵求一下皇帝的意見。但之後顯然就沒這回事了,官員們將皇帝徹底排除出決策核心,每次呈報的奏章皇帝就真的只能批個是否了。嘉靖帝在取得「大禮議」勝利後,縮排中宮,號稱「內閣奏報二十三年不曾更動一字」,徹底淪為橡皮圖章[37]。

當然,皇帝也會利用自己的虛名爭一些實權,比如扶植私臣建設一個內朝,尤其是在文官中尋求願意委身於己的少數派。對於官場上打拚的文官們來說也更複雜了,到底是走主流路線,做一個傳統的好文官,還是投靠私臣集團呢?這個操作取捨就真不是一兩句能說清了,《西遊記》如此鴻篇鉅著也只能道出其中一二。

嘉靖、隆慶、萬曆三朝的百年爭鬥最為複雜激烈,《西遊記》主要就是講這一段的事情,對這段歷史有個大致印象,有助於理解《西遊記》的深意,如表2所示。

表2 明代大事年表

年度	西元	享祚	主要大事件
洪武元年	1368	0	明太祖在南京建立明朝
建文四年	1402	34	靖難之變,燕王朱戰勝建文帝,即為太宗永樂皇帝
正統十四年	1449	81	土木堡之變,明英宗被瓦剌俘虜,于謙擁立景泰帝緊急即位
景泰八年	1457	89	奪門之變,石亨、徐有貞、曹吉祥擁立英宗復辟
天順八年	1464	96	成化帝登基,萬貞兒受寵,後封皇貴妃,權傾後宮
成化十二年	1476	108	御馬監太監汪直受寵,次年設立西廠

年度	西元	享祚	主要大事件
弘治十八年	1505	137	正德帝即位，寵幸太監劉瑾， 開啓第一波「閹黨」行情
正德十六年	1521	153	正德帝暴斃，堂弟嘉靖帝繼位，因宗廟禮儀問題 和文官發生劇烈衝突，史稱「大禮議」
嘉靖二十一年	1542	174	壬寅宮變，16 名宮女刺殺嘉靖帝險些成功；大奸 臣嚴嵩入閣，不久鬥倒首相夏言，專權十餘年
嘉靖四十一年	1562	194	次相徐階隱忍多年，終于鬥倒嚴黨
隆慶元年	1567	199	隆慶開海，宣布中國海域自由貿易
隆慶二年	1568	200	徐階退休，李春芳補爲首相， 海瑞巡撫江南，鏟除徐家惡霸
隆慶五年	1571	203	李春芳退休，高拱補爲首相
隆慶六年	1572	204	萬曆帝繼位，皇太后李氏、御馬監掌印太監馮保、 大學士張居正結爲政治同盟， 鬥倒高拱，張居正補爲首相
萬曆元年	1573	205	王大臣刺萬曆帝案，差點絕殺高拱
萬曆十年	1583	215	太師張居正卒，朝廷對其進行大清算
萬曆二十年	1593	225	金陵世德堂出版《西遊記》百回本小說
天啓二年	1622	254	魏忠賢受寵，開啓第二波「閹黨」行情
崇禎十七年	1644	276	李自成攻占北京，崇禎帝自煤山，明朝結束

注：「享祚」指到這一年爲止，明朝已建立的年數。

5.4 取經本質是玉帝扶植佛教來平衡道教

這是一個我們還將反覆提及的話題，西天取經的本質是宇宙最高主宰玉皇大帝發起，增強佛教勢力，用以平衡道教勢力的一項活動。

歷史上是先有大禮議，而後才發生王大臣案。不過在《西遊記》中卻是先大鬧天宮，而後才取經，這是作者根據需要進行的藝術加工。而且歷史上馮保說高拱派王大臣刺殺萬曆帝，很可能是誣陷，李春芳卻來個

高於生活，寫道祖真的放出殺手衝殺玉帝！當然，太上老君也未必真想就這樣把玉帝一棒子敲死，主要是一種威懾警示，向玉帝展示道家神仙（文官）可以在突發危機面前，讓天兵天將公然不保玉帝。而玉帝對此的回應則是——搬出佛教神仙（私臣），並順勢開啟了取經工程。

孫悟空跟如來賭賽，佛祖對孫悟空說：「如果你能賭贏，可以讓玉帝到西天居住。」這話表面上對孫悟空說，其實恰恰是說給在場除孫悟空之外的（道家）神仙聽的。意思是就算你們道家容不得玉帝，要撕破臉，但我西天忠於玉帝，他還有反撲餘地。皇帝畢竟掌握著總體道義制高點，他的反撲不容忽視。這彷彿讓人看到：宰相高拱指使王大臣刺殺萬曆帝，禁衛均不阻攔，小皇帝大喊：「大伴兒（他對馮保的暱稱）快來護我！」大伴兒立刻跳出奮勇擋在身前：「皇上別怕，閣老要害您，有大伴兒捨身護著哪！」緊接著，佛祖回到西天，開始著手取經工程。作為小說，先爆發矛盾，再透過取經來反擊，更通暢一些。

嘉靖帝的私臣形式花樣繁多，皇親、勳貴、宮妃、太監、道士、錦衣衛⋯⋯幾乎歷史上出現過的私臣形式他都用了個遍。不過他最大的一個創舉還得屬「詞臣」，也就是他以青詞而不以八股文為標準，從文官中再選拔出一幫善寫青詞的人，充為心腹。絕大多數文官對此嗤之以鼻，甚至激烈反對，但仍有極少數人為了邀寵，厚著臉皮加入了這個行列，背棄儒學，勤練青詞（棄道從佛），這種人就是明確選邊站，可以引為心腹。

明朝宰相正式的說法是「入直文淵閣」，並加掛內閣大學士銜，意即在文淵閣當值，批閱奏章、草擬詔旨即為真宰相。嘉靖帝則別出心裁地發明了個「入直西苑」，企圖弄一幫人將西苑打造成內部朝廷，即在紫禁城太液池西岸修建了一個西苑，大量「詞臣」侍奉他長期不上朝而在此修仙。著名的「青詞宰相」張璁、夏言、顧鼎臣、嚴嵩都在西苑和文淵閣兩

頭奔走，李春芳後來也加入了這個頗受詬病的行列。當然，還有一大幫人考不上進士，沒資格摸到文淵閣的地板，就只能專心在西苑陪嘉靖修仙了，代表人物有成國公朱希忠（勳貴）、京山侯崔元（永康公主駙馬）、錦衣都督陸炳，還有邵元節、陶仲文等一大幫道士。這些人都沒有通過科學考察，更談不上銓選、會推等正當程序，所以朝廷不認可他們是真宰相，只是嘉靖帝的私人好朋友，也就是所謂私臣。

值得注意的是，歷史上皇帝扶植私臣，最愛用的其實是太監。因為太監是私家奴婢，最聽話最貼心，但嘉靖朝恰恰是個特例，因為之前正德朝太監中出了一個大妖孽——劉瑾，甚至形成了一波「閹黨」行情，給了明朝人切膚之痛。所以嘉靖帝一登基，首先宣布要狠剎太監干政之風。嘉靖一朝四十五年，確實是太監干政最少的一朝。但事實上，嘉靖帝任用私人比任何一朝明帝都要嚴重，他只是避開了太監這個最敏感的類別而已。更何況，嘉靖朝太監也並非完全退出政治舞臺，只是有了劉瑾之鑑，他們更加謹慎罷了。嘉靖末、隆慶初，太監政治已經重新登場，高拱、張居正的劇烈爭鬥已經明確引入孟沖、馮保等大太監助力。這些都發生在李春芳眼皮子底下，他看到的恰恰是太監政治這個壓抑許久的野性力量重新崛起的過程。

回到小說，佛教集團就籠統指代玉帝私臣，道教神仙籠統指代靠自身修練「金丹大道」成仙的神仙，分別對應現實中靠各種非主流路徑入官的私臣和科舉進士出身的正統文官。當然，還有一些居於兩派之間的，也就是科舉進士出身，但也投效私黨的那部分人——作者自己也是。事實上，每次說到「西天取經」，很難讓人不聯想到「西苑青詞」，小說裡的幾個主角艱辛的西天取經路，何嘗不是作者對自己同樣艱辛的西苑青詞路的真實寫照？

6 誰要取經 —— 唐僧還是唐太宗

很多影視作品都有意無意地忽略了原著的一個重要環節 —— 唐太宗還魂。原著中唐太宗（李世民）魂遊地府，被嚇得死去活來，還陽後趕快大辦水陸法會超度亡靈，並派唐僧遠赴西天取經，想以此衝抵自己的殺孽。可能是覺得這一段太過無趣 —— 至少比起西天路上的精彩鬥法確實差太多，而且西天取經的主源畢竟是如來，唐太宗派出唐僧只是個不重要的由頭，所以影視作品往往淡化處理。不過講道理，這樣做很容易讓觀眾不自覺地忽略發起取經工程的真正源頭 —— 人世間的民眾（世民）。

6.1 傳經還是取經？

原著沒有正面描寫前九次取經具體是怎麼失敗的，直接從第十次寫起，但顯然經過連續九次失敗，佛祖也在調整策略，核心問題就是這一次他不能再主動傳經，當然更不能明說是玉帝指使，而要以南贍部洲人民自己來取的名義。前九次失敗，很可能就是因為姿態太主動，被道家名正言順地給否決了。為此，佛教策劃了一套很全面的方案。

觀音到長安借了一個城隍廟住下，不久城裡就出現了一個神棍袁天罡，他幫漁夫算哪裡魚蝦多，讓漁夫每天都打滿魚蝦，並故意洩漏給涇河龍王聽。涇河龍王大怒，去找袁天罡算帳，變作一個白衣秀士讓他算明日的降雨量。袁天罡算了一個，結果第二天天庭宣詔龍王布雨，雨量與袁先生算的分毫不差。龍王還不服輸，偷偷做了點細節修改，結果就犯了天條，天庭令人曹官魏徵（在職的唐朝丞相）斬龍。

龍王先求唐太宗幫忙，唐太宗同意，纏住魏徵，想讓他錯過斬龍時效。不料魏徵假裝在皇帝面前睡著，卻在夢裡偷偷元神出竅，溜去斬了老龍。龍王冤魂怪唐太宗言而無信，將其嚇死。唐太宗魂遊地府，根據臨死前魏徵的囑咐找到了在地府當判官的朋友崔鈺添了二十年陽壽，於是還陽。但崔判官故意帶唐太宗遊覽地獄深處，還喚出很多被他生前所殺的亡靈來揪打恐嚇。唐太宗被嚇得死去活來，立即承諾還陽後大辦水陸法會，超度亡靈。這時觀音再告訴他中華的小乘佛教超度不得，須得西天大雷音寺的大乘佛教三藏真經。於是唐太宗非常有誠意地派出了唐三藏法師遠涉西天，求取真經。

很顯然，袁天罡、漁夫、魏徵、地府相關工作人員都是觀音拉進專案組來演戲的，目的就是恫嚇唐太宗，讓他見識地獄的陰森恐怖，再嚇唬他血債深重，只有大乘佛教可以幫他疏通關係，減輕他死後的罪孽。這樣一來，這經就不是佛家要傳給東土，而是東土人民自己要來取的，而且是不畏艱辛，歷經磨難也非要來取！所以，道祖，您看，這真不是我們佛家存心要搶您道家香火。還原到官場上的語境，太監開皇店、皇莊，那也是老百姓主動來和我做生意，沒逼沒搶，儒家衛道士們，可別怪我的不是囉！

當然，觀音這一系列巧妙的恫嚇行動，最關鍵的一步是袁天罡算準了第二天的降雨量。千萬別相信神棍真能未卜先知，分明是神棍隨口說一個雨量，觀音轉告給玉帝，玉帝便真的按這個雨量發旨，說到底還是他在幕後操縱。

6.2　佛教集團為何選唐太宗

小說需要選一位古代皇帝扮演這個主動發起取經工程的角色，理論上可以任選，那為何選擇了大唐太宗文皇帝李世民先生呢？首要原因是

已經選了玄奘,而玄奘生在唐太宗時代;其次唐太宗名叫李世民,暗含「世民」之意,非常適合用來代表世間生民(凡人);更重要的則是他確實有把柄。

世民兄當皇帝前是一位武功赫赫的戰神,曾因軍功被唐高祖(李淵)獎授了一個異常霸氣的軍銜 —— 天策上將。史載李世民曾身先士卒,殺得「兩刃皆缺,盈血滿袖」[25],這是何等悍勇!他親手殺的那千兒八百人還不算什麼,重點是他指揮的戰役,那才叫一將功成萬骨枯。李世民的戰功正是李唐王朝能從隋末亂世中脫穎而出的關鍵,但這同時也意味著他雙手沾滿了鮮血。唐朝建立後,李世民透過玄武門之變,殺死自己的親兄弟李建成、李元吉以及他們的兒子各五個(也就是李世民自己的十個親姪子),然後逼父皇禪位,更是非一般的血腥。他心裡一定長期充滿了愧疚,宗教往往就是利用這種尋求安慰的心理,攻陷人的心靈。

佛教串通地府,安排唐太宗到地獄深處考察調查研究,先是利用涇河老龍嚇死唐太宗,再由崔判官私自給他添二十年陽壽,使其先入地獄再還陽。但崔判官、朱太尉送太宗還陽時,太宗發現他們帶的不是來時原路。崔判官解釋:「陰司裡是這般,有去路,無來路。」於是「太宗只得隨他兩個,引路前來。」結果被帶到幽冥背陰山、一十八層地獄,還專門把李淵、建成、元吉、隋末亂世中遭他屠戮的群雄紛紛請出,一路上揪打驚嚇,差點沒把個天策上將死死地給嚇活過去。一路上又接受了崔判官很多佛教理論灌輸,太宗還陽後還不趕快誠心拜佛,大開水陸法會?這時觀音再跑來說一句:「你這中華的小乘佛法度不得亡魂,須得西天大雷音寺的大乘佛法三藏。」這真是直指內心深處,世民立即代表世間生民派出陳玄奘法師,誠心向西天取經。

然而陰司真如崔判官所言「有去路,無來路」嗎?為了驗證您這個懷疑,作者刻意安排了一個劉全進瓜的情節。唐太宗在與閻王們親切交

談，準備告別還陽時，承諾給閻王送點東西（《西遊記》仿明代大理寺架構設定冥府主官是十殿閻羅，相當於十個審判庭各有一位閻王，其中包括第三殿的宋帝王，實為宋代名臣包拯包青天，唐代他還沒投胎就見了 —— 哦不當了閻王）。閻王們說：「我處頗有東瓜、西瓜，只少南瓜。」於是太宗回去後就募得一個劉全，因為不小心把妻子罵死了，所以自己也不想活了，便應徵來自服毒藥，頭頂南瓜送到陰司。結果陰司查驗劉全夫妻「都有登仙之壽，急差鬼使送回。」故此劉全也還陽了。唐太宗很關切地問他：「你在陰司見些什麼來？」顯然就是想驗證下「有去路，無來路」之說，但劉全的回答讓他很失望：「臣不曾遠行，沒見甚的。」可見壓根沒這回事，完全是崔判等人故意引他去飽受一頓驚嚇。而這麼做的目的，恰如閻王所說「我處頗有東瓜、西瓜，只少南瓜。」是啊，佛教在東勝神洲、西牛賀洲頗有市場，唯獨還缺你最富庶的南贍部洲喲！

儘管唐太宗已經知道是在故意恫嚇，但陰司所見歷歷在目，自己也確實滿手血債，不趕快超度仇人們，以後去陰間可沒好日子過，所以他也不再追究細節，依然誠心發起了西天取經的大工程。

6.3　作者選擇唐太宗的反諷意味

除了佛教集團選擇了唐太宗，作者選他自身也有一些講究。李春芳作為明末黨爭高手，有些反諷筆法異常辛辣頑皮。歷史上唐太宗其實恰恰是佛教徒很不喜歡的一個人，李春芳就故意寫他敬佛，我相信這是明末黨爭給他造成的人格陰影。

李唐皇室號稱是老子後代，老子作《道德經》，被奉為道家思想的始祖，所以李唐皇室推崇道教，唐以前的傳統中國社會也確是道家最強勢。傳說老子是道教三清之一的太清太上老君，周代化為李聃，騎青牛

西出函谷關，化胡為佛，《西遊記》亦取此說。當然，歷史上佛道兩家關於老子與佛陀到底誰是師父誰是徒弟曾有過激烈爭論。元代官方曾組織過一次正式辯論，結果在元世祖（孛兒只斤‧忽必烈）駕前，佛教代表八思巴完敗道教代表李志常、趙志敬、尹志平（均為丘處機之徒），被佛教視為歷史榮耀。然而《西遊記》一出，老子化胡為佛的典故卻在民間生了根，這也是讓佛家非常惱火的一件事。

歷史上的唐太宗並不敬佛，這首先跟他家自吹是李聃後人有關。而且他叫李世民，所以觀世音菩薩就犯了皇帝名諱，從此改稱觀音。一個凡人逼菩薩改名，對此佛教界異常不滿。作者偏偏讓這位凡人來演此角色，還安排他們直接會面，這就尷尬了。

唐太宗還和佛教發生過激烈的正面衝突。唐朝之前的四百年魏晉南北朝堪稱中華民族苦難深重的一個大亂世，但亂世恰恰是佛教興盛的時機，因為人民在現實的苦難深淵中看不到希望，才會寄望於神佛拯救。但隋唐盛世的到來預示著佛教這一波上升行情到頂。李世民當皇帝前率軍平定隋末亂世，最重要的一戰便是擊敗洛陽王世充勢力[38]。王世充以敬佛著稱，洛陽當時佛法盛行，寺廟滿城，僧尼遍地。李世民率重兵苦戰多年攻破洛陽後，將佛寺盡皆毀去，僧尼強制還俗，這已經足夠佛教界記恨。登基後，唐太宗更是強化崇道抑佛，詔令全國僧尼限定三千名內，多次嚴格檢校佛法，清查僧尼數量，嚴懲私自出家，甚至動用極刑。唐太宗常論及梁武帝（蕭衍）佞佛禍國亡身的教訓，並透過著名的《貞觀政要》昭誡天下[39]。梁武帝後裔蕭瑀本是高祖、太宗兩朝寵臣，位列凌煙閣二十四功臣第九，只因推崇佛法遭太宗貶斥，以至失寵。

唐太宗朝可以說是佛教在中國發展的一個谷底，也有很多和尚不服氣，還想力爭，最著名的便是法琳和尚。此人能言善辯，被佛教譽為「護法菩薩」，眾僧推舉他去向太宗進諫，意圖改變不利局面。很顯然，唐初

佛教衰落的本質在於亂世終結，人民不再需要神佛拯救。法琳沒看清歷史大勢，依然淺薄地判斷原因在於皇帝認了李聃這個祖先，於是編造了很多李聃的負面新聞，四處散布。貞觀十三年（西元 639 年），也就是《西遊記》中唐僧出發取經的一年，道士秦士英告發法琳。唐太宗親自傳訊法琳，法琳卻趁機丟擲他精心炮製的一套理論，準備當場折服世民。

法琳首先力證李唐皇室並非自稱的隴西漢族門閥李氏，而是鮮卑拓跋氏的一個分支，所以不可能是李聃之後，這也是後世很多人謠傳李唐皇室是鮮卑族裔的一個淵源。這種無稽之談一來就極大地觸怒了唐太宗，但法琳尚不自知，繼續大放厥詞，大談李聃並沒有什麼好，皇上何必去認這種人當祖先？法琳編造了一大通「祕史」，說李聃的父親叫韓虔（音同「寒黔」），字元卑（終極卑賤），這哪是正常人類的名字？又說他天生沒耳朵，聾、啞、瘸，六十二歲都沒娶到老婆，跟隔壁一個養豬的女僕精敷（編出這樣的女子名，不解釋了）私通，生下一個孩子，剛出世頭髮就是白的，所以人稱「老君」。皇上捨棄高貴的鮮卑貴族，卻認這種人當祖先，簡直就是拿黃金換石頭，拿絹絲換襤褸，捨棄貴族小姐和女奴私通……唐太宗終於按捺不住，跳起來踢翻了這個粗鄙下流的傢伙，惡狠狠地說：「你不但詆毀朕的祖先，還當廷侮辱天子，罪不容誅！但你不是寫過一本《辨證論》，號稱連續七天口誦觀世音佛號，就算用刀都砍不傷，現在我就給你七天時間，七天後試刀！」

七天後，唐太宗派人到獄中去看法琳。法琳噗通一聲跪倒磕頭大呼：「我這七天一直口誦『陛下』，根本沒唸什麼觀音！」唐太宗是何等帝王胸懷，聽罷哈哈大笑，赦免了法琳的死罪。不過死罪可免，活罪難逃，法琳還是被流放，最後孤苦地死於遠疆。法琳事件不但是唐太宗和佛教一個著名的激烈衝突，還成為佛教的一個笑柄，更是初唐佛教衰落的一個註腳，所以「唐太宗」是後世佛教徒非常不願提及的一個傷疤，李

春芳就故意去揭，還寫他崇佛抑道，這就是典型的明末黨爭筆法。

就算拋開歷史恩怨，僅從佛教教義出發，唐太宗這麼不尊重佛教的世俗皇帝，殺孽極重，結局卻還好得不得了。佛教一直流傳一種說法，將北魏太武帝（拓跋燾），北周武帝（宇文邕），唐武宗（李炎）和後周世宗（郭榮）大力廢除佛教的行為並稱為「三武一宗法難」，因為這四位皇帝都是英明神武，正該大展抱負之際卻英年早逝，佛教便稱這是神佛對他們的懲罰。作者要寫他們中的某位先不敬佛，所以佛祖懲罰他的人民陷入戰亂苦難，後來皇帝幡然悔悟，誠心向佛，佛祖再賜他恩典，度他超生順便拯救人民不是更好嗎？他偏偏要寫不敬佛卻得大福報的唐太宗。唉，這陰損人的功夫，沒玩過明末黨爭還真練不出來！

其實除了這點陰損頑皮，作者還有更深層次的反諷意味，尤其是透過著名的「貞觀之治」來諷刺自詡高明吸引中華信眾的西方宗教。

小說中，如來宣稱：「我西牛賀洲者，不貪不殺，養氣潛靈，雖無上真，人人固壽；但那南贍部洲者，貪淫樂禍，多殺多爭，正所謂口舌凶場，是非惡海。我今有三藏真經，可以勸人為善。」所以他要傳經，拯救華夏人民。但事實果真如此嗎？恰恰相反，唐太宗時代的中國，正值「貞觀之治」，無愧為世上最富強文明的國度。而當時之西域，包括如來所在的天竺，正處於游牧部族肆虐橫行的黑暗時代。讓他們來拯救中國人民？這好笑程度比索馬里宣布要在紐約證券交易所救市，維持道瓊斯指數穩定還要略高一點點。

作為一部完全虛構的神怪小說，作者可以任選時代背景。您選個南北朝、五代十國之類，讓慧賢、達摩、鳩摩羅什這些高僧去西天取回真經，拯救下晉簡文帝、陳後主、李後主之流昏君及其治下苦難深重的人民那多合適啊！你偏偏選唐太宗！這意圖還不明顯？

7 西苑取經 —— 司禮太監的倖進之路

西天取經由唐僧擔任名義上的專案負責人，他是取經這個故事理論上的匯流排索，弄清他的來龍去脈似乎很重要。本來唐僧的背景很清晰，但由於小說的版本問題，他這一世肉身的身世又略顯複雜。

7.1 不同版本的唐僧身世之謎

小說中反覆提到，唐僧是如來的二弟子金蟬子，也就是須菩提尊者轉世，但就這一世而言，他是大唐高僧陳玄奘。根據天庭的基本規則，他並不保留前世的法力甚至記憶，就是一介凡僧。需要再次強調的是，《西遊記》中的陳玄奘，是李春芳原創的一個小說角色，絕不能等同於歷史上創立唯識宗的唐代高僧玄奘法師。

現行市面流通的《西遊記》主要有明、清兩種版本，所謂明本的代表如 1955 年人民文學出版社根據北京圖書館世德堂本膠片整理而成，1980 年又根據明末崇禎年間的《李卓吾批評〈西遊記〉》重新整理再版[1]。但事實上，在世德堂本和崇禎本之後，清代流傳至今的至少還有六種刻本，與明本均不盡相同，這其中最大的一個出入便在於增加了一回專門交代唐僧的身世。

清本前八回與明本相同，但第九回〈陳光蕊赴任逢災，江流僧復仇報本〉卻是新增，詳細講述了唐僧的身世，說是他父親陳光蕊高中狀元，娶了丞相殷開山之女殷溫嬌，卻被水賊劉洪打殺，殷溫嬌將嬰兒用木桶漂出，被金山寺僧人所救，當了和尚。十八年後唐僧得知身世，到

京城找到外公殷開山，尋到劉洪得復大仇。再然後把明本的第九、十、十一、十二共四個章回糅合成第十、十一、十二僅三個章回，從第十三回起又歸於一致。目前市面流傳僅少量版本如吉林文史出版社等採用該版本[2]，更多版本採用明本，但也將《陳光蕊赴任逢災，江流僧復仇報本》作為附錄，插在第八、第九回之間，如表 3 所示。

表 3 現存常見兩種版本《西遊記》章節對比

人民文學出版社版 （明本）	吉林文史出版社版 （清本）	說明
第 8 回　我佛造經傳極樂 觀音奉旨上長安	第 8 回　我佛造經傳極樂 觀音奉旨上長安	之前內容基本一致
附錄　陳光蕊赴任逢災 江流僧復仇報本		清本將附錄 塞入了第九回
第 9 回　袁誠妙算無私曲 老龍王拙計犯天條	第 9 回　陳光蕊赴任逢災 江流僧復仇報本	內容交錯
第 10 回　二將軍宮門鎮鬼 唐太宗地府還魂	第 10 回　老龍王拙計犯天條 魏丞相遺書托冥吏	內容基本一致， 順序交錯
第 11 回　還受生唐王遵善果 度孤魂蕭瑀正空門	第 11 回　遊地府太宗還魂 進瓜果劉全續配	內容基本一致， 順序交錯
第 12 回　玄奘秉誠建大會 觀音顯象化金蟬	第 12 回　唐王秉誠修大會 觀音顯象化金蟬	內容基本一致， 順序交錯
第 13 回　陷虎穴金星解厄 雙叉嶺伯欽留僧	第 14 回　陷虎穴金星解厄 雙叉嶺伯欽留僧	此後內容基本一致

這一段涉及到主要角色唐僧的身分來歷，很多研究者進行了深入剖析。吳閒雲[10]指出，打殺唐僧之父陳光蕊的水賊劉洪其實才是唐僧的生身之父，殷小姐早已與之有情，甚至珠胎暗結，所以殷丞相才被迫匆忙為殷小姐拋繡球招親，想找個宅男「接盤」。但劉洪不忘前情，在河邊痴痴守候，打殺接盤俠陳光蕊，奪回了殷小姐，這也就是殷小姐甘願服侍他 18 年而不報案的真實原因。六鈴使者[15]更敏銳地捕捉到一個消息：暗中保護取經的神仙隊伍中的四值功曹中的時值功曹也叫劉洪！由此引

發了更多的解讀。甚至還有人推匯出唐僧的真實身分是唐高祖（李淵）的嫡五子，在玄武門之變中倖免。唐太宗老來良心發現，但又不敢認弟弟，所以封他為御弟作為補償！這些解讀應該說都還是滿有意思，但我也必須遺憾地告訴這幾位作者以及他們的支持者：這一段很可能不是李春芳原著，而是清代以後的人加上去的。

如果我們拋開明本的《附錄》這一回，第八、九回銜接得很好，完整而流暢地講述了觀音誘使（而不是迫使）唐太宗自願派出取經團的故事。如果非要在這個過程中插入整整一回來講唐僧的身世，反而生硬。而且全書文風非常統一，通篇都是詩詞比興，即便普通的敘事和對白也盡量講究排比對仗。比如白骨精第一次變做小女孩出場：「變做個花容月貌的女兒，說不盡那眉清目秀，齒白唇紅，左手提著一個青砂罐兒，右手提著一個綠磁瓶兒，從西向東，徑奔唐僧。」《附錄》這一回文風卻大相逕庭，全是白話，無一詩詞比興。《西遊記》文風幽默，算是一部喜劇，《附錄》講江流兒（玄奘）悲慘身世，殘忍復仇，卻充斥著一股悲慘世界的意味，與全書文風嚴重不符。更嚴重的是該回第一段講時間到了唐太宗貞觀十三年，並簡單描述了一下帝都長安的繁華，這段文字在明本第九回（清本第十回）開頭處又重複出現，更顯文理不通，顯見是生硬插入，而非原本有之。

清本中還有一個明顯不能自洽的問題：取經出發的年分──貞觀十三年，有好幾件大事都發生在這一年，如表4所示。

表4 貞觀十三年大事件

事件	說明
陳光蕊考上狀元，迎娶丞相殷開山之女殷溫姣	僅在《附錄》中出現
陳光蕊的兒子也就是陳玄奘（唐僧）出生	結婚當時便生子

事件	說明
陳光蕊被水賊劉洪所殺,但兒子被溫姣用木桶漂出,被金山寺僧人所救,取名江流兒	不符全書風格的悲慘復仇故事
江流兒長到十八歲,得知身世,成功復仇	出生當年便長到十八歲?
如來決定啟動取經工程,派觀音到長安物色人選	
涇河龍王和袁守誠打賭,私改雨量,被玉帝處斬	應是觀音幕後操縱
涇河龍王嚇死唐太宗,太宗魂遊地府,還魂後大開法會	
觀音現身法會,告訴唐太宗要到西天取經	幕後真人現身
唐僧踏上取經路	

這其間有一個大問題,貞觀十三年,陳光蕊剛結婚,兒子就出生了,而且年內長到了十八歲?這不符合基本邏輯。很多分析者認為這是作者故意留下的邏輯漏洞,目的只是為了指明一點:這一切都是人為操縱的,而操縱者正是負責取經專案的觀音。我認為這些前輩在這個問題上過於牽強了,《附錄》中江流兒的復仇故事無論在邏輯還是文風上都和全書格格不入,這並非什麼高深莫測的安排,恰是清本生硬插入的佐證。觀音操縱整個事件不假,但也無需用「貞觀十三年」這麼淺顯的「破綻」來提醒讀者。李春芳是狀元宰相,請不要用縣丞小吏的水準來揣度他。

所以,人民文學出版社版只將江流兒復仇這一回作為附錄,而不視為正文,是有道理的。我們在解析李春芳寫作《西遊記》這部官場鉅著時,這篇附錄不能太過當真,甚至要排除它的干擾。

7.2　為何改在貞觀十三年

歷史上的玄奘法師是在唐太宗貞觀三年（西元 629 年）踏上取經路，這個史實本無必要改動，但作者終究寫成了貞觀十三年（西元 639 年），應該說他也有一些講究。

(1) 作者向自己艱辛的仕途打拚致敬

歷史上的玄奘法師生於隋文帝仁壽二年（西元 602 年），在貞觀三年（西元 629 年）27 歲時踏上取經路。但很遺憾，李春芳並未這麼年輕就考取進士，踏上仕途，他登科時已經 37 歲了。既然如此，那不妨在自己的小說中輕揮一筆，讓唐僧也在 37 歲（貞觀十三年）才踏上取經路吧！

向自己早已逝去的青春 ── 致敬！

(2) 唐太宗險遭九成宮之變刺殺

除了讓唐師父等到 37 歲才出發，我們還可以看看貞觀十三年到底發生了什麼，這一年最顯眼的大事件莫過於九成宮之變。

九成宮，位於今陝西省寶雞市麟遊縣，即隋文帝（楊堅）興建之仁壽宮，貞觀五年（西元 631 年）擴建後改名九成宮。阿史那結社率，突厥始畢可汗（阿史那咄吉）之子。貞觀四年（西元 630 年），突厥為唐所滅，大量突厥貴族投降，唐太宗處理他們的政策是封為閒職，圈養起來。貞觀十三年四月戊寅，唐太宗臨幸九成宮。阿史那結社率糾集突厥舊部四十餘人，企圖刺殺舉事。結社率利用職務之便，在行刺前偵察研究了九成宮的警衛。他得知晉王李治（即後來的唐高宗）會在四鼓時分開門闌仗，於是計劃趁此時「馳入宮門，直指御帳，可有大功。」這個計畫本身設計得很好，可惜當夜起了大風，晉王沒來開門。但結社率的人已經潛入九成宮，只好孤注一擲，強行攻打宮門。即便如此，他仍做到「踰四重幕，弓矢亂發，衛士死者數十人。」（《資治通鑑》卷一百九十五）所幸折

衝都尉孫武開（不是孫悟空）率衛隊奮死守住御帳。結社率見急攻不下，只好逃離，後被逮捕正法。

儘管九成宮之變以失敗告終，但不得不說結社率計劃周密，所帶四十餘死士戰力也很強，如果不是一場意外的大風，恐怕當真「可有大功」！所以，貞觀十三年，九成宮之變，這個年分對大唐來說異常不詳，唐太宗也確實是鬼門關前走了一遭，寫他魂遊地府很合適。

(3) 祭奠反佛鬥士傅奕

作者這個動機就又有點展現他明末黨爭中練出來的辛辣刻薄了。小說中唐太宗還魂後，立即按崔判官等人吩咐大開水陸法會，超度亡靈。太史丞傅奕上疏反對，《西遊記》全文引用了歷史上傅奕這篇著名的〈請除釋教疏〉：

西域之法，無君臣父子，以三途六道，蒙誘愚蠢，追既往之罪，窺將來之福，口誦梵言，以圖偷免。且生死壽夭，本諸自然；刑德威福，系之人主。今聞俗徒矯託，皆云由佛。自五帝三王，未有佛法，君明臣忠，年祚長久。至漢明帝始立胡神，然唯西域桑門，自傳其教，實乃夷犯中國，不足為信。

宰相蕭瑀則與傅奕針鋒相對，當廷辯論。按小說言，蕭瑀贏得了辯論：「太宗甚喜道：『卿之言合理。再有所陳者，罪之。』」但小說全文引用了傅奕這篇名垂千古、時常被後世反佛人士津津樂道的戰鬥檄文，汪洋恣肆，雄辯高談，給所有讀者上了一堂反佛理論課。反之，既然當時蕭瑀能與傅奕激辯，顯然也說出了一些道理，但《西遊記》卻一句都沒引用！反而是在傅奕盡情演講完後，將歷史上蕭瑀最終認輸的一句「地獄之設，正為是人」作為蕭瑀的辯詞，然後莫名其妙地就宣布蕭瑀獲勝！這就是典型的明褒暗貶，和全書表面弘揚佛法，實則刻薄譏諷的基調完全一致。

歷史上蕭瑀和傅奕這場辯論遠非在貞觀十三年，而在唐高祖武德七年（西元624年）。貞觀十三年，恰是反佛鬥士傅奕去世，享年85歲。64歲的蕭瑀也早就告老還鄉，不當宰相久矣。作者偏偏把這場著名的辯論穿越在貞觀十三年，祭奠傅奕——這位歷史上著名的反佛鬥士。前文所說唐太宗與法琳和尚的劇烈衝突，其實也就發生在貞觀十三年。某黨爭高手故意穿越時空，實為揭人傷疤，辛辣諷刺。

(4) 魏徵上〈論慎終疏〉

貞觀十三年，唐代最著名的諫臣魏徵（也就是小說中夢斬涇河龍王的所謂人曹官）發表了著名的〈論慎終疏〉，稱「恐太宗不能克終儉約」。當時唐朝已建立二十二年，繁榮盛世氣象初顯，但太宗也流露出一些懈怠跡象，驕奢淫逸的作風開始抬頭，很多堅持多年的好做法也逐漸廢弛[40]。李唐王朝建立之初，厲行崇道抑佛，正是在貞觀十三年，唐太宗宣布放鬆對佛教的壓制，允許適當傳播，一如玉帝在這一年派出取經團，在西天路上散布佛法。

所以，貞觀十三年，玄奘達到了作者中進士的年齡37歲、阿史那結社率發動九成宮之變、反佛鬥士傅奕去世、唐太宗與法琳和尚發生劇烈衝突、魏徵上〈論慎終疏〉，這麼多理由湊一起，足以促使作者把唐僧踏上取經路的年度稍作修改到此年。

7.3　被逼成長的司禮監小太監

人們常說《西遊記》的一個主題是讚頌唐僧的堅定意志，但細看唐僧卻不是主動踏上取經路，更多是半推半就、騎虎難下地被唐太宗派出，並被三個徒弟架到了西天，談不上積極，更遑論堅定。

7　西苑取經──司禮太監的倖進之路

　　唐僧有許多性格缺陷，尤為突出的就是膽小怕死。有人說唐僧前九次取經被妖怪吃了九次，所以對妖怪的恐懼融入到了基因。我覺得這有點詆毀孟婆湯的品質，而且似乎把轉世這種封建迷信和遺傳基因選育的科學技術搞混淆了吧？應該說作者的本意這就是唐僧（金蟬子、須菩提）自身的性格，無論如何轉世都這樣，這和法力神通、官爵地位無關。

　　唐太宗最初禮聘唐僧，只是讓他來主持法會，根本沒想到會有後來的西天取經。觀音先化作疥癩僧人指教唐太宗發起取經工程，然後突然現出真身，惹得滿城凡人跪拜。唐太宗也不惜血本，又是花大錢買袈裟、錫杖送給唐僧，又是屈尊與其結拜，弄得唐僧騎虎難下，只好接下這趟苦差。回到洪福寺中，弟子們問他真的要去西天，不怕路途險惡？唐僧回答：「我已發了弘誓大願，不取真經，永墮沉淪地獄。大抵是受王恩寵，不得不盡忠以報國耳。」其實表露了心跡──真不是他自己想去，實在是王命在身，不得不從呀！所以真正堅定取經信念的不是唐僧，而是唐太宗。沒辦法，地府一日遊實在太恐怖、太揪心，再也沒有比這更能促使唐太宗（世民）誠心向佛的手段了。

　　不過唐僧本人確實是得利最大的個體，他被逼取經成佛，就像不愛學習卻被家長、老師逼著考上大學的孩子。但家長、老師對孩子是真愛，玉帝、如來對唐僧呢？這就得從他暗喻的明朝官場角色──司禮監小太監說起。

　　司禮監是明代內宮第一署衙，號「內政事堂」，最為權重[41]。其中，司禮監掌印太監負責保管御璽，自然也就代行蓋印的手續，司禮監秉筆太監代行皇帝在奏章上批紅的手續，他們實際上代行了國政[42]。另一方面，司禮監又兼領了提督東廠的職能，充當皇帝的私人祕密警察，權焰更是炙天。不過，和人們不了解御馬監的真實權力相反，後人往往只注意到司禮監炙手可熱的實權，卻忘了它的本職。

司禮監理論上的本職是收撿皇帝的筆墨紙硯、文書印璽。對外文書實際就是國政，但皇帝自己要讀要寫的書也不能不管啊，總得有人去幫皇上找書、印書來看。所以司禮監有蒐集、整理、印刷書籍的一整套職能，既是圖書館也是印刷廠，而它這個印刷廠就稱作——經廠。嘉靖十年（西元1532年），朝廷核定了內府工匠的編制，共12,255名，其中司禮監經廠占1,583名，這其中又有：箋紙匠62名、裱背匠293名、摺配匠189名、裁歷匠80名、刷印匠134名、黑墨匠77名、筆匠48名、畫匠76名、刊字匠315名，總1,275名，是當時世界上規模最大、人員分工最細密的專業出版印刷機構[43]。

司禮監的大小宦官很多，有的是真正的書僮、印刷工，有的則被皇帝利用，走上了國家大政的舞臺。干政的這一類必然最得寵幸，那皇帝是如何來表達某位小公公的寵幸呢？常用方式就是——取經。

沒錯，在經廠做苦力的就是還沒得寵的，被皇帝派去取經來給朕看的，就說明登堂入室啦。

現在，我們的唐僧，也就是須菩提公公，已得皇帝（是玉皇大帝、唐太宗，還是嘉靖帝？您自己考慮）欽點，前往西苑取經！不過取經之路不是一帆風順，既然你即將走上權力中心的舞臺，那老手們也要先考考你。這種私臣提拔的考法就不是科舉糊名閉卷那一套了，一路都是面試。內宮外廷的諸般勢力都會故意設定各種障礙，等著你去和他談判放行，談判中他就可以看看你這位即將上車的新手以後好不好合作，有時也順便逼你幫他一點點小忙。小公公走一遭，取回經來，表明他也已經和內宮外廷的各路人馬談妥，從此可以作為皇帝的私人代表，遊走於政治中心啦。如果取經過程中發生了劇烈衝突以至下不來臺，就說明您還不太適合做政治這一行，還是回經廠繼續當印刷工去吧。

司禮監及其經廠最初位於皇城東北角，後來嘉靖帝在太液池（北、

中、南三海）以西建設了龐大的西苑，很多內宮衙門在西苑建了新辦公樓，經廠也搬到西苑西北角的新址。如果取經，從最東邊的御馬監出發，經過司禮監舊址，翻過萬歲山，通過玉河橋過了太液池，經過廣寒宮、玉照宮，就到了經廠。唐僧取經最後一處妖魔是天竺國的玉兔精，正是從廣寒宮偷跑下凡。上靈山前，先在山腳的玉真觀金頂大仙處報到，疑似玉照宮卡在經廠必經之路之意。所以，所謂取經，看似萬里之遙，實則就是後宮轉一圈，各處碼頭拜到而已。

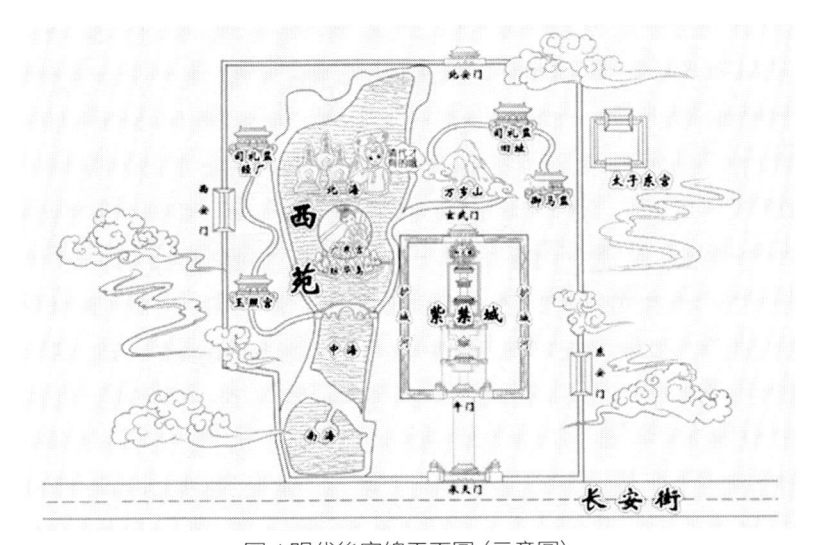

圖4 明代後宮總平面圖（示意圖）

　　理論上後宮是皇帝私家，與朝廷無關，但中華帝國發展至明的社會形態早就公共化了，皇室之事無私事。歷史上太監干政，干涉外朝人事的惡行很多，反過來外朝官員干涉後宮的也不少，如前文所說宰相高拱連續舉薦陳洪、孟沖，力壓馮保補位，此外文官聯名進諫廢掉某個寵幸太監甚至皇妃的事情更不鮮見。所以小公公們要在後宮混出頭，首先自然是要得皇帝和大太監私寵，但與外朝的官爺們處好關係也很重要。唐僧要成佛，首先是要如來舉薦，玉帝批准，但也要得到道教神仙們的基

本認可。當然，文官們強烈反對，皇帝偏偏要用某個太監來反制他們的例子也不是沒有。著名的閹黨頭子劉瑾就曾遭宰相劉健、謝遷率內閣九卿六科十三道聯名進諫攻擊，結果少年天子正德帝偏偏要把劉瑾從排名很後面的內官監掌印太監一舉提拔為司禮監掌印太監，這就是個很複雜的博弈過程了。

至於孫悟空，雖然御馬監也很強勢，但畢竟要低司禮監一頭。佛教（私臣）的興盛還得靠佛祖（司禮監掌印太監）率領，您好好給他徒弟工作。私臣與文官爭權，也不是透過御馬監去和他們爭兵權，主要還是透過司禮監爭政權。玉帝可沒打算讓佛祖率兵勤王，直接跟道家開戰，而是透過傳經這種形式爭奪行政權力，絕不會上升到軍事層面。所以唐僧和孫悟空的出身已經決定了誰是師父誰是徒，誰是主官誰是輔，饒是孫悟空一身本領，也只能賣力討好唐僧。後宮私臣不像外朝那些進士憑考試定名次，混雜進的因素很多，不完全是憑本事說話。

歷史上司禮監和御馬監的爭鬥其實也很激烈，唐僧和孫悟空也並不像某些電視劇表現得那麼相親相愛，一直在明爭暗鬥，甚至發生過兩次唐僧將孫悟空逐出取經團的大決裂，這既是一個團隊的磨合過程，也是取經這種工作必不可少的內鬥。

8 天界謊言 —— 西天取經的輿論造勢

不得不承認,官場是一個充滿謊言的世界,《西遊記》既然寫官場,自然也是謊話滿天飛,只是從神佛口中說出別有一番風味。西天取經是一個利益重置的大工程,必須配合大量謊言,支持和反對取經的人都會放出大量或真或假的傳言,營造自己需要的輿論氛圍。

8.1 大乘佛經才能超度亡魂

觀音告訴唐太宗,東土小乘佛法超度不得亡魂,須去西天大雷音寺向如來佛祖求取大乘佛法三藏真經。唐太宗親眼見到大量亡魂被積壓在十八層地獄不得超生,心有餘悸,此時得菩薩點化,連忙誠心派出取經團,遠赴西天,開啟了燃燒的遠征。但恰如魂遊地府是佛教刻意安排的圈套,觀音此說也是配套謊言。

首先,大乘、小乘在佛教教義中只是修行方式不同,並無高下之分,甚至小乘佛法比大乘更高階一點點,恰如時尚界用語中「小眾時尚」似乎比「大眾時尚」更奢侈高階一些。但《西遊記》顯然是以漢語字面意義將大乘、小乘理解為大比小更高級。

其次,地府作為天庭管理世界的一部分,自然是天庭下屬機構,與佛教並無明面上的關係。少量佛教勢力滲入地府,比如地藏王菩薩就常駐地府,但他對地府並無管轄許可權,只是代表佛教在此施加一定影響。這像極了明中後期後宮與監獄的關係,尤其是司禮監設立東廠詔獄後,某些寵幸宮人便經常干涉司法公正。御馬監小太監孫悟空闖入地

府，為所欲為，強銷死籍就是一齣真實寫照。然而嘉靖帝一登基，頭等大事就是宣布前朝閹黨為禍（劉瑾），本朝要狠剎這股歪風，明令東廠不得擅自外出刺案，詔獄也不能隨意突破法律框架。這種背景下吹噓大乘佛法可以超度地獄亡靈，好比在嘉靖朝吹噓太監可以隨便從天牢裡撈人一樣。不過李春芳寫《西遊記》時，嘉靖帝已駕崩十餘年，後宮勢力正在一點一滴地恢復元氣，雖不敢說一手遮天，視國法如無物，但辦一兩件「小事」還是可以的。比如唐僧剛踏上取經路，還沒出大唐國界就給凡人辦了一件「小事」，為佛教的超度（從監獄撈人）能力打了個大廣告。

唐僧在兩界山遇虎，幸被獵戶劉伯欽所救，夜宿劉家。恰遇第二天是劉父周忌，劉家母子便請唐僧隨便念幾卷經文，做做法事。唐僧吃人嘴軟，就應承下來，為劉家做了一場法事，「先念了淨口業的真言，又唸了淨身心的神咒，然後開《度亡經》一卷。誦畢，伯欽又請寫薦亡疏一道，再開念《金剛經》、《觀音經》，一一朗音高誦。誦畢，吃了午齋，又念《法華經》、《彌陀經》。各誦幾卷，又念一卷《孔雀經》。」

結果當夜劉家上下都接到劉父託夢，說本來自己世代打獵為生，所以殺戮太重，沉淪地獄不得超生，如今得唐長老誦經，消了罪業，「閻王差人送我上中華富地長者人家託生去了。」這讓凡人見識到哪怕你罪業再重，只要唸了我的經，佛家都能把你從地獄深處撈出來，超生去富貴人家。但作者也安插了一個邏輯上的矛盾，實質上揭穿了觀音的謊言。

唐長老唸的是大乘還是小乘佛經呢？按理說是小乘，因為觀音說了東土只有小乘佛經，所以才需去西天求取大乘。但在全書最後一回唐僧取得真經時，羅列了三藏真經的目錄，唐僧在劉家唸的《金剛經》、《觀音經》、《法華經》赫然在列。這有兩種可能：一是這幾部經書只是同名，東土確實沒有大乘佛經；二是大乘佛經早已傳至東土。但無論哪種情況，與觀音所說都是矛盾的。如果唐僧唸的是小乘佛經，您看這不是照樣能

超度嗎？而如果唐僧念那幾部不是同名，就是大乘佛經，那就更不需要取經了──真經本已在東土！

所以說，並不是唸經本身有什麼神奇功效，佛家願意去地府給您運作就可以，您唸的是大乘小乘並不重要。這就好比要從天牢撈人，有公文和駕帖（皇帝或大太監寫給東廠太監的私人文書）兩條路。只是刑部、大理寺的青天大老爺怎會輕易地違法發公文撈人？要想違法亂紀您還是從公公這邊請駕帖吧！至於駕帖就不是什麼公文，沒有固定格式，大寫小寫很重要嗎？

那麼問題來了，唐太宗千辛萬苦去取經，到底有沒有必要？這麼大本書講的是個本來不需要發生的故事？

8.2　唐僧肉吃了到底有沒有用？

按說《西遊記》的主線就是一路妖魔抓捕唐僧，孫悟空奮力營救，過關斬將的故事。妖魔抓唐僧大多出於一個著名理由──「唐僧肉吃一口長生不老」，所以「唐僧肉」在俗語中逐漸成為過路寶貝的代名詞。但令人不解的是，那麼多妖魔抓到了唐僧就是不動嘴，只把他綁起來等孫悟空來救。這甚至成了很多人攻忤《西遊記》的一個「罪狀」──這種招數太假。

其實不是妖魔招數假，而是他們很清楚，這唐僧肉吃了根本沒屁用。所謂妖魔，大多是神佛的坐騎、童子，奉主公之命下凡來為取經團的九九八十一難湊個數而已。

唐僧肉不同凡品之說最早出自第二十七回著名的白骨精，她說：「幾年家人都講東土的唐和尚取大乘，他本是金蟬子化身，十世修行的原體。有人吃他一塊肉，長壽長生。」但她的消息源也是道聽塗說，具體

誰說的不太清楚，最有可能是接下來的金角大王——太上老君的童子，他放的謠言恐怕很多妖怪都容易信——包括他師弟。金角大王對銀角大王說：「唐僧乃金蟬長老臨凡，十世修行的好人，一點元陽未洩，有人吃他肉，延壽長生哩。」銀角老弟馬上高興地說既然這樣我們去把他抓來吃一口，還需要什麼打坐練功？之後的妖魔也往往沿襲此說，有些女妖還根據「一點元陽未洩」之說衍生出與唐僧配合也有類似功效的理論，當然同樣沒有任何一名女妖真正下手。

很顯然，他們這套說法無論從邏輯還是劇情實踐來看都是站不住腳的。

首先，從邏輯上講。唐僧（須菩提、金蟬子）也無非就是如來的一個弟子，他憑什麼就有這種特權，可以讓人長生不老？十世修行、一點元陽未洩在常人看來似乎很難，但在《西遊記》的神仙世界又算什麼？如果這樣就能產生類似於蟠桃的功效，那佛教集團完全可以批式生產，另立天庭。

其次，從劇情實踐來說，妖魔抓住唐僧卻遲遲不下口就已經擺明了他們的態度：這玩意兒吃了真的沒用，不然一口吞了便是，有什麼好等的？怕吃了被孫悟空報復？你抓都抓了，不吃他就不報復了？隱霧山的南山大王（艾葉花皮豹子精）和獅駝嶺的金翅大鵬雕都一度讓孫悟空相信唐僧已死，但孫悟空依然不依不撓地滅了他們為師父報仇。大鵬還說了一大套吃唐僧的方法，又要看天氣，又要等唐僧心情好，還要怎樣細細地蒸，總之很專業也很費事。有人說大鵬是行家，甚至擴散性思考，推匯出佛教集團多年來正是靠分吃金蟬子集體渡劫，吃了九世。事實上大鵬說這麼大一套，只是讓吃唐僧的步驟更慢，讓他等孫悟空來救的時長顯得更合理而已。其實真正吃過取經人的也不是沒有，就是沙僧。沙僧說他吃了九個取經人，顯然就是金蟬子的前九世，但老沙不但沒有長生

不老、霞舉飛昇，還繼續在流沙河受苦，連晦氣的臉色都沒好轉，您說這金蟬子吃來何用？

說到底，「取經」就是皇帝或大太監派一個小太監去司禮監經廠拿書，宣示此人進入核心小圈子而已。路上各路人馬要設定一些障礙作為考驗，但不能真的把這小太監給掐死呀。唐僧取經說好了八十一難，如果各路妖魔不賣力，湊不夠啊！葉之秋[17]甚至直說「八十一難皆是局，降妖伏魔一場戲」，某些神佛的坐騎、童子當然知道內情，他們可以拿出演藝精神，但他們手下的小妖是些真正的野妖精，又不是戲精，哪敢惹天庭的取經團？所以就要放出「吃了唐僧肉長生不老」這樣的謠言，小妖們才肯賣點力，不然這戲演不圓。

8.3　六百年前大鬧天宮的祕密

孫悟空最愛把一句牛皮掛在嘴邊：「我就是五百年前大鬧天宮的齊天大聖！」有時對妖魔有一定威懾，但這是猴子吹得很巧妙的一個牛皮，巧就巧在五百這個年數上。

劉伯欽送唐僧過兩界山時說：「王莽篡漢之時，天降此山，下壓著一個神猴。」這實際上是作者留給我們的時間節點：王莽篡漢，西元 8 年。唐僧取經在唐太宗貞觀十三年，西元 639 年，已然過去 631 年。有人說五百是取個整數，那完全可以不用王莽篡漢，從貞觀十三年倒推回去五百年，尋一個更貼切的時間節點不是更好嗎？比如黃巾起義豈非更合適？131 年已經不叫誤差，是錯誤了。還有人說孫悟空被壓五行山，記不清時間，五百、六百分不清。作者留這樣的紕漏也是毫無必要的，事實上孫悟空故意把六百年說成五百年自有其目的。

如果孫悟空老實說自己是六百年前大鬧天宮那人，魔王只會哈哈大

笑：「原來你就是那個六百年前大鬧天宮，被捆起來放進八卦爐燒，然後又被佛祖一掌壓在五行山下的弼馬溫哪！」所以顯然不能這樣說，那說五百年又是何意？蓋因五百年前大鬧天宮的另有其人，那才是真正威震三界，傳為妖魔圈的一樁美談，孫猴子移花接木，故意混淆。此人正是文殊菩薩坐騎，也就是獅駝嶺三大魔王的大魔青獅精。

第七十四回，取經團來到獅駝嶺，遇到青獅、白象、大鵬建構的妖魔王國。小妖小鑽風向孫悟空介紹大魔青獅精的光輝事蹟：「因那年王母娘娘設蟠桃大會，邀請諸仙，他不曾具柬來請，我大王意欲爭天，被玉皇差十萬天兵來降我大王，是我大王變化法身，張開大口，似城門一般，用力吞將去，唬得眾天兵不敢交鋒，關了南天門，故此是一口曾吞十萬兵。」這鬧天宮的起因都和孫悟空很像，都是因為蟠桃會沒有請，結果卻大不相同：孫悟空是被捉拿收監，青獅大王卻是逼得玉帝關了南天門。雖然細究起來，青獅也不曾戰敗玉帝，猜想也就是把巡視的天王鬧煩了，關了南天門不理他，但總比被抓起來狂虐的猴子強多了。也難怪一傳十，十傳百，傳到後來竟然成了一口吞了十萬天兵，雖有不實之處，也足見江湖豪傑對其推崇備至。

孫悟空也精於借力打力，巧妙地移花接木，將這個傳聞接到自己頭上，為取經之路壯了不少聲勢，減了許多險阻。這也是官場常用技巧，將一些似是而非的傳聞移花接木，反正也都是些傳言，別人搞不清楚，但在聲勢上已經為我所用，這就足夠了。

8.4　天上一天，人間一年

其實無論佛教、道教還是什麼中國本土樸素鬼神信仰都沒有「天上一天，人間一年」這個兼具相對論、量子力學和超弦宇宙模型神祕色彩

的提法，這完全是《西遊記》強加在民眾記憶中的不定波函數。而且令人悲哀的是——這仍然是書中神佛放出的一個謠言。

小說中多次出現該提法，比如寶象國的黃袍怪本是二十八宿之一奎木狼下界，孫悟空告上天庭，天官經查驗，回秉玉帝稱奎木狼脫崗十三日。玉帝道：「天上十三日，下界已是十三年。」之後太上老君更是多次運用該措辭。金【山兜】山金【山兜】洞的獨角兕大王是他的青牛下凡，老君解釋說是看牛欄的童子偷吃了一粒所謂七返火丹，該睡七日，然後天上七日，凡間七年，所以青牛已在此作怪七年了。玉華州的九靈元聖是太乙天尊的九頭獅子下凡，託辭與青牛高度相似，說是獅奴偷喝了一瓶老君送的輪迴瓊液，該醉三日不醒，這個時間兌換成三年，也與凡人所見九靈元聖在玉華州的三年時間吻合。獅駝嶺的青獅、白象、大鵬三大魔王實為文殊、普賢的坐騎和如來的舅舅，如來問文殊、普賢他們的坐騎下界幾時了，文殊答道：「七日了。」如來說：「山中方七日，世上幾千年。」顯得靈山與凡間的時間兌換比率更甚天庭。

這麼多大神都採用了「天上一天，人間一年」這個匯率，關鍵是孫悟空也從未質疑，每次一說就認可了，似乎這是一個神仙的常識，甚至得到了更廣泛認可，擴散到其他神話故事。但這種提法無論從邏輯上還是情節上都是不能成立的。

首先，從基本邏輯上講，這種時間匯率就毫無道理可言，因為這樣天界的神仙相對於凡人簡直就是在做慢動作，這連維持基本的統治都難。事實上，俗語中「山中方七日，世上幾千年」是用於表達山中的閉塞落後，不知世上的日新月異，絕不是指時間過得越慢這個地方就越上等。七日不會讓神佛的修練（科技）水準產生長足進步，而幾千年足以讓人類走向太空，認識宇宙，電磁炮都打通南天門，靈鷲峰都開發成會所了。

取經團在黑松林鎮海禪林寺遇到金鼻白毛老鼠精，擄了唐僧要成親，孫悟空發現此精是托塔天王李靖的乾女兒，於是上天告御狀。兩人好生一番糾纏，太白金星說：「你兩個只管在御前折辨，反覆不已，我說天上一日，下界就是一年。這一年之間，那妖精把你師父陷在洞中，莫說成親，若有個喜花下兒子，也生了一個小和尚兒，卻不誤了大事？」孫悟空和李天王才停下糾纏，到玉帝駕前回旨。他倆這番折騰就算一小時，按「天上一天，人間一年」的匯率折算，人間也已經過了十幾天，老鼠精和唐僧早就成親了。天庭真這樣統治人間，早亂套了。但事實上老鼠精和唐僧一夜都還沒過，八戒、沙僧都還在孫悟空出發的地方「眼巴巴正等」，可見也沒走太長時間。更值得注意的是，太白金星勸住了孫悟空和李天王的糾纏，而兩人「省悟」這個道理後也並未急匆匆下界去擒妖，仍是循規蹈矩地去向玉帝請了旨，釐清了責，再不慌不忙地下界去找妖精。

　　其次，從小說情節來看，作者更是留下了切實依據，坐實這是謊言。第五十一回，孫悟空被青牛精用金剛鐲收了金箍棒，上天去求救，在南天門外遇見四大天王之一的西方廣目天王。天王道：「今日輪該巡視南天門。」隨行的馬趙溫關四大元帥也來打個招呼。天庭著查驗哪位天官擅離職位，下界為妖，孫悟空「等候良久」，難得地作了一首詩：「風清雲霽樂昇平，神靜星明顯瑞禎。河漢安寧天地泰，五方八極偃戈旌。」全詩的意境安寧祥和，可見等得雖久，但心情並不煩躁，並不擔心在此等候半天，下界已經過了半年。結果天庭沒有查到有下界的仙官，於是先後派出李天王、火德星君兩路援軍，但都敗在青牛精的金剛鐲下。第二天孫悟空再上天庭，這次就在天門外遇到了四大天王另一位 —— 北方多聞天王，隨行的也換成龐劉苟畢四大天將。這就是作者在明確告訴我們 —— 按日輪值的巡視將官已經換崗，說明天庭和人間一樣，已經過了一天。

所以,「天上一天,人間一年」這個既不合邏輯也不合情節的提法完全是個謊言,那滿天神佛如此撒謊的目的何在?我們很容易發現規律,神仙幾次散布此謠的語境都是在淡化責任——這孽障也就跑了幾天而已,我已發現並立即召回。但事實上這些孽障都已在人間為禍多年,主人不可能多年都沒有察覺,唯有以這句「天上一天,人間一年」來搪塞。

不過真正運用此法最妙的還得算孫悟空自己,第五回〈亂蟠桃大聖偷丹 反天宮諸神捉怪〉,孫悟空偷吃蟠桃仙丹後逃回花果山,小猴們先是嗔怪:「大聖好寬心!丟下我等許久,不來相顧!」大聖敷衍道:「沒多時!沒多時!」小猴又問:「大聖在天這百十年,實受何職?」這個問題扎心了!大聖大鬧天宮,恨的就是只混到個羞於啟齒的弼馬溫、看桃員,於是他巧妙地轉移話題:「我記得才半年光景,怎麼就說百十年話?」問話的健將才猛省這百來年雙方不通音訊,原來大聖爺爺都是在宮裡做著暗無天日的苦力呀!趕快根據大聖的提示圓場:「在天一日,即在下方一年也。」

古代通訊不發達,混官場的人往往是想咬緊牙關混個名堂再衣錦還鄉,在此之前寧願暫時不跟鄉人通訊,到時給鄉親們一個大大的驚喜。誰知孫悟空這一混就是百餘年,到頭來還是個弼馬溫、看桃員。雖然前文深入分析了這兩個職務的內涵,但畢竟不如學士、尚書來得風光,鄉親們看不懂,所以孫悟空很難堪,只好用上官場技巧,謊稱自己也就混了半年而已,還沒升上去,正常,正常。

當然,換個更宏觀的角度,作者這樣寫其實也是為了展現高居廟堂者的行為放大效應。如果戶部度支司的小吏壓住軍餉不發,壓一天,造成前線兵敗,對人類社會秩序的影響可就不是一年,恐怕得以世紀來衡量了。這也是李春芳對官場的一種感慨,如果廟堂之高反應不及時,民間的失態發展之快,遠遠超出統治者的想像。宋太宗曾感慨:「唐末帝王

深居九重，不知民間疾苦，以致天下大亂（五代十國）。」這才是真正的「天上一天，人間一年」呀！

8.5　唐僧凡體不能自由飛翔

很多人首先是對如來安排唐僧這個凡人步履千山來取經表示不解，退一步講，就算唐僧本身不會飛，找個會飛的馱他總可以吧？這顯然不可，不然《西遊記》兩頁就寫完了。

第二十二回，取經團受阻流沙河，豬八戒說：「哥啊，既是這般容易，你把師父揹著，只消點點頭，躬躬腰，跳過去罷了，何必苦苦的與他廝戰？」孫悟空反問豬八戒自己為何不背，八戒便解釋：「師父的骨肉凡胎，重似泰山，我這駕雲的，怎稱得起？」孫悟空也進行了補充說明：「自古道，遣泰山輕如芥子，攜凡夫難脫紅塵。像這潑魔毒怪，使攝法，弄風頭，卻是扯扯拉拉，就地而行，不能帶得空中而去。像那樣法兒，老孫也會使會弄。還有那隱身法、縮地法，老孫件件皆知。但只是師父要窮歷異邦，不能彀超脫苦海，所以寸步難行也。我和你只做得個擁護，保得他身在命在，替不得這些苦惱，也取不得經來，就是有能先去見了佛，那佛也不肯把經善與你我。正叫做若將容易得，便作等閒看。」

孫悟空這一大段教訓，既撒了一點點謊，也實話說了大道理。他先是附和豬八戒所稱唐僧肉體凡胎不但自己不能飛，仙人也不能攜帶他飛的歪理。凡人的體重其實不大，仙人既然能「遣泰山輕如芥子」，又怎會搬不動個凡人？孫悟空做妖王時，一口氣把成百上千的凡人獵戶吹得滿天飛，帶個唐僧飛一段根本不在話下。有人說這樣飛唐僧的肉體承受不了，其實唐僧經常被妖怪抓，而且都是抓起來就飛，快得來孫悟空都追不上。但無論正負過載，唐僧都沒有出現過顱內增壓或灰視（Greyout）現

象，可見是一名非常優秀的飛行員，能承受極大過載 —— 也有可能是作者不具備相應的航空科技知識。但無論如何，唐僧飛一飛在技術上是沒有障礙的，真正的問題在於孫悟空後面解釋的一段。

首先，孫悟空委婉地表示了很多妖魔會使攝法拉扯著唐僧低空飛行 —— 以後你見了不要大驚小怪。然後孫悟空乾脆和盤托出，其實還有隱身法、縮地法等很多辦法可讓唐僧免受步行之苦，事實上取經團常用這些法術運送從妖魔洞府中救出的凡人。比如第六十六回，戰勝了獬豸洞的賽太歲（觀音坐騎金毛犼），為將妖魔擄在洞中的金聖宮娘娘送回朱紫國，孫悟空紮了一條草龍，讓娘娘騎上去，「行者使起神通，只聽得耳內風響。半個時辰，帶進城。」再如第三十一回，碗子山波月洞的黃袍怪（奎木狼）被天庭召回，沙僧使了個縮地法，被黃袍怪擄在洞中的寶象國百花羞公主「只聞得耳內風響，霎時間徑回城裡。」緊急情況下，孫悟空也不是沒對唐僧用過法術。第四十回，紅孩兒變作幼童被綁呼救，唐僧想去救，孫悟空勸不住，便違例用了一次縮地法，讓唐僧以躍遷方式霎時過了山頭。不過這應該算是戰鬥機動，不是為了省路，所以天庭沒有追究。

可見凡人的交通方式並不少，但唐師父就是要「窮歷異邦，不能彀超脫苦海，所以寸步難行也。」做徒弟的只能「保得他身在命在，替不得這些苦惱，也取不得經來，就是有能先去見了佛，那佛也不肯把經善與你我。」這不是技術障礙，而是人為制定的規則。唐僧不是不能飛，而是飛過來把經書馱回去對傳經的人毫無意義，他們正是要借唐僧的腳步達到很多目的。首先是佛教集團要表明是東土大唐人來取經，而不是西天佛教去傳經，這也是整個第十屆取經活動中如來反覆強調的。

事實上，取經工程的真正發起者是玉帝，提出唐僧必須走路的當然也是他。玉帝的大目標是扶植佛教來平衡道教，但同時他也可以利用取經的過程來達到一些小目標。取經是要割走道家利益，道家當然會與之

談判，談判的契機就是趁唐僧走到他們地盤上時把他抓起來，然後讓背後的如來、玉帝出來談判。談得妥就放過關，談不妥就咔嚓掉。千萬別以為那麼容易談妥，前九次取經可都是失敗了的呀！所以這麼重要的談判線索，怎麼能讓他從頭頂飛過去呢？明朝皇帝讓小太監去司禮監經廠取經，一定會通知各路神仙來表態，又怎能讓這個小太監偷偷摸摸地去取了經就拿回來呢，又不是皇上真缺這本書。

其實玉帝也不是一味損益道家，餵肥佛家，他也會利用取經的機會剷除佛家一些不法利益。比如觀音長期放縱金魚在通天河吃童男童女，如來派三隻犀牛在金平府狂收燈油，這些都是有害玉帝統治的行為，平時不便處理，但在取經這個大利益面前，佛祖、菩薩願意暫時放棄這些小利益，玉帝就趁機削除。這時孫悟空不但不能馱著唐僧飛過去，還需要精確地引導師父走到某些地頭上。所幸御馬監西廠小特務忠誠幹練，每次都精確引導，完美達成任務，玉帝、佛祖、觀音幾頭都有交代。

8.6　西方比東方更美好

說到底，這才是最大的一個謊言，甚至取經團自身都有點上當，認為離靈山越近，風氣越好。這個謊言的起源便是如來準備發起取經時宣稱的：「我西牛賀洲者，不貪不殺，養氣潛靈，雖無上真，人人固壽；但那南贍部洲者，貪淫樂禍，多殺多爭，正所謂口舌凶場，是非惡海。我今有三藏真經，可以勸人為善。」所以他要傳經，拯救華夏人民。這其實是很多政治騙子最常用的伎倆，大大矇騙純良的百姓，也正是作者大力諷刺的對象。

(1) 西方路上妖魔橫行

作者先讓如來說出這段謠言，立個箭靶，然後一路狂打。他非常陰

險地設定了貞觀之治這個時代背景,然後開啟了一段諷刺之旅。唐僧離了長安城,一路風平浪靜,未遇任何險阻。第六十六回,孫悟空去武當山請蕩魔天尊幫忙降服小雷音寺黃眉怪,天尊稱當年奉玉帝敕旨、元始天尊符召,降服了許多妖魔,如今「南贍部洲並北俱蘆洲之地,妖魔剪伐,邪鬼潛蹤。」可見南贍部洲確實沒什麼妖魔。直到大唐和韃靼國的邊境兩界山(五行山)時,才遇到西天路上第一處妖魔:寅將軍(虎)、熊山君(熊)、特處士(牛)。三個妖魔抓住唐僧,把他的隨從都吃了,但沒吃他。這時他還沒有神仙徒弟,暗中監視取經專案的太白金星只好親自出馬,但也無需大動干戈,入洞去領著唐僧走出來便是。可見這幾個野妖怪相當溫柔,甚至有可能不是真的妖魔,是神佛故意安排在此,把隨行的無關人員清理掉。

之後唐僧收了第一個神徒孫悟空,過了大唐國界,進入西牛賀洲,這時真正的降魔之路才驚險啟程,一路蕩不盡的妖魔,闖不完的險關。尤其是第七十四回開始的獅駝國情節,三大魔王在獅駝嶺聚起四萬七八千小妖,已是西天路上最大的妖魔洞府。豬八戒光是聽太白金星一報信,便「唬出屎來了」。三魔更是將獅駝國的人吃光,打造了一個可怕的妖魔國度。孫悟空「見城池,把他嚇了一跌,掙挫不起。」能把齊天大聖嚇成這樣,這就是您口中「不貪不殺,養氣潛靈」的西牛賀洲?

(2)西方路上人民嚮往東土大唐

除了山中多妖魔,那西行路上大大小小的國家,人類生存狀況又如何,到底是不是遍地善人呢?這個就更不好意思了。

唐僧唸經超度了劉伯欽亡父,劉父託夢給劉家人:「閻王差人送我上中華富地長者人家託生去了。」不論託夢者是真的劉父亡魂(其實凡人有特權在託生前溜出來託夢的可能性不大),還是佛教冒充他打的假廣告,都可以看出時人的價值判斷——中華富地。嗯,轉世都要轉到中華,怎麼不轉到佛祖欽點「不貪不殺,養氣潛靈」的西牛賀洲呢?不轉下輩子還

是西牛賀洲人啊！

　　第七十八回，比丘國王問唐僧信仰佛教真的可以長生不死？唐僧回答：「行功打坐，物色皆空……自然享壽永無窮」。一旁的國丈「聞言，付之一笑，用手指定唐僧道：『呵！呵！呵！你這和尚滿口胡柴！……枯坐參禪，盡是些盲修瞎煉。俗語云：坐，坐，坐，你的屁股破！火熬煎，反成禍……你那靜禪釋教，寂滅陰神，涅槃遺臭殼，又不脫凡塵！三教之中無上品，古來唯道獨稱尊！』國王、大臣等凡人聽了佛道兩人的辯論，反應是「十分歡喜，滿朝官都喝采道：『好個唯道獨稱尊！唯道獨稱尊！』」唐僧的反應卻是「長老見人都讚他，不勝羞愧。」可見並沒什麼文化自信。

　　更可怕的是第九十一回，取經團來到天竺外郡金平府，當地慈雲寺和尚熱情款待。「和尚對唐僧作禮道：『老師何來？』唐僧道：『弟子中華唐朝來者。』那和尚倒身下拜，慌得唐僧攙起道：『院主何為行此大禮？』那和尚合掌道：『我這裡向善的人，看經念佛，都指望修到你中華地託生。才見老師豐采衣冠，果然是前生修到的，方得此受用，故當下拜。』」這和尚又忙著把中國人介紹給同事們。「先見的那和尚對後的說道：『這老師是中華大唐來的人物，那三位是他高徒。』眾僧且喜且懼道：『老師中華大國，到此何為？』」

　　短短百來字，傳神地描繪出西方人對東土大唐的無限景仰，見了就給跪，還「且喜且懼」，只怕今天洋奴見了普通美國人也不至於如此。我們不禁要問：我們南贍部洲的中華大唐真是佛祖口中「貪淫樂禍，多殺多爭」的「口舌凶場，是非惡海」，需要西方的佛法來拯救嗎？我們更不禁要問的是：作者在前面那麼多破爛小國都沒這樣寫，偏偏等到靈山腳下來這樣一段，您這明末黨爭練出來的功夫也過於辛辣些了吧！

　　那面對這樣的形勢，慈悲為懷的佛教派出的取經團是怎麼勸人向

善，皈依我佛呢？第六十四回，唐僧先是對樹精大吹佛法高妙，竹仙拂雲叟卻說：「道也者，本安中國，反來求證西方。空費了草鞋，不知尋個什麼？」唐僧啞口無言。佛家毫無道理可言，最終這幫執意要將西方落後意識形態引進中土的佛教徒凶相畢露，用暴力將這群高雅智慧的樹精全部打殺！

(3)西方路上無佛保佑

崔判官在誘使唐太宗發動取經工程時，對其承諾：「管教你後代綿長，江山永固。」唐僧接下這個專案時，也說：「祈保我王江山永固。」但事實上呢，唐太宗在玄武門之變中殺光了自己的姪子，後來他的兒媳婦武則天又幾乎殺光了他的兒子，弄得大唐陷入無人可嗣的窘境。這叫「後代綿長」？唐太宗死後才四十年，李唐王朝便被武周所篡，這叫「江山永固」？取經團一路上勸人皈依佛教，最愛用「江山永固」這句承諾。不過我佛只管受人拜祭，卻連大唐這樣的大國尚且不保，何況你們這些蕞爾小國？連唐太宗這樣的人物尚且沒保，何況爾等億萬平民呢？

9 黑熊袈裟——緊箍咒的血腥報復

孫悟空有一個痛處——緊箍咒，這是觀音設計，唐僧執行，將緊箍圈藏在一個漂亮的嵌金花帽中誘使他戴上的。從此美猴王成了圈子束縛下的苦行僧，且終身不得解脫，這對於一生放縱不羈愛自由的美猴王來說是幾許的大苦痛？孫悟空當時就恨得要去南海打觀音。不過唐僧說既然是她教我《緊箍咒》，自然也會念，孫悟空才低下高傲的頭顱。但吃了這麼大個虧孫悟空就這麼算了？自然不會，一場針對觀音的血腥報復馬上就要展開。

9.1 和尚鬥富引發的血案

戴上緊箍後，孫悟空跟著唐僧走了兩月，相安無事，一直來到一座異常宏偉的觀音禪院，院主金池長老已經270歲，對唐僧非常客氣，孫悟空卻不斷找碴。唐僧不斷喝止無禮行為，悟空卻愈發囂張，不斷挑釁，搞得氣氛相當緊張。客觀地說，金池這人自身素養很有問題，喜歡炫富，這和他270歲高齡和高僧身分都是極不相稱的。但一個巴掌拍不響，關鍵還是孫悟空。

觀音禪院是方圓幾千里最大的寺院，香火非常旺盛，說明對觀音的信仰在這一帶占有統治地位，百姓貢奉了大量財物。金池很俗氣地把二百多年來蒐集的財寶都拿出來炫耀，並說唐老爺既然是天朝上國來的，必然有更高級的寶貝。唐僧謙虛地表示自己是遊方僧，沒什麼寶貝。孫悟空卻說我們不是有一件寶貝袈裟嗎？觀音禪院的和尚一個個都

9　黑熊袈裟─緊箍咒的血腥報復

笑了起來，表示他們這裡有七八百件上等袈裟，於是用了十二個櫃子在院裡辦起展覽，「果然是滿堂綺繡，四壁綾羅！」

這時孫悟空要把唐太宗從觀音手中買來送給唐僧的錦襴袈裟亮出來，唐僧堅決反對，道理很簡單：「徒弟，莫要與人鬥富。你我是單身在外，只恐有錯。」但孫悟空要的就是「有錯」，不顧緊箍剛戴上頭，堅持把錦襴袈裟亮了出來。這一亮不打緊，金池眼淚都出來了，他那幾百件袈裟在這件真寶面前狗屁不如，於是央著唐僧給他細細看一夜。這就是非常危險的舉動了，唐僧自然不肯，並不住嗔怪悟空惹事。其實傻子都知道金池已經動了歪心眼，唐僧幾乎是氣急敗壞，怒聲叱罵孫悟空惹禍，但悟空依然堅持把袈裟亮了出來並「借」給老院主。

金池得了錦襴袈裟，召集親信密謀如何留下此寶，商定一把火燒了唐僧師徒的臥房，殺人越貨。孫悟空一夜未眠，探得這個密謀，但也不當面揭穿，卻是趕往天宮，向廣目天王借了闢火罩，將唐僧的臥房保護起來。待和尚們點起火，孫悟空還加了一股風，把整個禪院燒了個乾淨！表面上看，這場火災是和尚鬥富引發，而且主要責任在於老院主貪婪凶殘。但明眼人很容易看出來，孫悟空的故意挑釁才是整件事的催化劑，尤其是用闢火罩罩住唐僧，然後助風將整個禪院燒光的行為堪稱歹毒。

是什麼惹得剛剛皈依佛門的齊天大聖歹毒至此？很簡單，老婦人把緊箍圈戴在他頭上，如此深仇大恨都不報，以後怎麼在官場上混？這裡不是文殊也不是普賢的道場，這裡是觀音禪院，是觀音在凡間最大、最旺的一處香火，燒的就是你！讓你知道我現在官比你小，並且在你手底下做專案，但我齊天大聖也不是隨你揉捏的臭蟲。西天取經這個專案我們還要合作下去，請你看清楚我的底線，認真考慮下一步的合作方式。應該說孫悟空的官場爭鬥有理有節，既不軟弱也不暴躁，讓觀音刮目相

看，為之後的取經之路甚至未來在佛教集團的仕途奠定了重要基礎。

那觀音和悟空這般劇烈纏鬥，夾在中間的唐僧如何相處？第二天唐僧醒來大吃一驚，表示自己睡了一夜什麼都不知道，責怪徒弟不救火反而助風，做足了樣子，釐清了責。不過這位高僧倒是半點不關心人命，只關心袈裟是否損壞，恨道：「我不管你！但是有些兒傷損，我只把那話兒（緊箍咒）念動念動，你就是死了！」行者慌了道：「師父，莫念！莫念！管尋還你袈裟就是了。等我去拿來走路。」可見孫悟空畢竟還是很害怕這個剛戴上頭的緊箍，反過來說，這麼害怕他還要頂著壓力做這件事，可見仇恨之深，非報不可。唐僧也可以對觀音姐姐告個罪：「您看這猴子恨意太深，我也是攔不住呀！」

9.2　萬貴妃座下的經典鬥富故事

到此就得說說《西遊記》中觀音菩薩的原型──萬貴妃，其實也不完全是萬貴妃一人，而是代表了後宮女眷這個龐大的群體，不過這個群體在明代宮鬥史上當以成化寵妃萬氏最具代表性。而明代最著名的一場貪官公開鬥富，正是出自她座下兩位太監。

稍有理智的人都知道官員露財意味著什麼，更不可能鬥富。東晉王愷、石崇鬥富的故事一直被後世作為官場糜爛的反面教材，後世官員也深省財不露白的基本原則，到明朝還有貪官公開鬥富，這種奇事成為明朝兩百年經久不衰的官場笑話，又豈能逃脫李春芳如飢似渴的大筆？

萬貴妃是成化帝寵妃，確切姓名失考，後世多稱萬貞兒。萬貞兒最初因父親犯罪被籍沒入宮充作低階宮女，19歲被派去當2歲的皇太子朱見濬（後改名朱見深）的保母。因為一些機緣巧合，兩人發展出一段不倫之戀。後來朱見深繼位，先是冊立她為皇妃，甚至想冊為皇后。由於萬

貞兒一開始就明確是朱見深的保母，年齡又差 17 歲，兩人的戀愛在當時絕對不合人倫。更重要的是萬氏家世不清白，是罪犯籍沒入宮，這怎能冊妃立后？但他倆還真不是政治婚姻，而是一段深宮中罕見的感人真愛，為了情人的身分問題，成化帝和文官甚至後宮女眷展開了長期而卓絕的爭鬥。恐怕他自己都沒有意識到，他已經成為明朝第一位和文官階層公開撕裂的皇帝，不經意間開啟了一段兩百年的漫長征程。

最終，萬貞兒沒能攀上皇后寶座，但也混到了一個皇貴妃（明朝特有的女官，比貴妃更高一級）。一路上萬貞兒大戰后妃、王公、勳貴、大臣，甚至疑似用過給其他宮妃絕育流產，乃至謀殺皇子這般毒計，所以她被後世文人描繪成天演正義之敵也不冤枉。她座下的確出了不少妖孽，此處單表錢能、王賜這兩個公開鬥富的大貪官。

錢能是萬貴妃座下寵監，謀得了一個雲南鎮守太監的肥缺。錢能吃相極差，為了撈錢在雲南捅了不少簍子，後被御史彈劾，被調往南京閒住，與南京守備太監王賜風雲際會。王賜是一個有品味的貪官，不光撈錢，還以收藏名家字畫著稱。王賜本來很驕傲地問錢能在雲南這些年都搜刮了些什麼財寶啊？錢能當然不能說我賺夠了××萬兩銀子，都藏在窖底呢！他說我在雲南時，陸陸續續以七千兩的價格向雲南沐王府收購了價值四萬兩的文物書畫。王賜大驚，約定來一場大展，鬥一鬥誰收藏的文物更有品味。

這是一場轟動江南的文化盛典，明中葉史學家陳洪謨[44]在《治世餘聞》中概述了部分展品：

「五日，令守事者昇書畫二櫃，至公堂展玩，畢，復循環而來。中有王右軍親筆字，王維雪景，韓滉題扇，惠崇鬥牛，韓幹馬，黃筌醉錦卷，皆極天下之物。又有小李、大李金碧卷，董、范、巨然等卷，不以為異。蘇漢臣、周昉對鏡仕女，韓滉班姬題扇，李景高宗瑞應圖，壺道

文會,黃筌聚禽圖,閻立本鎖諫卷,如牛腰書。如顧寵諫松卷、偃松卷,蘇、黃、米、蔡各為卷者,不可勝計。掛軸若山水名翰,俱多晉、唐、宋物,元氏不暇論矣。皆神品之物,前後題識鈴記具多。」

王羲之(王右軍)、王維、韓滉、惠崇、韓幹、黃筌、蘇黃米蔡(蘇東坡、黃庭堅、米芾、蔡京或蔡襄)⋯⋯文中列舉的名家真品,任意拿一個出來都是「極天下之物」,這兩位可以用兩櫃「循環而來」、「不可勝計」,這架勢足以讓故宮博物館汗顏。而他們這種用櫃子裝著展品在公堂展玩的方式不正是觀音禪院金池長老列櫃展示袈裟的行為嗎?只不過小說高於生活,李春芳採用了一方列櫃鋪陳,另一方只用一件至寶就秒殺幾百件凡品的手法,更具戲劇效果。

錢能、王賜這次鬥富大展後,王賜的情況不見史載,而錢能卻接任了南京守備太監。對應到《西遊記》中,觀音禪院鬥富後,金池悽慘地死去,孫悟空卻高升斗戰勝佛。不過別誤會,金池並不是這座觀音禪院真正的「鎮守太監」,為觀音看守這座大道場的另有其人。

9.3　有貳心的黑熊精降職加箍

孫悟空借錦襴袈裟燒了偌大的觀音禪院,為觀音騙他戴上緊箍圈出了一口惡氣,但也出了個意外 —— 袈裟被鄰近黑風山的黑熊精偷走。黑熊精最初見觀音禪院火光起,本意是來救火,不意瞥見錦襴袈裟這件至寶,於是起了歪心眼,放棄救火,撈了袈裟跑路。於法於理,他都要為這場火災負很大責任。

剛發現袈裟被別的妖怪偷了時,弄巧成拙的孫悟空非常懊惱,首先免不了的是吃一頓緊箍咒,然後還得想辦法去把袈裟找回來。幸運的是,觀音禪院的小和尚似乎很清楚袈裟是被黑熊精偷走(因為他們本來

就很熟），孫悟空根據指引很容易就找到黑熊精。不幸的是黑熊精武藝不俗，孫悟空搞不定他。這時孫悟空首次用出了他之後在取經路上還會頻繁用出的大絕招——搬救兵。第一次使用，孫悟空沒有任何猶豫，直奔主題到南海落迦山普陀崖找了觀音。觀音禪院出的事情，找觀音似乎沒問題，但其實這是孫悟空稚嫩的表現，後來他再遇到需要搬救兵時就沒這麼簡單粗暴了。

觀音一見到孫悟空，不等他細說便立即怒斥他惹禍，燒了她的流雲下院，孫悟空「知他（她）曉得過去未來之事，慌忙禮拜」。其實大家心裡都明白，那裡是她的大道場，豈能不管不顧？前因後果她比誰都清楚。不過孫悟空把她「請」到黑風山，很是摔擺了一陣，一會兒又當面打死她的手下凌虛子（蒼狼精），一會兒又強迫菩薩變妖精，還說什麼「妙啊！妙啊！還是妖精菩薩，還是菩薩妖精？」最後逼得菩薩去給妖精祝壽獻禮，狠狠地折騰了一番，勉強報了戴箍之仇。觀音也知道猴子這番心思，只是心中也有幾分歉意，加上猴子以錦襴袈裟做要挾，不得不屈尊遂了他的意——須知那袈裟是如來託觀音轉交給唐僧的，弄丟了如來面前不好交代。

至於黑熊，降服他毫無懸念。孫悟空作勢要打，觀音急忙制止，說落伽山少一個看後門的，想用黑熊去當個守山大神。觀音還丟了一個箍到黑熊頭上，後文補充說明這是如來給觀音「金、緊、禁」三個箍中的禁箍圈。最初如來給觀音三個箍時，說明是給取經人的三個徒弟用。觀音已將緊箍用在孫悟空身上，但此時尚未遇到第二個徒弟，她倒是把禁箍用在了自己新收的後門警衛頭上。後來唐僧收了豬八戒、沙和尚，觀音也不再提緊箍之事，而是在收紅孩兒為善財童子時，將最厲害的金箍圈用在他身上。如來計劃給取經團三個徒弟用的三個法寶，觀音一轉手就貪墨了兩個，這是萬貴妃的公開市場指導價嗎？

事實上，這個黑熊精根本不是被降服了皈依佛門，他本就是觀音的手下，多年來被派駐在流雲下院看場子。金池長老一介凡人，能活270歲，正是因為跟觀音派來的黑熊精、凌虛子等精靈偷學了一些長生之術。這次流雲下院成了孫悟空報復觀音的犧牲品，被燒個精光，場子當然看不成了，還沒死的就只能收回後山去看門。黑熊從最大最旺的道場警衛突然變成後山警衛，這個落差也不可謂不大，但他自身的小心思也確實要負很大責任，更暴露了此人心懷貳心，給他加個箍一點都不冤。

黑熊精這種情況在成化朝之後極其常見，尤其被萬貴妃發揮到極致。本來明朝沿襲宋制，在地方分設都指揮使、承宣布政使、提刑按察使、監察御史分管軍事、財政、司法、紀檢幾項大權，相互獨立制衡，避免地方官一手遮天，形成腐化墮落。這是一個非常優秀的行政體制設計，但太監們想到地方上去撈錢，最初是以幫皇帝監軍為名，到都指揮使司中去充當「鎮守太監」。成化朝鎮守太監的許可權擴散到了主管財政的布政司，太監們撈錢更狠。這其中萬貴妃造成了很大推動作用，她正是利用這招拋灑利益，引得一眾太監拜倒在她門下。小太監們大肆賄賂萬貴妃，邀得寵幸後外派為鎮守太監幾乎成了後宮的一個主流，前文所說錢能、王賜鬥富只是一個小小註腳。不過鎮守太監們狠命撈錢，也有不少捅了簍子或遭文官彈劾，主子就會將其暫時收回後宮。只要一收回，威風八面的「鎮公」立刻打回原形，變回深宮小奴婢，一如黑熊精從威風快活的黑風大王瞬間變成戴箍的後門警衛[31]。

不僅是被文官彈劾，司禮監和御馬監爭奪鎮守太監這個肥缺，明爭暗鬥，也造成不少鎮守太監「落馬」。御馬監史上傳奇小英雄汪直創設西廠，開張第一單便是拱翻萬貴妃座下南京守備太監覃力朋盜用官船販運私鹽的貪腐行徑，頗似孫悟空取經第一功便是拱翻觀音座下流雲下院警衛黑熊精盜取錦襴袈裟的犯罪行徑。

咦！不是說汪直就是靠萬貴妃寵幸才出頭的嗎？怎麼開單第一張就打覃力朋？就像孫悟空也是靠觀音吸收進取經團才從五行山下解脫，怎麼取經第一功就打黑熊精？所以說嘛，這些人的利害關係，不是秀才考舉人、舉人考進士那麼單純。

9.4　孫悟空的爭鬥有理有節

孫悟空被觀音騙著戴了箍，非常氣憤，並找機會進行了凶狠甚至堪稱血腥的報復，但他的爭鬥非常巧妙，又有理有節，並對取經工作和自身在佛教集團的長遠仕途都奠定了良好基礎。這是一種高明的官場爭鬥技巧，李春芳這一節寫得非常精彩，但必須提醒讀者的是：不要模仿！

官場上需要耍一些技巧，尤其是後宮私臣集團，不比得外朝文官有進士學歷和發表的著述打底，混後宮基本全憑這類技巧。觀音給孫大聖戴上箍，按說已經掌握了他一個明顯的把柄，控制住了他。但只有一戴上箍就徹底認輸的庸人，才會淪為別人永久的奴隸。孫悟空如果從此對觀音唯命是從，那以後就算成佛也永遠只是她的一條狗。孫悟空顯然不是這樣的人，相反，他對觀音實施各種提醒，好讓觀音意識到：僅僅一個緊箍圈，還不足以人身控制齊天大聖。

緊箍咒當然可怕，但對官場高手而言也不是終極人身控制。會緊箍咒的三個人——如來、觀音、唐僧都不能對孫悟空實施絕對的人身控制，蓋因孫悟空借取經這個大好時機，也抓住了這三人的一些把柄，並合理警惕甚至控制，以達到相對平衡。比如觀音的第一個把柄就是她這個流雲下院，孫悟空被戴上緊箍的當時就反應過來是觀音做的，但並沒有立即飛往某個觀音道場放把火燒了，那樣只能被觀音念死。他的做法是耐心等待時機，不偏離取經這個主線，走了兩個月，遇到流雲下院

才開始實施燒院計畫。這個計畫也實施得有理有節,步步引誘金池長老入彀,重點在於是金池自己動手點的火,這件事告到玉帝面前也怪不到孫悟空頭上,真鬧大了反而要把觀音座下金池長老這種殺人越貨的行為公諸於眾,丟臉的只能是觀音。至於黑熊精趁機偷走袈裟,這表面上看給孫悟空添了大麻煩,其實孫悟空心裡在偷笑。錦襴袈裟這種佛寶到了你觀音的地盤上,不但有金池長老意欲殺人越貨,被孫悟空破壞了計畫後,一個本應負有警衛責任的黑熊精不但不救火、保護佛寶,反而趁機把佛寶偷了。你自己跟佛祖說清楚你萬貞兒——哦不——你觀音座下都是些什麼貨色!

除了這次燒觀音禪院,取經路上孫悟空還多次借各種機會警惕觀音,反而讓觀音越來越服他,後來成為鬥戰勝佛,果位更在觀音菩薩之上,絕非偶然。至於另兩位會緊箍咒的,其實取經路上孫悟空也沒少蒐集他們的把柄。若換平時孫猴子敢去搜他們的把柄自然要被念死,但在取經大業面前,他們也不得不容忍一下,所以說孫悟空的官場技巧極其高妙。總結這一回孫悟空教給大家兩個重要的道理:

(1) 被人捏住了把柄必須高度重視,但不能唯命是從,要蒐集對方的把柄來達到平衡;

(2) 蒐集上司的把柄畢竟是高難度動作,不要認為孫悟空能做的事你也能做。

再次提醒,這一節作為小說寫得異常精彩,但請千萬不要輕易模仿。

10 唯一軍人 —— 豬八戒的「加盟」

俗話說：不怕神一樣的對手，就怕豬一樣的隊友。孫悟空的取經之路可謂不斷面對神一樣的對手 —— 還始終拖著一位豬隊友，不容易啊！

師徒倆離了觀音禪院，來到烏斯藏國高老莊，在此收了唐僧的第二個徒弟 —— 豬八戒，此人暗喻了明代官場上的軍人這個角色。

西天取經是一段壯麗的征程，按理說征程就應該以軍人為主，但事實上取經團只有一個真正的軍人，其餘人都是監督他（跟他分功）的，這就是曾掌天河八萬水軍的天蓬元帥 —— 豬八戒。

10.1　天蓬轉世為豬不符合基本法則

豬八戒的出場其實非常早，第七回大鬧天宮，如來收伏了妖猴，正準備回去，玉帝派天蓬、天佑兩位神將出靈霄寶殿來留佛祖，請他參加慶功會，這便是首次亮相。能在玉帝身邊傳召，可見也是親信 —— 不是親信怎麼進得了取經團呢？

他第二次出場就比較慘了，墜落在凡間當妖怪。觀音奉佛旨去東土大唐尋找取經人，並在路上物色取經人的徒弟，在福陵山雲棧洞撞上了被貶在此的天蓬元帥豬剛鬣，原來是蟠桃會後醉酒調戲嫦娥，被玉帝打了二千錘，貶下凡塵，不期下凡時錯投豬胎，成了一個豬身，作為一個豬妖在此吃人度日。觀音勸他皈依佛門，給取經人做徒弟，西天取經得個正果，並取法名豬悟能，讓他在此等候取經人。

許久後，唐僧、孫悟空取經到此，撞見高家莊正在請法師捉妖，於

是主動湊上去。很顯然，孫悟空知道高層為唐僧安排的第二位徒弟便在此處，所以才岔開正路，來管閒事。孫悟空解救了被豬妖幽禁在後院的高翠蘭小姐，並與豬妖激鬥，一直追擊到他的老窩福陵山雲棧洞。天蓬拿出九齒釘耙跟孫悟空苦戰一番，然後完整交代了自己修練成仙，再到酒後調戲嫦娥，直到被貶在此為妖的來龍去脈。在此，天蓬再次強調了自己是錯投豬胎，所以成了一副豬妖模樣。

但此說顯然站不住腳。《西遊記》明確設定，轉世會喪失一切記憶和法力。唐僧轉世九次，前世的記憶完全沒有留存。還有好幾個轉世的，比如寶象國百花羞公主是披香殿玉女轉世、天竺公主是廣寒宮素娥轉世等，都沒有保留前世記憶，也不帶任何法力，就是一介凡體，這是宇宙的基本法則。但天蓬所述的這次轉世顯然不符合基本法則，不但保留了前世完整記憶，甚至連兵器九齒釘耙都帶在身邊。作為一名取經員，隨身帶一支釘耙難道不是很合理嗎？當然不合理！這明顯根本就沒轉過世嘛！更重要的是，取經團成員其實都是塞進去的「皇親國戚」，完全沒必要找一個普通豬妖入夥。所以豬八戒和孫悟空、沙僧、白龍馬一樣，是犯錯過後被直接貶在凡間，然後借取經工程復出無疑，絕對沒有經歷過轉世這道程序。

那這麼老實，主動將身世背景、來龍去脈交代得一清二楚的豬八戒為何在這個問題上撒謊？其實他也沒有完全撒謊，只是做了一個小小的細節處理，含混了一下時間節點而已。豬八戒說他錯投豬胎，咬殺母豬，打死群彘，被福陵山雲棧洞卯二姐招為入贅女婿，不久卯二姐死了，他便獨自占了這座山場為妖。這段事體未必是假，只不過並非發生在他調戲嫦娥、被玉帝打下凡塵之後，而是在他當上天蓬元帥之前。

沒錯，豬剛鬣一開始就是一個豬妖，在福陵山雲棧洞吃人度日，後來才修練成仙，在天庭當到天蓬元帥。天庭「凡有九竅者皆可修仙」，

動物並不受歧視，他以豬身修練成仙，並在天庭身居要職並不奇怪。豬剛鬣由豬妖當上天蓬元帥之後才發生了醉酒戲嫦娥，被玉帝貶下凡塵之事。那貶下凡塵他到何處去呢？當然就是回老家福陵山繼續當妖怪囉！明朝很多官員犯了錯被貶回家，但也有兩種情況：一種是免職回家，這種情況沒有削除官身，只是被免去差遣，在家賦閒，朝廷隨時一封詔書就要回來繼續當官；另一種更嚴重的情況則是削除功名，徹底成為平民，不再具備當官的資格。明朝比唐宋都要嚴格，免官（包括退休）的官員都必須在老家待召，不得移居他縣，但徹底削除功名，成為平民者就不受此條限制了。孫悟空、沙和尚、白龍馬犯罪被貶，都是呆在老家等候起復。取經過程中，孫悟空幾度被唐僧趕走，也是回花果山聽候召喚，而不是到處亂跑，離職待召的意識很強。看來天蓬並沒有徹底削除官身，而且保留了記憶甚至兵器，回原籍待召，應該說處分並不重。

不重的原因就在於豬八戒所說的這個前妻卯二姐。卯在生肖中對應兔，而廣寒宮僱傭了玉兔搗藥，至少有一隻（但不僅限於一隻）下凡為妖，也就是取經團遇到的最後一個妖魔：第九十五回假冒天竺公主的玉兔精。這個卯二姐想必跟月宮嫦娥也脫不了關係，大膽猜測，豬剛鬣和卯二姐早就是一對夫妻，後來卯二姐修成神仙，在天庭找到一份廣寒宮搗藥的雜工工作，所以她不是死了，而是昇天了。她昇天後，豬剛鬣暫時獨占了這座山場，但在前妻的激勵下，勤修苦練，後來也基本達標，可能再加上卯二姐的一些關係，也被介紹上天來當兵，運氣不錯還當上了玉帝警衛。不過小兔子更加勤勉，苦練舞蹈技藝，成功從雜工轉職為舞蹈演員，也就是所謂嫦娥。

大多數神話中，嫦娥是月宮那位孤傲冷豔大女神的姓名，是孤零零一個人，吳剛也是廣寒宮外伐木工，不在宮內。但在《西遊記》中，「嫦娥」是對廣寒宮一大幫舞女的通稱，領班是太陰星君，天蓬元帥「調戲」

的這位名叫霓裳仙子，被玉兔精冒充的真天竺公主前世當嫦娥時叫素娥仙子。太陰星君下凡來收伏玉兔時，一大班嫦娥隨行，其中居然還包括霓裳仙子。豬八戒見了忍不住欲心，跳到半空中「抱住道：『姐姐，我與你是舊相識，我和你耍子兒去也。』」霓裳仙子顯然就是卯二姐，她當年由勤雜工轉為御用舞姬，那就不能隨便跟阿兵哥過夫妻生活了，至少你們不能在仙宮裡過呀！哎，其實這人突然升了這麼多等級，原來的配偶不再匹配，婚姻就很容易破裂。一對農村青年進了城，女方當了白領上班族甚至小明星，拋棄了跟著進城來當警衛的男友，我們還見得少了嗎？

豬剛鬣對孫悟空介紹自己當年「調戲」嫦娥的場景：「色膽如天叫似雷，險些震倒天關闕。」雖然我從沒調戲過女生，但據我從第三方途徑客觀了解到的訊息顯示，所謂調戲應該是嬉皮笑臉的，他這完全是在吵架。猜想是天蓬喝醉了酒，看著別人成雙成對，腦海中浮現出舊日恩愛，沒忍住去找薄情婦吵了一架。上司也是男人，很同情天蓬，但清官難斷家務事，法治社會你一個大頭兵拱到後宮來咆哮宮娥，不判也不行啊！所以受點不太重的懲罰，也可以理解。

10.2　豬八戒挑擔很尷尬

幾乎所有影視作品都讓沙僧挑擔，而不是八戒。但原著寫得很清楚，一路上挑擔的始終是八戒。取經團最終完成任務，佛前敘功封賞，也是豬八戒「挑擔有功」，得封汝職正果。影視作品認為沙僧是小師弟，所以應該當苦力，但這是一種想當然，不符原著。

那豬八戒加入取經團的意義何在，他就是來挑擔當苦力的嗎？答對了，真的就是。

10　唯一軍人─豬八戒的「加盟」

很多前輩深入分析了豬八戒加入取經團的背景意義，有的認為他所用九齒釘耙是太上老君打造，所以是老君弟子，代表道派打入取經團。有的認為他是靈寶道君、燃燈古佛、東華帝君等大老的弟子，甚至是金翅大鵬雕安插在取經團的臥底等等。這些分析首先脫離了明朝的時代背景，其次陷入了自創的架空世界，這裡就不一一辨析了。其實我認為僅就加入取經團的作用而言，豬八戒恰恰是最單純的一個──他真的就是玉帝派來挑擔子的──恰如白龍馬真的就是來當腳力的一樣。原因也很簡單：取經路上確實需要一個挑夫、一個腳力。就像去打個仗，雖然有兵部、五府、司禮監、御馬監、錦衣衛派出的各色監軍，他們心思各異，但畢竟真正的軍人還是要派呀！當然，軍人也不是埋頭打仗，同樣在政治中扮演著重要角色，豬八戒在《西遊記》的神仙博弈中也是一個重要角色。

槍桿子裡出政權，這是人類社會發展至今顛撲不破的基本原理，但軍人在官場政治中扮演的具體角色也隨著社會的發展跌宕起伏，明朝軍人到底處於何種地位，《西遊記》是如何借用角色來表達的呢？

最初，中國沒有職業軍人一說，貴族門閥子弟「入則為相，出則為將，自無文武分途之事」，即所謂「出將入相」。軍官由貴族門閥擔任，兵卒從民間徵召。隋唐以來，門閥逐漸瓦解，宋朝建立起徹底的平民社會，再無貴族一說，兵員由國家花錢聘請，至於軍官一律從兵卒中晉升。但國家指派文官掌握兵權，武將只有戰場指揮權，而無軍隊的人事、財政、調度等大權。同時，宋明以後軍人的社會地位被壓制得很低，軍頭尾大不掉的機率急遽下降，產生軍閥的可能性趨近於零。這似乎是人類文明社會發展的一個必經之路，但又產生了一些新問題。

首先最嚴重的是軍人變得懶惰。政治地位被嚴重壓制，看得見上限（而且還不高）的階層自然就會懶惰。比起那些胸懷經世濟民理想的文官

進士而言，宋明以來的底層軍士瀰漫著一股慵懶氣息。豬八戒被視為好吃懶做的代名詞，這其實是作者對明中後期軍隊品質快速下降的一種憂慮。宋朝兵制以募兵為主，即國家出錢招募公民來當兵，優點是免除了全社會強制兵役，解放了社會生產力，但同時意味著更高的動員成本。明太祖設計了一套軍戶體制，規定某些人戶世襲軍職，義務為國家貢獻兵源。這顯然是一種倒退，所以很快就崩壞了，明中前期，明軍兵源實際上就已經恢復以募兵為主了。但中後期國家財政緊繃，經常拖欠軍餉，當兵成為一個極差的職業，募兵品質嚴重下降。一個怵目驚心的例子是明末熊廷弼出任遼東經略，校閱遼東兵時，抽檢了 30 名火槍兵在 75 米射距上每人發射 3 槍，結果 90 發只有 1 發上靶！這不得不令人懷疑這些根本不是真正的軍人，而是專程來吃軍糧的飯桶！遼東是大明與後金（即後來的滿清）戰鬥的前線，遼東軍相對精銳，訓練品質尚且如此，其餘部隊可想而知[45]。

　　其次是經濟腐敗。一支墮落的軍隊必然伴隨腐敗，豬八戒同樣是取經團中經濟腐敗的代名詞。第七十六回，豬八戒被獅駝嶺三大魔王抓到洞中，孫悟空變個蠛蠓蟲去救他，卻起了個心眼，裝作是陰司的勾魂官，想詐一詐他的私房錢，結果真詐出來一塊四錢六分的馬鞍銀，藏在左耳朵眼裡。豬八戒供稱這是每次齋僧時，信善見他食腸大，所以多給點襯錢，他一路攢下來的。在一個靠化緣前進的佛教取經團中藏私房錢，還攢了這麼多，看來真的不能被貧窮限制了想像力。

　　有意思的是，豬八戒說其實他攢了五錢銀子，找銀匠熔鍊成塊時，被無良銀匠偷了幾分，只剩四錢六分。這裡作者一筆帶過，很多讀者開懷一笑，豬頭活該！其實作者點出了明朝最常見的一種貪汙形式——火耗。

　　所謂火耗，產生於嘉靖中後期的一項重要改革措施——「一條鞭法」，即指國家歸併稅種，將各種實物、勞役一律折算成現銀徵收。這個

制度在李春芳的前任首相徐階任上，由名臣海瑞在江南試點推行，在李春芳的繼任首相高拱任上得到大力推行，後來成為再下任首相張居正的著名標籤。「一條鞭法」對中國社會產生了極其深遠的影響，此處單表他的一個副產品——火耗。

所有賦稅以現銀形式繳納，但納稅人交來的銀兩是零碎的，官府需要熔鍊成錠，熔鍊過程難免有損耗，這個耗額需要納稅人補齊，稱之為「火耗」。我們且先不論火耗該誰補的問題，只論耗額到底是多少？這當然就是由徵稅的基層官吏說了算囉。最初他們只開口要個百分之二、三，到李春芳的時代大致便到了豬八戒被銀匠貪墨的額度——8%。這個額度似乎也還勉強能接受，但顯然這只是一個開始。火耗額度既然能由基層官吏來定而非客觀標準，那自然會節節攀升，到明亡時已經達到了百分之二、三十的水準！成為明末一個主流的貪汙方式，也堪稱明王朝被人民拋棄的一個重要原因[46]。當然，清朝將火耗歸公（制度化、合法化），並達到百分之幾百的程度，相信倒也不在李春芳的預料之中。

更有意思的是，這塊四錢六分的馬鞍銀，豬八戒未能享用，卻被孫悟空納入懷中。這不正是軍爺辛苦搜刮，最終卻被御馬監的監軍太監一口吞下嗎？

10.3　朱無能才是大明的尷尬

豬悟能這個名字取得相當陰損，金蟬子（須菩提）第十輩徒弟是悟字輩，孫悟空、沙悟淨均用此字，這個沒問題。但既然是悟字輩又豈可跟個「能」字？「悟能」不就是「無能」嗎？關鍵還姓豬，豬悟能，這不是「朱無能」嗎？沒錯，明朝的朱皇帝最無能的一件事就是軍隊腐化墮落他卻無能為力。

宋明以來似乎根除了軍閥尾大不掉的病根，但封建軍隊腐化墮落這個問題依然未得解決。古代軍隊中，基層戰士奮勇作戰的動力是能夠劫掠，中上層軍官則是發展成軍閥。宋明以後斷絕了這兩者，堪稱文明進步，但同時也使封建軍人失去了戰鬥的動力，變成專吃軍餉的懶鬼。宋、明恰逢古代封建軍隊向現代民族軍隊轉型的過渡期，沒有解決好這個問題，甚至可以說都是因為這個原因緩緩走向滅亡。明軍曾創造了輝煌戰功，無論是對蒙古鐵騎還是南洋海盜，大明的軍功都足以令後人為之自豪，但明末的軍事開支卻成無底洞，拖垮了大明王朝。很多人認為明朝的滅亡不在於政治變革，也不在於軍事戰敗，而是標準的自我財政崩潰。而造成財政崩潰的直接源頭正是爆發式增長的軍事開支，這其中萬曆末年的「三餉加派」無疑是壓斷駱駝的最後一根稻草[45]。

所謂三餉加派，是指朝廷為征剿後金（滿清）、高迎祥、李自成而在正常賦稅基礎上加徵的「遼餉」、「練餉」和「剿餉」，合計一千七百餘萬兩。須知當時的正常賦稅才三百餘萬兩，加徵額度幾乎是五倍！如此暴政，焉能不亡？但可悲的是，明帝冒著被人民推翻的危險瘋狂加徵這麼多專項資金，真的都用於軍事了嗎？還是被豬八戒這樣的軍人集體貪墨？抑或被御馬監的監軍太監輕鬆納入懷中？還是有更高層級的食利者？沒有人會來回答，我們只能看到明王朝刮盡了民脂民膏，明軍卻在蒙古鐵騎、後金八旗、南洋海盜面前越來越無能，朱皇帝在明軍面前更加無能。

不過戰鬥力再無能的軍隊，在政治中的能量都是一樣的，那掌握槍桿子的這些人如果要擠進私臣圈子該如何表演？玉帝把他的警衛塞進取經團有何意圖？

首先，我們要看看嘉靖帝的西苑私臣中有沒有一個明確的軍人角色。其實最核心的小圈子裡還真沒有，大學士嚴嵩是文官，成國公朱希

忠是勳貴，駙馬崔元是皇親國戚，都督陸炳是錦衣衛，還有陶仲文等一大幫道士和數不清的太監、宮妃，唯獨沒有軍人。相對靠近核心圈層的軍人只有咸寧侯仇鸞，這是一個絕對的大反派 —— 不過似乎作者也沒打算把豬八戒寫成正派。

仇鸞出身將門，歷任甘肅總兵、大同總兵等要職，非常陰險貪婪，與蒙古勾結甚深，長年走私策略物資，甚至殺良冒功。仇鸞與近臣嚴嵩、陸炳緊密勾結，深得嘉靖帝寵幸，只是礙於武將身分，無法長年隨侍西苑。仇鸞最壞的一個事蹟莫過於進讒言冤殺大英雄曾銑。曾銑是嘉靖朝著名軍事學家，創造了戰車、地雷、榴彈砲等大量劃時代發明，打得蒙古驚為天人，取得了大明最後的軍事輝煌。不過曾銑鐵面無私，曾揭發仇鸞的一些不法行徑，使仇鸞又恨又怕。仇鸞勾結時任次相的大奸臣嚴嵩，陷害曾銑及其在朝中的支持者首相夏言，導致兩人均被嘉靖帝冤殺。他們的構陷之法無外乎在皇帝面前進讒言，挑撥離間，顛倒是非。曾銑打敗了的仗就誇大其詞，甚至誣陷為通敵；曾銑打勝了的就說毫無意義，是費餉貪功，從而激起皇帝的憤怒，導致冤殺了真正為國效力的英雄。

這種做法在《西遊記》中由豬八戒多次上演：孫悟空明明解決不了的事，比如救活已死三年的烏雞國王、背銀角大王、背紅孩兒，豬八戒就說是猴子故意不出力，唆使唐僧念緊箍咒，逼悟空陷入險境。更多的是孫悟空明明打死的是壞人立了功，比如攔路的強盜、白骨精等，豬八戒卻說成是好人，唆使唐僧念緊箍咒，甚至逐走大師兄。當然，這些做法也不是仇鸞的專利，似乎是自古以來奸臣構陷忠臣的通用做法，在豬八戒這個角色身上集中上演，讓人又氣又恨。

10.4　玄奘的二徒弟窺基和助手辯機

　　說說豬八戒這個文藝角色的現實淵源——歷史上玄奘法師的二弟子窺基法師，其實還有助手辯機和尚。

　　歷史上的玄奘法師確實收了三個徒弟，不過不是在前往天竺的路上，而是在學成歸來後。東歸途中，他在西域收了第一個徒弟，據說是位西域神童，過目不忘。這可能有一點孫悟空的原型，遺憾的是二徒弟、三徒弟都著作頗豐，這位神童反而在歷史上沒有留下什麼著述甚至事蹟，猜想是漢文水準的缺點所致。回國不久，玄奘便收了二弟子——窺基。窺基倒是有不少趣事，而且能和豬八戒掛上鉤。

　　第一個趣事就是投錯胎。相傳玄奘在西行路上遇到一位老禪師，非常投緣，願追隨玄奘往天竺求經。但他身軀老邁，實在不能跋涉，玄奘指示他往東去長安找一所黃色琉璃瓦的房子（皇宮）投胎，到時玄奘從天竺回來再收他做徒弟。十餘年後，玄奘取經歸來，一見唐太宗就道賀：「恭喜陛下添了一位皇子！」唐太宗莫名其妙，因為玄奘西行這十餘年，他並無皇子誕下。玄奘忙開慧眼一觀，才發現這老禪師投錯了胎，投到隔壁的大將軍尉遲敬德家裡去了。玄奘趕快找上門，果然發現尉遲敬德的姪子尉遲洪道正是老禪師轉世，於是要他跟自己出家。尉遲洪道很不高興，你誰啊，憑什麼一見面就要我出家？強硬地拒絕了。玄奘只好又找唐太宗出面，敕令尉遲敬德之姪出家為僧，協助玄奘工作。

　　作者借這個典故在《西遊記》中安插了兩個（但不僅限於兩個）情節，一個便是豬八戒錯投豬胎，一個則是唐太宗還魂時，李全自願幫太宗到陰司去向閻王進獻南瓜，閻王讓李全和先死的妻子李翠蓮雙雙復活，但李翠蓮死得久了，屍身無存，於是讓她投胎到唐太宗家裡，借了御妹李玉英的身體還魂。李翠蓮醒來便說這座蓋滿黃色琉璃瓦的皇宮是

「害黃病的房子」。

第二個趣事則是窺基被人戲稱為「三車法師」。唐太宗敕令尉遲洪道去當和尚，他自身極不樂意，於是講條件：「陛下非要我當和尚，也不是不行，但我一生離不開酒、肉、女人三者，我走到哪裡身後都要有一車冽酒、一車鮮肉、一車美女跟著。除非滿足這個條件，我才出家。」這三者是佛門最基本的三戒，所謂「八戒」是對「五葷三戒」的合稱。他本以為唐太宗、玄奘無論如何不可能答應這樣的條件，誰知唐太宗一口答應，玄奘也只好附和。尉遲洪道無法反悔，只好真的帶著這三輛車去大興善寺（玄奘在長安的譯經場）出家，法號窺基。結果窺基法師一聽到寺院的鐘鼓，突然喚起了前世的記憶，於是將三車遣回，從此專心協助玄奘翻譯佛經，成為一代宗師，但「三車法師」這個戲稱卻流傳下來，「豬八戒」這個名字的構詞法顯然是對此的擴展。

另外，玄奘還有一個重要的助手辯機，是他去天竺留學後，國內佛學界風頭最盛的傑出青年。玄奘回國創辦經場，唐太宗專門禮請辯機來協助。辯機當時只有 26 歲，但才高八斗，更兼相貌英俊，堪稱偶像派巨星。有研究認為玄奘的《大唐西域記》實際是辯機執筆[21]。但辯機卻是一個著名的淫僧，酷愛泡妞，關鍵他泡了一個妞還不是凡人，而是唐太宗的愛女高陽公主。高陽公主很年輕就嫁給貞觀名臣房玄齡之子房遺愛，但長期和禿頭俊男辯機私通。房遺愛本來開啟了一段令人豔羨的駙馬人生，未料卻遇公主通姦這等三千年未有之大變局，作為一個負責任的男人應該怎麼辦？當然是選擇原諒她啊！所以後來小房成了懦弱烏龜綠帽男的代名詞。此事終究大白，唐太宗盛怒，腰斬了辯機和尚。

後世大量文藝作品無盡地揶揄、嘲笑甚至謾罵高陽公主這個皇家淫婦，但這些人咬牙切齒地寫得筆尖冒血、紙背生煙，也無非就是個蕩婦騎禿驢的招數。李某男嬉笑怒罵之間，就讓高某女被豬拱了。沒錯，高

陽公主名叫李翠蘭 —— 你都叫翠蘭了為什麼不姓高？因為高陽公主已經帶了個高字嘛！剛鬣，您還記得高老莊裡的高小姐嗎？記得啊，所以某版電視劇專門加拍了一段《豬八戒背媳婦兒》，多經典啊！

豬八戒堪稱貪財好色酒肉和尚的代名詞，窺基的「三車」也是佛家最反對的縱慾，辯機更是色中餓鬼。不過豬八戒當了和尚後雖然仍很貪吃，但那是食腸寬大，人家還算是忍住了沒再破酒、肉二戒，這已經很不容易了。最後豬八戒也一步一個腳印走到西天，得成正果。窺基師從玄奘後，取得了不少成果，有大量譯作和撰述傳世，被譽為唯識宗（玄奘法師創立的漢傳佛教宗派）第二祖。豬八戒和窺基法師的故事都教育我們，就算是曾經縱情聲色的浪子，只要走上正途並堅定地走下去，一樣可以取得很高成就。

10.5　海軍是大明的驕傲

最後說個輕鬆點的話題，軍種有很多，取經團只安排了一個軍人角色，用什麼軍種呢？豬八戒說他曾掌八萬天河水師，顯然屬於水軍（海軍）。作者這樣寫有個大大的講究，那便是 —— 水軍（海軍）是明軍中最具代表性，也是戰績保持最好，始終都能讓人為之自豪的一個軍種。

明朝的淵源是元末義軍明教紅巾軍的吳王朱元璋一支。朱元璋從要飯和尚起步，艱苦創業，登堂入室後第一場大戰便是著名的渡江戰役，集結全軍從巢湖出發，渡長江大敗二十萬元軍水師，攻占金陵（今南京），在江南奠定基業。「定都」南京後，朱元璋確立了「廣積糧、緩稱王」的策略，欲先在南方統一紅巾軍，再北上討伐蒙元。他在紅巾軍內部的主要競爭對手是長江上游以武漢為中心的漢王陳友諒，和下游以揚州為中心的周王張士誠。三大勢力沿長江排開，水軍在競爭中地位當然就很高。

10 唯一軍人—豬八戒的「加盟」

　　紅巾軍內戰最具決定性的一役便是朱元璋與陳友諒的鄱陽湖大戰，雙方均出動數十萬龐大水軍，旌旗綿亙百里，各自從長江上下游進入鄱陽湖會戰。朱元璋激戰獲勝，並在亂軍中流矢射死陳友諒，一舉奠定南方義軍的統一大勢，並間接確定了天下大勢。所以水軍在大明定鼎天下的元勛中，可謂居功至偉。

　　明朝建立後，水軍（主要是海軍）更是威播四海，比漢唐陸軍踩踩沙漠過癮多了。著名的鄭和下西洋，出動了世界上最龐大的無敵艦隊，掃平了汪洋大海上的海盜，甚至將一些不守道義的小國都教育成文明國度，將萬頃碧海都置於天朝海軍的保護之下，海外慕中華天威而來的番邦數不勝數，開啟了一段繁榮的大航海時代。我想，只有鄭和第七次下西洋時所拓《天妃靈應之記碑》的首句才是對大明海軍這段曠世偉業的最佳評價[47]：

皇明混一海宇，超三代而軼漢唐。際天極地，罔不臣妾！

　　（大明統一了海洋寰宇，超過夏商周三代、漢唐的功績。從天到地，無人不成為臣和妾。）

　　之後的歲月，海軍不但要面對此起彼伏的南洋海盜，更要面對來自荷蘭、西班牙、葡萄牙等多國的西方殖民者，著名的屯門海戰、西草灣海戰，明軍都大獲全勝。中國和這些新興殖民擴張國家在南洋的博弈非常複雜，但總之沒有讓他們占到便宜，其堅強後盾便是有一支強大的海軍，這和後來「有海無防」所以被弄得灰頭土臉的清朝形成鮮明對比。在氣勢恢弘的萬曆朝鮮戰役（朝鮮稱「壬辰倭亂」；日本稱「文祿・慶長の役」）中，明軍狠狠教訓了剛剛一統日本的「戰國菁英」，尤其在著名的露梁海戰、鳴梁海戰中全殲日本海軍，切斷其陸軍歸路，迫使其向朝廷請降，一代天驕豐臣秀吉被活活氣死，一個狡猾的海洋民族踏向大陸的夢想再次被天朝海軍無情鎮壓。

即便在明朝已然滅亡，陸軍一瀉千里，甚至紛紛剃髮降清之際，海軍依然支撐著日月軍旗最後的榮耀！延平王鄭成功（他是不是鄭和的後代？哦對不起，鄭公公是太監）率領一支孤忠艦隊開赴臺灣，奮戰荷蘭侵略者，將其趕走後作為反清復明的基地，又延續了一段光輝歲月。雖然鄭成功的後代最終還是降清，但大明海軍這種精忠報國的氣概，光耀千丈碧海，勢振萬里藍濤！

所以，說到最具代表性的軍種，漢有嫖姚鐵騎，唐有玄甲橫刀，宋有神臂天弓，我大明則有這支曾經承載著偉大夢想的無敵艦隊！

所以，作者需要在小說中原創一個軍人角色時，如果是蒙古作者，多半就要寫騎兵，瑞士作者就要寫長槍兵，印度作者就要寫象兵。大明的作者，當然是要寫最引以為豪的──海軍哪！

啊，海軍！

11 錦衣衛 —— 沙師弟在看著你

有人總結《西遊記》教給我們的職場策略，說沙僧的策略就是本領低微的人要緊跟有希望的團隊，著實有理。在很多人的理解中，沙師弟就是一個埋頭苦幹，但很少提要求，甘當配角，也不搬弄是非的優質團隊拼圖。以至於在很多影視作品中，又給他加上了任勞任怨這個美德，所以挑擔子的工作也順理成章地從二師兄肩上移給了他。但事實上，沙師弟的任務就是玉帝派去監視取經團的，這種工作開口太多可不是什麼好事。沒錯，很多人心目中老實巴交的沙師弟暗喻的明朝官場角色正是 —— 錦衣衛。

11.1 捲簾將軍由錦衣百戶充任

沙僧很清楚地交代過自己的背景 —— 曾是「靈霄殿下侍鑾輿的捲簾大將」，因在蟠桃會上失手打碎玻璃盞，被玉帝打了八百，貶在流沙河，還安排七日一次，飛劍來穿胸肋，相當痛苦。

弼馬溫和天蓬元帥在真實的歷史中還算隱藏得較深，但這個「捲簾大將」卻很容易找到。《明史 卷五十三 志第二十九 禮七 登極儀》記載了明朝皇帝即位儀式，「內贊二人於受表官之南，捲簾將軍二人於簾前，俱東西向。」也就是說：準備當皇帝的人先坐在奉天殿（紫禁城正殿，今故宮博物院太和殿）內室簾子後，等待外面群臣上勸進表，有「捲簾將軍」二人立於簾前。這個「捲簾將軍」顯然就是《西遊記》中「靈霄殿下侍鑾輿的捲簾大將」。捲簾將軍真的要做捲簾這個動作，儀式開始後，先經過

一大段程序，群臣入殿，捲簾將軍將簾子捲起，即位人從內室上殿與群臣相見，接受勸進表，後面再經過一段程序就以即位詔告天下，禮成。

那這個捲簾將軍由什麼人充任呢？據《明會典》記載，除登基儀式，每年冬至、元旦（農曆正月初一，相當於現代的春節）、萬壽（皇帝生日）三大朝儀也會用到捲簾將軍。典禮日，御馬監將仗馬牽出，錦衣衛正指揮一人位於銅絲簾右側面東而立，百戶二人於簾下左右對立，儀式開始時將簾捲起，捲簾將軍即出殿門，文武百官肅立等候皇帝升殿。這裡很清楚地記載：捲簾將軍是由兩位錦衣百戶充任的，這就是沙和尚的真實身分。

小說中還描寫了沙和尚穿一件黃錦直裰，這在帝王時代可不是普通人隨便穿的，只有御前儀仗人員才能賜穿，除此之外私穿黃錦即為逾制，甚至有謀逆嫌疑。另一方面，師徒五人（含白龍馬）按五行排布，唐僧屬火，孫悟空屬金，豬八戒屬木，白龍馬屬水，這沙僧屬土，所以穿黃。五行相生相剋，土位居五行中央，與另外四相都有直接連繫。沙僧作為一個錦衣衛派出的監軍，默默地直接監視著另外四人，他話少點才是政治正確。

順便提一下，沙僧的武器是一柄降妖寶杖，很多影視作品將其表現為一個長柄，一頭月牙鏟，一頭斧形刃。這其實是受《水滸傳》花和尚魯智深的兵器六十二斤水磨鑌鐵禪杖誤導[48]，而且有些道具師直接將此杖當扁擔用了。其實沙僧是不挑擔的，降妖寶杖也是一根單手持的短杖，類似於韋陀的降魔杵——就在每個漢傳佛寺第一重殿彌勒佛像背後，有空可以去看看。沙僧介紹這是月宮吳剛伐下的一枝梭羅仙木，由魯班製造成杖。第四十九回，通天河靈感大王（觀音的金魚）取笑沙僧是個磨博士，因為他使一條擀麵杖，更是正面描述了降妖寶杖的形狀——像一根擀麵杖。

沙僧在加入唐僧團隊前在流沙河吃了大量取經人，我們很難完全弄清這些人的身分背景，是誰指派，抑或根本無人指派，就是些凡僧。但總之他們走到流沙河被吃，實質上就是他們的取經工程被沙僧叫停了。唐僧是金蟬子（須菩提）第十次轉世，那他的前九次也都是被沙僧吃掉的？我認為顯然是的。

沙僧遇到觀音後說自己吃了許多取經人，他們的骨骼都沉入流沙河（這河鵝毛也浮不起），唯獨有九個頭骨不沉。老沙也覺得奇異，於是將九個頭骨串成一個項圈戴著，後來發揮了很大作用。流沙河鵝毛浮不起，什麼材料都造不成船送唐僧過河，只有以這個項圈作船底，觀音又專程送來的一個紅葫蘆作船體，才順利渡唐僧一行過河。這九個頭骨顯然就是唐僧的前九世，要渡唐僧過河，也只有他自己的骸骨才行，這正是佛教「渡人渡己」之意。

其實如來早在金蟬子第一次轉世起，就發起了取經工程，只不過當時手段簡單粗暴，未經精心設計，所以各方利益未能平衡，取經人走到流沙河時，玉帝便通知沙僧終結此次取經行動。就像一些小太監作出過分的事，皇帝只好讓錦衣衛進來抓人。嘉靖帝的「大禮議」也不是一開始就成功的，而是與文官們進行了曠日持久的爭鬥後勉強占得上風，回合遠遠不只九次。當然，除了金蟬子前九世，沙僧還吃了大量其他取經人。是啊，皇上需要用來干政的太監很多，派去取經的也不只你一個喲！

沙僧作為一個錦衣衛的代表，守在流沙河，似乎造成一個保險開關的作用，不讓佛教的吃相過於難看，也為取經設定了一個基本的底線，在清理掉大量擅自取經的野人並連續否決九次官方取經後，終於在第十世放行。

在第十次取經途中，沙僧並沒有衝殺在前，幾乎就沒有擒殺妖魔

的戰功，同時他也不像孫悟空那樣到處去找神仙疏通關係，他就默默地注視著取經團前進。這並不表示他真的什麼都不做，他只是不管具體業務，每到關鍵時刻他都會忠實履責。而他的職責就是監督另外四人忠實履責，尤其不准散夥。孫悟空多次遭到不公正待遇，憤而要離去，豬八戒都在一旁冷嘲熱諷，火上澆油，沙僧卻是盡量規勸。

三打白骨精導致孫悟空第一次被唐僧驅逐，走時吩咐沙僧：「賢弟，你是個好人，卻只要留心防著八戒言語，途中更要仔細。」可見孫悟空深知沙僧是支持取經團堅持走下去的安全閥。第四十回，唐僧又不識妖精，被紅孩兒攝走。關鍵是之前不久唐僧才強要孫悟空背假變道士的銀角大王，結果銀角拘來三座大山差點把孫悟空壓死。殷鑑未遠，唐僧又愚蠢透頂地強令孫悟空背紅孩兒，這實在讓孫悟空心灰意冷，說要散夥，豬八戒也附和，唯有沙僧力勸他們回心轉意。第五十七回真假美猴王，孫悟空又因打死草寇被唐僧驅逐，結果假猴王趁隙打翻了老和尚，這次沙僧親往花果山找孫悟空調查，再次避免散夥。

神通廣大的齊天大聖偶爾也有氣急敗壞之時，陷空山無底洞的老鼠精用計擄走唐僧，孫悟空「怒氣填胸，也不管好歹，撈起棍來一片打，連聲叫道：『打死你們！打死你們！』」對此，豬八戒的反應是「慌得走也沒路」。「沙僧卻是個靈山大將，見得事多，就軟款溫柔，近前跪下道：『兄長，我知道了，想你要打殺我兩個，也不去救師父，逕自回家去哩。』行者道：『我打殺你兩個，我自去救他！』沙僧笑道：『兄長說那裡話！無我兩個，真是單絲不線，孤掌難鳴。兄啊，這行囊馬匹，誰與看顧？寧學管鮑分金，休仿孫龐鬥智。自古道，打虎還得親兄弟，上陣須教父子兵，望兄長且饒打，待天明和你同心戮力，尋師去也。』行者雖是神通廣大，卻也明理識時，見沙僧苦苦哀告，便就回心道：『八戒，沙僧，你都起來。明日找尋師父，卻要用力。』」

這裡首先表明了沙僧的身分——靈山大將，說明他本是佛派中人，不是道家神仙。沒錯，錦衣衛是皇帝私臣，不是進士文官。其次深顯沙僧的為人之道，在孫悟空都失去理智的情況下，他卻講出了一番道理，讓悟空冷靜下來，著實功力不淺！

11.2　錦衣衛被東西廠帶壞了名聲

這裡送上一句遲來的道歉，可能有些喜歡沙和尚的讀者已經很不高興了，居然把這麼老實的沙和尚跟陰森狠毒的錦衣衛特務扯上了關係！也難怪，自從丁易[28]的《明代特務政治》出版以來，人們已經把錦衣衛等同於白色恐怖的國民黨特務。事實上，錦衣衛的主要職能是安置勳臣子女的儀仗隊，特務真的只是一個意外發展出來的副業。

明代錦衣衛沿襲自宋代武德司，初名拱衛司，後頻繁改名都尉司、親軍都尉府、儀鸞司等，直至洪武十五年（西元1382年）定名錦衣衛，主要職能就是御前儀仗。之所以叫錦衣，就是因為明太祖決定將其作為專門安置功臣子女的地方，取衣錦還鄉之意。御前儀仗這個工作有幾個特點：體面榮耀、相對輕鬆、收入高、不涉及國家大政、不影響社會公平，當然更不需要上陣拚殺，沒有什麼危險，非常適合用來安置子女。

明代入官的途徑主要分四途：科舉、恩蔭、吏進、軍功。科舉進士被視為「正途」，把持內閣九卿部院寺監府州縣的三千多清要職位，須通過嚴格的考試選拔產生。功臣們雖然能為子女提供優秀的教育資源，但中國的人口基數實在太大，要在全社會億萬公民公平參與的科舉考試中脫穎而出實在太難，就算偶有高官子女能夠高中也是小機率事件，不形成機制。隋唐皇帝正是巧用這招將中國拖離了門閥貴族社會，進入公民社會。明代建立伊始便厲行科舉，這似乎是人類社會的一大進步，但這

對提著腦袋跟你朱重八打天下的老兄弟們家裡而言著實有幾分難看，於是又想到了一個折中辦法：給功臣一定名額，讓他們的子女充任一些非「清流」的蔭官。

有些功臣獲封爵位，若是世襲罔替，嫡長子一系的世襲爵位就進入法制保障，其餘子女則由朝廷以恩蔭為名賞賜一些低階官職，但絕不能在內閣九卿這些實權部門，最常見的便是安置在錦衣衛、尚寶司、上林苑、中書科等處，都是些負責禮儀、園林、文書等閒散工作的部門。除了軍功，一些文官立功同樣可以獲得恩蔭，他們的進士資格當然不能世襲，但世蔭一個錦衣衛、尚寶司職也算是為子孫後代拚來一點待遇。

這其實是一種非常優秀的設計，功勳家庭理應享受待遇，但待遇不能是國家將公權力賦予他們的子女，讓他們到市場上去撈取利益，而是將權力和待遇分開，公開、明確、法制化地規定何種功臣的幾位子女應享受什麼待遇而非權力。明代的恩蔭制度趨於成熟，每家什麼情況，應得多少錦衣衛、尚寶司、上林苑、中書科的蔭官名額也是有標準的。這套事務具體由吏部驗封清吏司主管，也就是說恩蔭仍在科舉進士的掌控之下，並非當權者隨意分發。而蔭官不能轉為文官，理論上這些人獲得蔭官也不會干涉大政。但恩蔭總比科舉容易找到缺口，既然恩蔭由功勳，敘功這種形式終究沒有考試那麼嚴格，所以皇帝、權臣在蔭官這個圈子中尋找人身依附關係比在文官中相對容易多了，是打造私臣的一個重要人力資源。

各類蔭官中，尚寶司負責收撿御用物品，中書科負責在內閣裝訂文書，上林苑則是皇家園林的花匠，給人感覺就很文弱，唯有錦衣衛略帶軍事化色彩，這個特性決定了它必將脫穎而出，成為皇帝的私人祕密警察。錦衣衛，這個本來以榮耀為主題的部門，鬼使神差地演變成了特務政治的代名詞。一說到明朝的壞蛋特務，很多人都愛用「廠衛」。這實

際上是東廠、錦衣衛二者的合稱，但在他們長期的罪惡勾結中，人們漸漸已經把他們混淆啦。以至於很多人分不清廠、衛，甚至認為錦衣衛也是太監衙門，錦衣官都是閹人，這真是與太祖設立錦衣衛的初衷背道而馳。沒辦法，誰讓你們共同做了那麼多醜惡的勾當呢？

前文介紹御馬監提督西廠時簡要介紹了東西廠和錦衣衛的關係，其實東廠才是明代特務政治的權力源，錦衣衛只是按皇帝的要求抽調一點點兵力給廠公役使罷了。最初皇帝固定派一名錦衣百戶帶隊去東廠當差，一個百戶所的編制是 112 人，理論上這就是東西廠的兵力。但成化十三年（西元 1477 年），西廠遭文官彈劾以致關閉（被壓五行山下），御馬監太監汪直用計讓皇帝重開西廠。或許是成化帝覺得虧欠了小汪直，重開時派了錦衣千戶吳綬前往西廠當值，千戶所的編制是 1,200 兵。

事實上我們稍加思考，這些臨時抽調到東西廠當值的錦衣衛將校們，他們很清楚自己真正的上司畢竟是錦衣衛指揮使而不是廠公，指揮使大人想知道一下他們祕密調查案件的情況難道還保密？另一方面，如果遇到東廠需要更多兵力時，錦衣衛難道視而不見，不增調援軍？明熹宗天啟七年（西元 1627 年），閹黨和文官的爭鬥達到高潮，東廠派緹騎（錦衣衛派給東廠的騎警）到蘇州捉拿東林黨人周順昌，激起民憤，數萬蘇州市民走上街頭喊冤，打死兩名緹騎。錦衣衛抽調了大量兵力鎮壓，這個兵力史書無詳載，猜想不下數萬。

所以說，一旦摻和進特務這個行業，就不可能保持白蓮花一般的純淨，錦衣衛長官也不會白白放棄插手特務這個核心權力的機會，歷史上不乏錦衣衛頭子祕密調查政治人物陰私，捏作把柄的情況。我們甚至可以大膽一點認為：錦衣衛頭子已經借派兵協助東廠工作的藉口，將整個錦衣衛都打造成一支強力特務隊伍。所以到後來人們不再嚴格區分廠、衛，而籠統視作特務政治的標籤，一點都沒冤枉誰。

詳論廠、衛關係，理論上廠公的本職是司禮監秉筆太監，正四品，錦衣衛指揮使是正三品，還要高一點點。但事實上誰都知道，太監和皇帝的私人關係比錦衣官親暱得多，所以在私臣體系中，寵幸太監的地位必然高於錦衣官。廠衛，廠衛，廠在前，衛在後，所以事實上東廠就是錦衣衛的上峰[49]。除了固定抽調到東廠的那百十號人，東廠要多少人，錦衣衛都會竭力滿足。有時廠公直接向錦衣衛指派任務，難道還不盡力去辦？本質上，東廠和錦衣衛的從屬關係就像唐僧和沙僧的師徒關係一樣明確。似乎也可以說，錦衣衛後來形成了相當負面的形象倒未必全是它自身的錯，更多的是被東西廠的太監帶壞了名聲。哦！說了半天，還是師父和大師兄的黑鍋啊！

11.3　東方胡佛笑傲錦衣之巔

　　那歷史上有沒有錦衣衛勢力壓倒東西廠的特例呢？有！雖然只有一次。那便是有「東方胡佛」之稱的陸太保時期，沙僧身上帶有他很深的印記。

　　陸炳和李春芳同生於明武宗正德五年（西元 1510 年），祖上是隨太祖打天下的紅巾軍老兵，但級別應該很低，史書無詳載。其祖父陸墀僅任錦衣衛總旗（正七品武職，率 60 名士兵）。這個背景本身在錦衣衛簡直就是草根，您在錦衣衛門口扔一匹磚，可以砸到七十個徐達的曾孫、八十個常遇春的玄孫，還有一百二十個劉伯溫的雲孫回頭看。巧的是陸炳的母親給嘉靖帝當奶媽，他也作為好友與嘉靖帝一起長大，這私人關係就有點類似於和皇帝從小一起長大的小太監了。史載陸炳身材高大，面如重棗，美髯過腹，虎步鶴行，這完全是拿著《三國演義》照關公長的，而且他很爭氣地考取了武舉人，特授錦衣副千戶（從五品）。其父陸

松死後，陸炳承襲錦衣衛指揮僉事（正四品）。有一次嘉靖帝出巡，行宮發生火災，大家在火海中找不到他，多虧陸炳撞開門，揹著他逃出火海。從此嘉靖帝更加熱愛這位好友，很快超擢為錦衣衛指揮同知（從三品）。

陸炳非常善於逢迎，抓住命運給他的機會，成為嘉靖帝跟前第一紅人，屢遷都督僉事、都督同知、都督。錦衣衛的編制只是一個衛所，長官是衛指揮使，正三品，但由於地位特殊，皇帝偶爾會將其長官高配為都指揮使（正二品），陸炳則高配為了都督（正一品）。陸炳還以一個特殊紀錄名垂青史──他是明朝，也是整個中國歷史上唯一一位以三公兼三孤的人。

所謂「三公」是指中華帝國的最高榮譽加銜：太師、太傅、太保，「三孤」指緊隨其後的少師、少傅、少保。唐宋三公、三孤均為正一品，明朝將三孤定為從一品，三公成為僅存的三個正一品加銜。按隋唐以來朝儀，三公都是絕對的最高頭銜，上朝時站第一排，實職宰相、親王站第二排。明代實職宰相（內閣大學士）常以三孤作為加銜，一般來說少師就算登頂。《明史》稱明代僅有四位文官得授三公，分別是李善長、徐達、常遇春和張居正。但很顯然，李、徐、常是開國元勛，並非文官，而張的時代稍晚，所以時至陸炳的年代，明朝已建立近兩百年，還沒有一位真正意義上的文官得授三公。嘉靖三十五年（西元1556年），陸炳加太保兼少傅，成為明朝也是整個中國歷史上唯一一位以三公兼三孤的特例。因為三公、三孤是同一序列的官銜，少傅晉升為太保後就不再是少傅了，為什麼會有人既是少傅又是太保，同時領一份正一品和從一品俸祿呢？這個妖異的特例正是「大禮議」背景下嘉靖帝故意搞出來的亂政，類似的還有陶仲文一人身兼三孤等怪事。他就是故意這樣不斷觸碰文官的底線，試探自己做這些明顯不合規制甚至不合邏輯的事能不能做成。

陸炳的大紅大紫首先是遇到嘉靖帝大力打造私臣集團的機遇，其次又遇狠剎太監干政之風。嘉靖朝私臣隊伍中，勳貴、宮妃、錦衣衛都可謂野蠻生長，連傳統的文官都被切了一塊到「青詞宰相」中，唯獨太監這個傳統領域遭到了強力抑制。東廠對錦衣衛的管制放鬆到了谷底，再加上陸炳本人的特殊恩遇，只恐蓋過了嘉靖帝身邊最親暱的大太監，後宮排名二、三的廠公（司禮監秉筆太監）就更不便對錦衣衛頤指氣使了。陸炳執掌錦衣衛的二十餘年，堪稱錦衣衛史上地位最高的一個時期。一個衛所的編制只有5,600人，但據信陸炳時代錦衣官實際人數高達六萬！這還沒有包括外聘的兵員。美國聯邦調查局（FBI）傳奇老闆胡佛局長（Edgar Hoover）就被稱作「西方的陸炳」，可見陸炳前輩在特務行業的歷史地位。

那陸炳寵冠天下，他在嘉靖朝的激烈宮鬥中到底是個什麼樣的人呢？《明史》對其評價是「文武大吏爭走其門，歲入不貲，結權要，周旋善類，亦無所吝。帝數起大獄，炳多所保全，折節士大夫，未嘗構陷一人，以故朝士多稱之者。」（大官爭相上門送錢，他也熱衷於結交權要，周旋於圈子，非常慷慨大方。嘉靖帝多次興起大獄，陸炳保全了很多人，並且對待士大夫非常禮貌，從未構陷一人，所以朝士對他多有稱讚。）

可能就是因為這段評語，很多人把陸炳定性成了一個圓滑世故的老好人。當年明月[50]評價陸炳是一個懦弱不敢面對困難的人，看重自己的利益，不敢也不願參與政治爭鬥。六鈴使者[15]認為鎮元子大仙便是暗喻陸炳，明明有很強的實力，卻只守著自己的一棵人蔘果樹過小日子，眼睜睜地看著佛道相爭，百姓受苦而不出手匡扶。仔細看這些評價是不是很像《西遊記》裡的一個角色？

沙師弟呀！

這不正是這麼多年來大家對沙師弟的評價嗎？然而我必須挺身指

出的是：這是一個天大的誤解，陸炳是個陰險毒辣的大壞蛋——沙師弟也是。大家對這兩位都產生了這樣的誤解，只能說錦衣衛特務太能迷惑人。

陸炳確實圓滑世故，但絕不是一個老好人。陸炳一生以構陷夏言、仇鸞、李彬三大案著稱。夏言是內閣首輔大學士，仇鸞是咸寧侯、平虜大將軍，李彬是司禮監太監，三位堪稱文官、武將、太監的翹楚，最初都和陸炳交好，甚至在政治上為陸炳擋過刀——就像孫悟空、豬八戒總是擋在沙師弟前面一樣。但夏言因為文官的氣節，不收陸炳的賄賂而觸怒他。陸炳勾結嚴嵩、仇鸞利用曾銑一案構陷夏言，使其成為明朝第一位被殺的大學士。按說這樣仇鸞就成了陸炳一夥，但陸炳觀察到嚴嵩、仇鸞爭寵，決定站嚴嵩一隊，便又利用手頭的錦衣衛資源不斷揭發仇鸞私通蒙古俺答汗的證據，逼得仇鸞憂病交加而死。死了還不解氣，陸炳又召三法司會審，定仇鸞謀反大罪，開棺戮屍，可見為人何其凶殘！李彬一案則是陸炳暗中蒐集證據，彈劾李彬盜竊工所的物料，模擬皇陵規制營造陵墓，朝廷判處死刑抄家。陸炳率錦衣衛抄家，抄得白銀四十餘萬兩，金珠珍寶無數。這個「無數」大多都落入了他自己的腰包，原來李彬並沒有得罪過他，他逼殺李彬無非是看上了他厚積的不義之財。

對待司禮監（理論上還是錦衣衛的上峰）的公公尚且如此，又如何對待民脂民膏？史載陸炳專門網羅大奸大惡的酷吏為爪牙，利用錦衣衛資源詳探富戶的財產狀況，然後以小過失收捕，抄家抄得乾乾淨淨。憑這招陸炳就撈了幾百萬兩，修了十幾所別墅，莊園遍布四方。明帝創立廠衛的初衷是監察官員，並非針對民間，人們很反感廠衛的刺探範圍無限擴張。現在陸炳這種搞法已經不是在民間刺探情報的問題，而是濫用皇帝私權光天化日之下搶劫了！錦衣衛的形象崩坍也正是發生在東方胡佛這個所謂的傳奇時代。所以，陸炳是個什麼老好人？分明就是壞得入骨的大壞蛋！

有人可能忍不住要生氣了，你說了半天陸炳的壞話又管我們沙師弟屁事？請仔細看，《西遊記》相當完整地在沙師弟身上還原了陸炳的各種罪行。

首先，沙僧在唐僧來到流沙河前已經吃了無數取經人，其中包括金蟬子的前九世。對比豬剛鬣在高老莊靠勞力換飯吃的行為，是不是有差距？吃唐僧九世，其實就是暗喻陸炳早期的夏言、仇鸞、李彬三大戰役。

其次，加入取經團後，沙僧一路不動聲色，但遇到需要用大錢時卻是他出馬。第六十九回孫悟空為朱紫國王治病，需用馬尿作藥引，豬八戒去接白龍馬的尿，卻一滴也不得。這時沙僧主動出馬，白龍馬「厲聲高叫」，說了一通道理，說他的龍尿很金貴，灑到草上都要變靈芝，不能隨意拋灑，但沙僧一來他便乖乖地尿出來了。其實這就是商人階層捨不得多出錢的意思，但軍人要不到錢，換錦衣衛來要，這樣的朝代離滅亡確實也不遠了。

第五十三回，取經團來到女兒國，唐僧、豬八戒誤飲子母河水，結了胎氣，需要落胎泉水墮胎。這落胎泉被一個如意真仙占了，要花錢才能買水。取經團當然不會給錢，孫悟空便要強取，那如意真仙使一把如意鉤，一待孫悟空去取水便鉤他腳，兩次鉤得他「嘴哏地」，相當狼狽。孫悟空便使調虎離山之計，將其引出門，再讓沙僧去取水。沙僧依計到了井邊，如意真仙的弟子問他是誰，「沙僧放下吊桶，取出降妖寶杖，不對話，著頭便打。那道人躲閃不及，把左臂膊打折，道人倒在地下掙命。」面對一個凡人，二話不說就打斷臂膊，這比兩位師兄暴躁多了呀，這可不是什麼老好人。

11.4　玄奘的三弟子圓測

最後也說說歷史上玄奘法師的三弟子圓測法師。

圓測法師，俗名文雅，新羅國（今朝鮮半島東南部）王子，三歲出家來到長安，在玄奘回國前已是一代名僧，玄奘回國後他加盟了譯經場並

被收為第三個弟子。異國王子,這種出身似乎和錦衣衛的勳貴子弟勉強扯上點關係,但事實上圓測沒有什麼花邊新聞,能和沙僧扯上關係的事蹟還真不多。

玄奘圓寂後,二弟子窺基、三弟子圓測分門立派,後來都成為唯識宗的重要分支。窺基在慈恩寺講學,故稱慈恩宗;圓測在西明寺,故稱西明宗。兩派的學說不盡相同,而且圓測除唯識宗外,還鑽研了另一位高僧真諦的學說,在他的很多著作中,將玄奘和真諦都稱作「三藏」。這是佛教讚頌一位高僧通曉三藏真經的意思,一般某位高僧達到一定水準,徒弟便可對其使用此尊稱。由此可見,圓測在相當程度上同時認可玄奘、真諦兩位師從。《西遊記》中唐太宗將玄奘法師取名唐三藏,這並非史實,也不符合佛教習俗,三藏是佛教的一個通用尊稱,並非某人的專用名詞。此外圓測還翻譯了很多藏文佛經,所以窺基的佛學得玄奘之精純,圓測則更顯廣博。

現在取經團師徒四人團隊已搭建完畢,加上白龍馬五個角色分別具有多重意義,如表5所示。

表5 取經團成員代表的意義

角色	小說意義	煉丹術意義	明代官場意義
唐僧	如來弟子金蟬子轉世,整個取經圍繞著他	火,煉丹的源動力,熬煉各種元素	皇帝準備用來干政的司禮監小太監
孫悟空	金蟬子多年前培養的弟子,神通廣大	金,煉製的主要原料,變化無形	皇帝準備用來干政的御馬監小太監
豬八戒	戴罪立功的天庭將領,挑夫	木,煉丹術中的有機元素,框架結構	來挑擔的軍人
沙和尚	戴罪立功的玉帝近侍	土,五行之中,直接聯繫另外四者	錦衣衛,參與監督取經行動,也打入了私臣圈子
白龍馬	龍王之子,來當腳力	水,厚德載物,轉運各種元素之力	資助取經工程的富商,與倭寇有一定關係

同時需要提醒的是，取經團其實遠遠不只這幾位，至少還有護法諸天、六丁六甲、五方揭諦、四值功曹、一十八位護教伽藍等數十位神仙，現已加入取經團全家桶豪華套餐，他們二十四小時輪班倒地在空中護佑（監視）著取經團。其中，護法諸天來自南海普陀崖，五方揭諦、護教伽藍是佛教護法神，六丁六甲是道教護法神，四值功曹是道教記錄功過的記錄員，他們分別代表了觀音、如來、玉帝、天庭等各派勢力。

12　人蔘果會──明朝藩王的野望

收了沙和尚，取經團搭建完成，不過首先遇上的還不是妖魔，而是連續兩場高級別神仙。一是黎山老母率文殊、普賢、觀音變作富貴女子，要招師徒四人入贅，安享富貴；二是大名鼎鼎的鎮元子大仙，與孫悟空聯袂上演了一齣推到人蔘果樹又救活的精彩劇目。

12.1　四聖試禪心──迎娶豪門千金的誘惑

取經團過了流沙河，來到一座富麗堂皇的莊園。孫悟空經驗很豐富，憑祥雲瑞氣就判斷這必是高級別神仙。這是混官場的一個技能，達官貴人氣度不凡，有時可以從舉手投足間觀察出來。當然這也不是絕對的，有些高官比較低調，僅憑外形不易判斷，像唐僧、八戒、沙僧這幾個經驗不足的菜鳥就更無法識破了。

這組神仙由黎山老母帶隊，她變作老寡婦，文殊、普賢、觀音變作她三位待字閨中的女兒真真、愛愛、憐憐，鰥居在此莊。四聖變化的皮相都非常美麗，再加上偌大的莊園，富貴已極，在婚嫁市場上確實是罕見的好條件。她提出四對四，正合適。她與唐老師父配合，三個女兒正好許配三個徒弟，你們一個個全都當上上門女婿，迎娶富家千金，走上人生巔峰，是不是想想還有點激動呢？

又到了告誡讀者的時候：如果您在相親市場上遇到從天上砸下來這麼巧的餡餅，一定要留個心眼。如果在官場上遇到這種無巧不成書的好事，更要留心！

孫悟空一看便知是神佛在考驗他們取經的誠意，但他也有點陰險，故意不說破，樂見師父、師弟去上當。這一方面是他明白不能戳穿上司，另一方面可能他也想趁機看看這幾位合夥人的誠意。這一段在很多影視作品中被演繹成非常詼諧的喜劇，甚至充滿童趣，並無半點淫思。作者寫得也是妙趣橫生，尤其是巧妙安排慣常出乖賣醜的豬八戒在一群女孩中蒙著臉撞天婚，確實是絕佳喜劇素材。最關鍵的是我們都知道他們最終沒有留下，這是一部兒童勵志片，不是一部多人色情片，我相信沒有人會往那個方向考慮。但我也不得不揭穿作者的邪惡筆法！這一段描寫在封建小說中算得上淫邪，而且淫邪的重點還不是豬八戒，是唐僧！

其實說人家豬八戒淫邪反倒有點冤枉，因為他一個貪財好色的兵痞，被指派了一個到取經團挑擔的苦差，如果能謀得更好出路當然就要罷工不做。入贅到富貴莊園就是比挑擔去西天好得多的出路，這有什麼問題？取經是唐僧取經，豬八戒要付出的勞力高，回報卻低，憑什麼要求人家無私奉獻？真正有問題是你唐僧！取經是玉帝、如來煞費苦心為你謀的前程，做成了你能成佛，但如果因為你開小差溜了，壞了大老的事沒人替你背鍋。

黎山老母變作的老婦向唐僧介紹情況，表達坐山招親之意時，唐僧的第一反應是「三藏聞言，推聾妝啞，瞑目寧心，寂然不答。」這顯然是怦然心動，只是不好意思一口答應。接著老婦開始描述富貴程度，「那三藏也只是如痴如蠢，默默無言。」顯然是被這引人入勝的富貴場面聽得呆了。老婦又敘過年齒，並說三位女孩兒正好可配三徒弟。「三藏坐在上面，好便似雷驚的孩子，雨淋的蝦蟆，只是呆呆掙掙，翻白眼兒打仰。」啊！我的天哪！多麼天造地設的姻緣啊！我老唐都被震驚了呀！

豬八戒忍不住扯一把，要他給個準話。「那師父猛抬頭，咄的一聲，

喝退了八戒道：『你這個孽畜！我們是個出家人，豈以富貴動心，美色留意，成得個什麼道理！』」沉浸在美好世界太久，突然被豬頭打破，很生氣，罵他兩句。之後唐僧依然沒有明確答覆自己願留，但他居然依次勸三個徒弟留下。徒弟們怎好意思一口答應，都謙虛兩句，但這種問法已經暴露了唐僧的心跡：你們誰開個口，留下來共享富貴呀！

結果大家都知道了，誰都不吭聲，鬧得不歡而散，唯獨豬八戒夜間私自去找老婦要求留下，結果被耍了一夜，捆在樹上。第二天大家醒來，四聖已收了法相離去，只留四僧睡在空地上（豬八戒掛在樹上）。

四聖試禪心的行動成不成功？應該說比較成功。孫悟空一開始就知道是考驗，自然不上鉤。沙僧沉著老練，也沒有急於暴露。但唐僧和豬八戒這兩隻菜鳥的反應卻相當明顯，嚴格地說，他倆應該被判出局。不過事實是這一屆取經並未被中斷，說明四位考官放了他們一馬。而且四位走得相當倉促，可見他們已經看出來唐僧經不得考驗，不趁夜走了收不了場。他們是出於何種考慮無法詳知，但總之是送了唐僧一個大大的人情。考察過程是人為可控的，這就是混私臣圈子和文官閉卷糊名的科舉考試最大的不同。

不過從讀者角度，我認為黎山老母的做法是合理的。他們這一次應該是高層派來考驗取經成員的，猜想是玉帝的可能性更大，因為如來十世力推他的寵幸弟子金蟬子，他不會又來故意戳穿。這就好比皇帝身邊缺人，大太監推薦了座下一個小太監去取經，皇上也得看看這人合不合用，所以派幾位資深宮人去考察考察。宮人既然資深，自然明白考察不過，這一屆取經行動就會被中止，這是很得罪如來的事。更可怕的在於金蟬子是如來這麼力推的弟子，就算這次失敗了，日後成為大太監的機率還是很大——事實上唐僧不久就成佛了。誰也沒必要賭他又轉世失憶，忘了一路上誰幫過他，誰坑過他。也就是說，四聖更不願得罪這

種明日之星，所以雖然考察到唐僧素養不怎麼樣，這一屆還帶上了一個豬隊友，但似乎孫悟空還不錯，沙僧也頗沉毅，或許能把豬隊友帶通關吧！那就做個順水人情，放他們這一關吧。只是作者筆下唐僧那副色鬼猴急的模樣，著實令人怵目驚心！

12.2　鎮元子笑對人蔘果樹倒

　　四聖試禪心勉強過關，取經團來到一座高山。唐僧一看山勢險峻，忙問徒弟會不會有妖魔？作者真是把唐僧的無知調侃到了極限，每次遇到真正的妖怪洞府不識，偏偏這次走到了號稱地表最強的神仙福地，卻說有妖魔。好在進了五莊觀表現不錯，鎮元子被元始天尊臨時召去聽講，留守的兩位小徒清風、明月都讚唐長老氣度不凡，很樂意地按鎮元子臨行前的吩咐，打下至寶人蔘果請他吃。

　　這人蔘果又名「萬壽草還丹」，據說是堪比蟠桃的仙家至寶。沙僧說曾在王母娘娘宴上見過一次，孫悟空則表示只聽過傳聞沒真正見過，不期到此遇到一棵人蔘果樹。這一棵樹上只長三十顆果，「三千年一開花，三千年一結果，再三千年才得熟⋯⋯聞了一聞，就活三百六十歲；吃一個，就活四萬七千年。」功效比不上頂級蟠桃，但也無愧為仙家至寶，就是產量太小，而且還有個大問題——長得像不滿三朝的嬰兒，嚇得我們唐長老看一眼就差點背氣，堅決不吃。這就便宜了清風、明月，兩位五莊觀最小的童子居然自己把兩枚至寶給吃了。不光自己吃，還「啯啅啯啅的吃了出去」，聽得隔壁的豬八戒「口裡水泱」。什麼，您說不是故意的？可是問題在於他們不但吃得讓豬八戒聽個清楚，連必須用金擊子打落人蔘果的方法也說給他聽，這還不是故意？

　　後面就沒懸念了，孫悟空按聽來的方法偷來三個果子（之前還有一

個誤落入土中），三兄弟一人一個。清風、明月施展罵功，惹得悟空惱怒，乾脆掀翻了人蔘果樹，斷了靈根。之後取經團雖被清風、明月鎖起來，但孫慣竊施展開鎖功，半夜溜出去。做賊心虛，取經團一夜就趕了一百二十里路。

第二天鎮元子才從元始天尊那裡散會，帶著四十六個弟子回到五莊觀。清風、明月向大仙哭訴取經團的惡行，尤其是人蔘果樹已被孫悟空推到，鎮元子的反應是「大仙聞言，更不惱怒」，帶上仙徒來追，一步就飛了上千里，倒要往回趕九百里，終於看見小偷。如此深仇大恨，鎮元子是不是應該一個五雷轟頂把小偷們轟殺至渣？確實應該，但他完全沒有這樣做，而是變作道士好整以暇地戲弄了他們一番才現出真身。三兄弟知道抵賴不過，只好動起手來，但雙方修為豈在一個層面，鎮元子「使一個袖裡乾坤的手段，在雲端裡把袍袖迎風輕輕的一展，刷地前來，把四僧連馬一袖子籠住。」抓回五莊觀審問。

回觀把這師徒四人綁成一排，鎮元子不急著打他們出氣，倒是跟孫悟空講起道理來，論先打誰。孫悟空說不該先打唐僧，應該先打他。鎮元子「笑道：『這潑猴倒言語膂烈。這等便先打他。』」打完鎮元子說這回該打唐僧了，孫悟空講了一番歪理說還該打自己，鎮元子又「笑道：『這潑猴，雖是狡猾奸頑，卻倒也有些孝意。既這等，還打他罷。』」於是又打銅頭鐵臂的孫悟空，不打別人。然後鎮元子猜想孫悟空再扯不出不打唐僧的歪理了，居然說天色將晚，大家休息，不打了。

這一段很多人為孫悟空的孝道所感，也為細皮嫩肉的唐師父躲掉一頓暴打鬆了一口氣，但不要被作者轉移了注意力，重點不在此！重點在於鎮元子一片好意遭到取經團惡劣回報，尤其是被孫悟空推倒了心肝寶貝人蔘果樹，他為何沒有暴跳如雷，還始終笑嘻嘻地擺弄這幾個蟊賊？而且蟊賊說打銅頭鐵臂的這個，他就不打細皮嫩肉的那個，也太聽話了吧？

鎮元子宣布停打睡覺，半夜孫悟空用柳樹根變作師徒四人又溜了。鎮元子醒來後「呵呵冷笑，誇不盡道：『孫行者，真是一個好猴王！』」起身一縱便又將他們追到。三兄弟發狠圍攻，依然被裝進袖裡帶回來。這次鎮元子號稱要將他們下油鍋為人蔘果樹報仇，但他又不先炸唐僧，卻先炸孫悟空。孫悟空施個法，用石獅子替了自己，把鍋砸破。這次「大仙大怒道：『這個潑猴，著然無禮！教他當面做了手腳！你走了便罷，怎麼又搗了我的灶？』」

　　這個確實要怒了，因為「倒灶」實在相當不吉利。但也可以看出，「倒人蔘果樹」給鎮元子帶來的憤怒值還不如「倒灶」呢。這次鎮元子抬起唐僧要炸，孫悟空連忙跑出來投降，「那大仙聞言，呵呵冷笑，走出殿來，一把扯住。」又呵呵冷笑，只要孫悟空一出來，笑容又爬上了他的俊臉。接下來更令人震驚——鎮元子攙著孫悟空的手說，如果你能醫活我這樹，我與你八拜為交，結為兄弟。

12.3　觀音真能醫活人蔘果樹？

　　無論從雙方的地位、勢力、剛交手展現過的實力以及剛結下的仇恨來看，鎮元子不一巴掌拍死猴子都說不過去，但他不但不拍，還熱情主動地提出結拜，這似乎很難理解。有人認為鎮元子心中還存了一絲希望，讓猴子幫他醫活人蔘果樹。我說醒醒吧，鎮元子守著這棵果樹幾萬年，已經是天地間少有的人蔘果專家，猴子只是耳聞過此物，連見都才第一次見的外行，如果你都救不活又憑什麼指望他？

　　但鎮元子還是放心地讓孫悟空滿世界去找醫生了。猴子首先想到蓬萊仙島的福祿壽三星，三星表示無力醫活果樹，但可以去五莊觀說情，讓鎮元子、唐僧寬限一下時間。另一頭孫悟空繼續尋醫，可惜東華

帝君、瀛洲九老等神仙都表示愛莫能助，並且他們也不去五莊觀幫著求情。最後孫悟空找到西天取經的專案經理——觀音菩薩，觀音表示她的淨瓶甘露可以醫活。果然，觀音用了很多法術，用大量玉器將甘露澆下，人蔘果樹起死回生，連最初孫悟空誤擊落入土的那個人蔘果都回來了，可謂皆大歡喜！鎮元子大開人蔘果會以酬各界嘉賓，「此時菩薩與三老各吃了一個，唐僧始知是仙家寶貝，也吃了一個，悟空三人亦各吃一個，鎮元子陪了一個，本觀仙眾分吃了一個。」一口氣吃了十個！關鍵連最初偷吃的惹禍精清風、明月都接著再吃一塊。至於鎮元子承諾的要跟猴子結拜兄弟，也在觀音、福祿壽三星等大批神仙見證下行了八拜之禮。真是大家一起 happy，其樂融融。

種種可見，鎮元子的心情好得不是一般。他不是苦盡甘來，也不是喜極而泣，更沒有經歷大起大落的人生刺激，他就是從一開始就「呵呵笑道」，越笑越高興，直到最後 high 上了天，他到底在興奮什麼？按說人蔘果樹這個他守了幾萬年的至寶一朝傾覆，他的第一反應必須是哭天搶地才對，但事實是他一路「呵呵笑道」，直到美滿結局。這是大仙 EQ 超高？顯然不是，他這種反應只能說明：

(1) 他很清楚人蔘果樹輕鬆可以救活，一時推倒無礙；

(2) 一切盡在掌握。不然剛看到樹倒的第一眼至少應該驚訝，但他連吃驚的表情都沒有，說明一切都只是按他的計畫在走而已；

(3) 孫悟空的做法表面上看很不禮貌，但完全在計畫內，所以不必過責。

什麼？您還在堅持認為是觀音菩薩的廣大法力醫活了人蔘果樹？眾所周知，修理比製造更難。如果觀音有醫活斷根人蔘果樹的技術，那她更應該掌握種植技術，何不在落伽山種植一片？不一定自己吃嘛，餵餵黑熊精、紅孩兒也不錯呀！沙僧說多年前曾見過海外仙人向王母娘娘

進獻人蔘果，後來就沒見過了，可見這種最初並不在鎮元子這裡，也不是什麼唯一靈根，只是大家不精於看護所以被弄得很稀有了。觀音如果真的有種植甚至醫治的技術，這麼多年來必然有機會獲得靈根並發揚光大，她沒有大面積推廣種植只能說明她根本沒有這樣的技術。

所以，從一開始這整場大戲都在鎮元子的計畫之中，執行得也很完美，所以才那麼高興。清風、明月、三兄弟都是他計畫內角色，至於孫悟空找來的福祿壽三星、觀音等人都是臨時捧場，全都在配合鎮元子演戲罷了。那這麼多人煞費苦心演這場大戲是為了給誰看呢？不要忘了整場戲的起緣——元始天尊。

12.4　鎮元子巧破元始天尊乾坤袖

鎮元子給人最深的印象就是一揮袍袖便將主角裝進去的一招袖裡乾坤，大展地仙之祖的威能。事實上，作者真正要表達的不是鎮元子乾坤袖完敗孫悟空，恰是鎮元子巧破元始天尊乾坤袖。

很多人不理解，取經團到了五莊觀，鎮元子願意拿出四個人蔘果接待，可見嘉賓之重要，但本人卻開溜了，只讓最小的兩個徒兒出面，非常失禮，也間接導致了一場大禍。不過他也是有苦衷的，取經團剛到五莊觀，他就被元始天尊召去上清天彌羅宮聽講混元道果。您說元始天尊知不知道取經團到了呢？他肯定知道。那他知不知道取經團是鎮元子的重要賓客？他也知道。但正因如此，他才要把鎮元子支開。

元始天尊是理論上道家最高尊神，排名尚在太上老君之前，但在整個《西遊記》中只出場過兩次，一次是安天大會，一次就是人蔘果會。咦，他好像是個宴會專員？哦，對不起，那是淨壇使者，我搞錯了。其實還有一次被提及，便是彌勒佛的黃眉童子在小雷音寺假扮如來佛祖抓

了取經團，彌勒也推說是去參加元始天尊的會，所以被這童子偷跑。不管彌勒所說是真是假，都可見道教老大會議氾濫成災的作風名聲在外。

很多人認為鎮元子也屬道教，是元始天尊的下屬，這其實是一種誤解，恰如認為天庭是道教的天庭一樣。清風、明月很清楚地闡述過鎮元子的身分：地仙之祖、與世同君，與三清四帝是朋友。他顯然是道教之外，並且與道教領袖平輩論交的人物，只是勢力小得多，但絕非從屬於道教。就像明朝官場上，有勳臣、武將、太監、宮妃、錦衣衛等諸多人物中的翹楚堪與宰相平輩論交，但他們的實權都遠遠小於宰相，他們甚至還要加掛一些文職頭銜，並且經常有求於高級文官，但絕不能說他們是宰相的下屬文官。

鎮元子空有這麼高的地位，勢力卻很弱，守著一棵人蔘果樹，只有48個徒弟，說是與三清平輩論交，但元始天尊對他隨叫隨到。他的問題就出在人蔘果這玩意兒雖然功效不錯，但產量太小，不能像蟠桃那樣撐起一個龐大的政權組織。當然，除了直接發薪水（人蔘果），鎮元子還可以以其他形式結交神仙，擴展勢力，但這種行為必然受到朝中大老的提防，元始天尊故意不讓他和取經團這個佛教明日之星見面便是展現。鎮元子也心知肚明，於是將計就計，安排下一場好大的劇目，不但成功結交了冉冉升起的巨星取經團，還以醫治果樹為由，把福祿壽三星、觀音這些實力派人士都請來辦了一場大聯歡，甚至與未來的鬥戰勝佛結拜兄弟，長年冷清的萬壽山五莊觀幾時有過這樣的熱鬧場面？難怪鎮元子一口氣發放了這麼多人蔘果寶貝，還笑得那麼開心！

細品鎮元子的計策，沒有一步出自偶然。唐僧被人蔘果的外形嚇到不敢吃，但其實解釋清楚也不難，清風、明月卻不多做解釋，立即拿回後房吃了，這顯然是老闆事先策劃，否則借他們十個膽子也不敢。也不知鎮元子是事先打探清楚了取經團中有豬八戒這一號人物，還是根據

常理判斷應該有，總之為他量身定做了一個清風、明月故意吃給他看，引他上鉤的計策，也很成功。後來的鎖房狂罵，引得孫悟空暴怒，推翻果樹這一步就更妙了，尤其孫悟空是真怒還是假怒也值得商榷，很可能是省悟了鎮元子的訴求，刻意配合。不過這就更顯出兩位官場技巧的精妙，難怪要結拜兄弟才過癮哪！

偷蟠桃和人蔘果這兩個大案都堪稱孫悟空闖禍的代表作，並且表面上高度相似，但內涵大不相同。蟠桃是玉帝火龍燒倉，拿稚嫩的孫猴子背了個大黑鍋。人蔘果卻是孫悟空和鎮元子聯袂上演一場大戲，深顯官場之妙。而且他們的對手是道家老大元始天尊，這場戲哪裡是鎮元子乾坤袖裝孫悟空，分明是鎮元子與孫悟空聯手大破元始天尊的乾坤袖啊！

12.5　時不時有點想法的藩王

道教三清暗喻明朝官場的角色顯然是權力的頂端 —— 內閣大學士（明代宰相）。大學士理論上員額 7 員，但實際人數在 1～12 之間浮動，其中三人內閣的情況最多，累計 83 年，在實施內閣制的 242 年間（明初 35 年實施中書省制）占了超過 1/3。閣員理論上是平等的，但實際上仍有排序，其中排名最前者即為首相（亦稱首輔、元輔、元揆等）[51]。三清在《西遊記》中出場較多的是太上老君，主要以他來指代宰相這個群體，這一次作者很罕見地用了元始天尊，表示鎮元子和孫悟空這次聯手對弈的是首相 —— 權力頂層的最頂端。

那鎮元子暗喻什麼角色呢？他就是明代尷尬的藩王了。

中國歷史是一部國家權力不斷公共化，皇室私權不斷退化的歷史，統治者的私人關係不斷退出政治舞臺。商周皇親可以分封土地建立獨立的國家，也就是所謂「封建」。秦漢實現了中央集權，親王、功臣不再分

封建國，但仍可獲封崇高頭銜，並因之附帶巨大的公共權力。在漫長的進化過程中，皇親的王公頭銜仍在，但附帶的公共權力卻不斷弱化，到唐宋其實已經只剩純粹的虛銜，基本不再干政。

明太祖設計了一種極具明朝特色的新制度：藩王和地方政府並行。他把 23 個兒子封為藩王，並且封號與地名相符，實鎮當地。比如秦王就世守陝西，晉王世守山西，燕王世守河北。但當地軍政大權是由中央派駐的政府官員全權管理，藩王無權插手。這樣藩王和當地政府就形成一種制衡：藩王有一定兵力，鎮得住地方官，但又切斷了藩王從地方徵稅、徵兵的來源，就能保持住他的兵力規模，不怕他惡性發展。

明太祖自認為他設計這種制度是很合理的，但就在他兒子輩這個制度就出了大紕漏。他的孫子建文帝（朱允炆）繼位為帝，僅僅四年就被四叔燕王朱棣推翻，朱棣即為永樂帝。永樂帝其實很清楚太祖藩王制度的重大缺陷，進行了重大改革，進一步削弱藩王。改革後藩王制度趨於穩定，主要特徵是[52]：

（1）藩王非詔不得離開封地，但有詔必須立即進京。鎮元子平時枯守五莊觀，不得四處結交，但元始天尊一句話又能讓他迫不及待地趕過去，錯過取經團。

（2）地位依然崇高，但沒什麼實權。鎮元子號稱地仙之祖、與世同君，與三清四帝平輩論交，但只能屈居地面，無權插手天庭事務。

（3）每藩最多保留三護衛親軍，按每衛 5,600 兵計，最多不超過 16,800。鎮元子手下只有 48 個徒弟，算一方勢力，但不強。

（4）有一定財力，能夠發俸祿支撐一個幕府和一支小規模親軍，但又不足以成為一方諸侯。鎮元子有一個至寶人蔘果樹，功效僅略遜於蟠桃（天庭正規俸祿），可惜產量極小，能培養一些散仙，但論勢力比後面很多妖怪都要弱一點點。

（5）藩王忌與官員結交。這倒不是明文規定，但做人應該明白這個道理。絕大多數藩王自覺不與官員結交，平平安安地世代享用清福。官員也明白結交藩王的政治忌諱，一般不輕易去觸這個雷區。孫悟空滿世界去找所謂能醫活人蔘果樹的神仙，有些來了，有些不來。來的是膽子大，不來的就是堅守政治紀律，杜絕與藩王拉幫結派。

（6）隨著行政體系愈發規範，藩王的監督作用越來越弱，其實整個明朝都沒有出現過哪怕一次地方官割據自立的情況，所以用藩王監督地方官這個初衷本身就是毫無必要的。

《明史》總結明代藩王：「不仕不農不工不商，唯坐食賦稅」，通俗點說就是混吃等死。但等得太久都不死，有些人就皮癢了，想找點事做。明代藩王大多安享清福，不觸雷區，但時不時又冒出來個有點想法的。

明代共有四次藩王造反的紀錄，第一次是建文年間的燕王朱棣「奉天靖難」，他這一次是成功了的。第二次便是他和長子洪熙帝都死後，次子漢王朱高煦造反，被他的「好聖孫」宣德帝鎮壓。後兩次均發生在正德年間，一次是安化郡王朱寘鐇叛亂，一次則是著名的寧王朱宸濠叛亂。這可能和正德帝荒淫叛逆有關，讓很多藩王認為有一絲絲機會，但事實上兩次叛亂均由地方官僅用數十天鎮壓，朝廷調集的大軍走到中途便得到捷報，跑了空路，可見實力之懸殊，根本沒有半點機會。

寧王雖然在軍政界如流星般劃過，但在文藝界地位頗高。正德朝的文藝創作素材非常豐富，而且都很巧地和他有關。寧王反叛的正德帝是著名的風流天子，游龍戲鳳；鎮壓寧王的地方官是著名的心學大師王陽明；更巧的是寧王蓄養勢力，拉攏士人，一大目標便是江南四大才子之首的唐伯虎。以這幾位為主角的文藝作品非常多，而文藝作品都需要反派，那您說還有得選？寧王毫無懸念成了明代戲曲文藝小說的反派之王，長期扮演大反賊、大奸臣、大貪官，甚至在《唐伯虎點秋香》這樣的

喜劇中都還要被周星馳拖出來跟華太師對對子，真是誰敢比我慘呀！真要說形象稍好一點的還就《西遊記》了──鎮元子不算很醜的反派。

當然，除了極端的造反，還有少數藩王偶爾涉足政事，甚至是皇位更迭。藩王雖不干政，但一旦皇位繼承人出現空缺，他們的皇室身分就有了一點點合法機會。但這裡恐怕得讓宮鬥劇影迷失望了，明朝的禮法制度極其完善，誰繼位有很嚴格的制度保障，一點宮鬥的餘地都沒有。真的，一點都沒有。有些藩王也想了很多，但事實證明，一切都是白想。永樂之後，藩王造反絕無可能成功，搞宮鬥奪繼承權也不可能。玉帝原型嘉靖帝是一個藩王入繼大統的另類，但他的入繼完全是朝廷遵禮法選人，沒有任何宮鬥餘地。正因如此，嘉靖帝和「擁立」他的群臣沒有任何私情可言，很快翻臉，引發曠日持久的「大禮議」。

只有極少數看多了「九龍奪嫡」劇目的人幻想借用藩王覬覦皇權。比如「土木堡之變」明英宗（朱祁鎮）意外被瓦剌俘虜，其弟景泰帝（朱祁鈺）緊急繼位，但瓦剌將英宗送歸，並最終奪回了皇位。這兄弟倆的皇位繼承問題鬧了很多矛盾，一些心懷不軌的人便陰謀引入外藩來渾水摸魚。據傳萬貴妃便曾四處連繫外藩，企圖擁立一個皇帝，讓他感自己的恩，以保私寵。寧王久蓄陰謀，大肆賄賂結交朝中權貴，有人還真敢收他的錢。寧王企圖突破每藩只能設三護衛親軍的硬性規定，重金賄賂正德帝近臣為其遊說，這錢絕大多數人是不敢收的，但也有要錢不要命的，錦衣都督錢寧就收了這錢並伺機遊說。後來寧王造反，錢寧雖四處滅口，終究敗露。正德帝大怒，傳令將錢寧下獄。錦衣衛將他們的錢指揮使裸綁起來，掛在宮門等正德帝來審訊，非常狼狽。《西遊記》沒有明說鎮元子謀反，但也不表示他一點想法都沒有，不然您以為觀音、福祿壽三星的人蔘果白吃？瀛洲九老、東華帝君等神仙孫悟空來請都不去吃這個人蔘果，乍一看在當時吃了虧，但事實上絕大多數正經官員都不

會隨便收藩王的禮，不然錢寧就是榜樣！

當然啦，無論是三反王，還是這些隱約暴露出謀反行跡的藩王，都不是明代千百位藩王的主流，這些都是極端個例，他們的主流思想畢竟不是謀反，而是撈錢。這事情文官往往不是很配合，相反還是掣肘，藩王更願意找當地鎮守太監合作撈取不法之利。鎮守太監大多由御馬監派出，難怪要找弼馬溫結拜呀！

不過明代藩王成百上千，我可沒咬定鎮元子就是寧王啊！若說他與歷史上哪位藩王扯得上點關係，似乎更像明初的悟空禪師。

在今四川崇州（成都以西 25 公里），有一座光嚴寺，始建於晉，宋代名翠圍寺。永樂十四年（西元 1416 年），太祖第十一子蜀獻王朱椿尋訪到該寺住持釋法仁實為太祖么叔朱五六，於是奏請朝廷，敕賜「光嚴寺」名，法仁禪師賜名「悟空」。悟空禪師對光嚴寺貢獻很大，從印度取回了至寶「貝葉經」（造紙術傳到印度前，一種用鐵筆刻在貝多羅樹葉上的經文，現存世不足千卷，號稱「佛教熊貓」）。該寺專門建造了悟空塔林，供奉悟空禪師的佛骨。而光嚴寺之名出自佛經中「五光莊嚴」一詞，也可譯作「五色莊嚴」。光嚴寺、五莊觀，藩王、悟空、取經。作者在此處覓得了鎮元子大仙一回的靈感，也算是不虛此行哪！

12.6　作者的辛酸自嘲

這一回作者不改喜劇本色，尤其福祿壽三星到五莊觀時，豬八戒很是逗弄了他們一番，惹得讀者開懷大笑。三星一降落雲端，豬八戒就沒高沒低地衝過去把僧帽扣在壽星的光頭上，「撲著手呵呵大笑道：『好！好！好！真是加冠進祿也！』」壽星反罵豬頭是夯貨，豬頭又道：「我不是夯貨，你等真是奴才！」然後豬八戒賴在三星身上打滾，不斷插科打

諢。亂翻福星衣服叫「番番是福」，盯著福星叫「回頭望福」，拿著磬兒四處亂打叫「四時吉慶」。

這一段看似喜劇，細細品來卻透著作者的不盡辛酸。這不正是李春芳做了許多思想爭鬥，終於決定放棄儒家聖訓，以「詞臣」之身投在西苑為奴那一幕嗎？李春芳戰戰兢兢地第一次走進西苑，仇鸞就興高采烈地跑出來，掀掉李春芳的官冕，把嘉靖帝做的沉香水葉冠扣在他頭上，呵呵大笑道：「好！好！好！真是加冠進祿也！」。李春芳忍不住嘟噥兩句，仇鸞卻道：「你等真是奴才！」然後一群武夫、宮人開始賴在他身上撒潑打滾，全然沒有朝廷禮儀。是啊！到了西苑，除去官冕，戴上這道冠，你不就是從背負著聖賢教誨的儒家士子正式邁入朱厚熜私人小圈子的奴才了嗎？奴才們就是這樣玩的哩！

圖5 豬八戒給壽星扣僧帽（仇鸞給李春芳扣草冠）

這種沉香水葉冠是一種道士戴的草冠，嘉靖帝親手做了幾個，賜予幾位近臣。夏言硬氣地說：「我是朝廷重臣，有冠冕在身，不能穿戴這些不倫不類的東西！」嚴嵩卻做了一層輕紗籠罩起來，以示愛護，並經常

穿戴。多年後嚴嵩、仇鸞、陸炳合謀構陷夏言，判其死刑，大批朝臣拚命營救，刑部尚書喻茂堅、左都御史屠僑援引法律條款，說夏言作為近臣這種情況可以減免死刑。未料嘉靖帝突然丟擲他多年來懷恨在心卻一直沒說出來的罪名——當年夏言拒絕戴他親手做的沉香水葉冠，那他就不是近臣，喻茂堅、屠僑所引條款不適用，死刑成立！生死浮沉，夏言竟從一名儒家進士成為西苑第一位青詞宰相，又成明朝第一位被殺的大學士！您說這個教訓擺在眼前，李春芳戴還是不戴？

唉！道冠還是僧帽，朝服還是草冠？書生，士人，近臣，奴才？每個人都得作出自己的選擇。夏言雖然進了西苑，但他還算有骨氣有底線，甚至為此付出了生命的代價。我李春芳又做了什麼呢？

列祖列宗在上，就讓豬悟能有能一次，罵罵我這不忠不孝的臣子吧！

13 白骨黃袍 —— 凡人與狀元的命途分野

白骨精堪稱婦孺皆知，人們對她有一個著名論斷，一定程度上揭示了《西遊記》的主旨：有背景的妖怪主人帶回去，沒背景的一棒子打死。白骨精就是典型的沒背景，所以孫悟空忍著緊箍咒，連打她三次都要打死。緊接著取經團遇到寶象國的黃袍怪，也就是二十八宿的奎木狼下界，他不但阻撓取經，同時被查出是星宿脫崗，還與凡人私通生子，卻未遭任何重罰，很快官復原職。白骨與黃袍的刺眼對比，其實是本書的核心主題之一。

13.1 打三遍都要打死白骨精

離了五莊觀，取經團來到白虎嶺，遇上了一位經典妖怪：白骨精。事實上，全書從未將「白、骨、精」三個字連在一起用過，Ctrl+F 找不到的，作者一直將此妖稱作「那妖精」、「那怪物」，也就是到最後連名字都沒交代。此妖被打死後現出一堆粉紅骷髏，骨上刻有「白骨夫人」四字，所以人們習慣稱其為「白骨精」。此妖也不可稱妖王，因為她身邊一個小妖都沒有，孤零零守在荒無人煙的白虎嶺，果然是全書最可憐的草根妖怪。

按理說就她這水準，取經團過她應該像過白虎嶺寅時（凌晨四點）的馬路，但唐僧愣是躺在雙黃線上表演，一直躺到朱雀大街早上尖峰時刻，演成了一場經典大戰。

白骨精第一次變作俊俏女孩，唐僧頗為心動，但孫悟空在空中就看

出是妖，一棒打死。還好她會一個「解屍法」，靈魂出竅撿了條命。可是她不信邪，又變作小女孩的娘。這次更是穿幫，女孩只有十八歲，她變的老太太八十歲，顯然是假的，又被打出竅一次。之後白骨精還要變作女孩的老父，這次孫悟空找到山神土地，在空中鎖定元神，封住她的「解屍法」，實實地打死了。不過悟空自己也慘了，被唐僧飽念一頓緊箍咒後逐回花果山。

這一回值得學習的地方很多，首先表達的中心思想是官場上充斥著外行管內行。唐僧端坐取經團最高主管之位，實則連妖怪都不識，關鍵孫悟空這樣業務出眾的幹部識得妖，降得妖，又忠於取經的組織目標，卻只能被無知無能的蠢主管念緊箍咒，甚至逐出團隊。團隊中還不乏豬八戒這種好吃懶做的貨色在關鍵時刻打小報告，引風向，帶節奏，促使主管作出驅逐業務骨幹的錯誤決定。而那個表面上不壞的沙僧，這時就淪為沉默的大多數，忍見劣幣驅逐良幣。小學國文老師發現，這一段滿是對官場、職場、社會血淋淋的深刻揭露，密集展現了全書的中心思想。

其實唐僧到底是真蠢還是裝蠢頗值得商榷，所謂事不過三，他再是肉眼凡胎，連著來三次也該猜到這是妖怪，但他還是聽信了豬八戒的讒言，恨逐美猴王，這其實也是一種官場技巧。首先是維護「最高領導者」的權威，孫悟空總是繞開「最高領導者」採取軍事行動，這確實是對他個人權威的嚴重挑戰。更重要的是，在官場上，很多權臣確實喜歡聽信讒言——哪怕明知是讒言。

有人說唐僧「耳朵根子軟」，常誤信讒言，其實這哪裡是什麼耳朵根子軟，更不是誤信，而只是一種常見的權謀。傳統道德教育我們，人人心中都應該有真理正義，而不是誰官大誰就說得對。但所謂私臣集團，價值觀恰恰是扭曲的。有些人當了點官就發現自己的話語權提高了，有

時候甚至可以用明顯的胡說八道壓倒別人的正義直言，文化層次較低的主管尤其能在此間嘗到權力的快感，很多人便將這種以讒言壓倒真理的玩法作為遊戲規則甚至價值取向。

唐僧顯然深諳此道，今天他聽信豬八戒的讒言，明天佛祖才會聽信他的讒言呀！大家一邊進讒言，一邊也要信讒言，這樣才能維護好這個圈子共同的遊戲規則。最最重要的是，私臣圈子不講公義，只重私情，聽信讒言恰是私情的最佳展現。如果上司都講公義，那麼我的所作所為只要符合公義就好，無需再說漂亮話討好上司。混私臣圈子，恰恰就是要像唐僧這樣，讓你摸不到他的邏輯，這樣你就不會把精力放在做事上，而會更傾心地來討好他，這才有利於打造以某個私人為核心的私臣圈子。

唐僧在取經團中地位很微妙，一方面地位最高，但另一方面卻是唯一一個凡人，法力最低微（其實沒有），他必須用盡這些手腕，努力營造私臣圈子的氛圍，才能保持自己團隊領袖的地位，最終得享成果。越是唐僧這種沒能力的上司，越需要強調官階而淡化實際能力，這就需要常用讒言來蓋過真知灼見。這種以私人為核心的私臣圈子奉行的就是此等遊戲規則，了解這個原理才能了解他們的行為規則。

不過話說回來，這一段作者首要的寫作意圖還真不是官場隱喻，而是《西遊記》的另一重內涵──煉丹術。

這一回標題叫《屍魔三戲唐三藏 聖僧恨逐美猴王》。「屍魔」大概是作者唯一一次對白骨精較正式的稱謂──還是出現在標題而不是正文中。為什麼要打她三次呢？不完全是沒背景的妖怪打三遍都要打死你這個官場潛規則，更是煉丹術的一個重要步驟──斬三屍。

道教功法認為人體有上、中、下三個丹田，各有一神駐蹕，統稱「三屍」，也叫三蟲、三彭、三毒、三屍神。上屍好華飾，中屍好滋味，

下尸好淫慾，是人體內痴、貪、嗔三種慾望的泉源。有些煉丹術流派認為斬「三尸」，恬淡無慾，神靜性明，積眾善，乃成仙。尸魔的三種變化形態也正是這三者從下到上之序：俊俏的小女孩代表淫慾，老婆婆是送飯的，最後出場的老爺爺穿著相對體面。取經團打死三者，正合丹術「斬三尸」之意。大多數煉丹流程中，有三個連貫的關鍵步驟：引嬰兒、斬三尸、服內丹。道法中的「嬰兒」是指事物最初本相，並非幼小孩童之意。不過《西遊記》常以字面意思曲解道法佛經，作者讓取經團在五莊觀吃下了「嬰兒」——人蔘果，緊接著斬三尸，再接下來在寶象國黃袍怪一回，讓孫悟空變作百花羞公主，吃了黃袍怪（奎木狼）的舍利子玲瓏內丹，連貫完成三大關鍵步驟[3]。

另一方面，唐僧第一次驅逐孫悟空，暗喻煉丹術的一個關鍵步驟「去金公」，即利用物質相態變化，去除材料中的金屬元素。之後豬八戒去花果山請回孫悟空，則暗喻了「解腎水」，即用水將部分金屬元素溶解回到材料中。就在鎮元子、白骨精、黃袍怪這三個連續故事中，作者竟然將精彩的神魔打鬥、聖僧驅逐美猴王、豬八戒用激將法請回孫悟空等許多戲劇衝突串在了一起，達到高潮，同時也將明代藩王、草根妖怪、朝廷命官的隱喻糅合在了一起，更在不經意間將自己加入嘉靖私臣集團的無限辛酸一筆帶過，這種駕馭文字的功力著實令人嘆為觀止。

13.2　黃袍怪嚴重違法卻無實懲

唐僧因孫悟空三打白骨精，將其逐回花果山，結果在碗子山波月洞遇到了黃袍怪，被抓入洞中。豬八戒、沙僧奮力營救，並有四值功曹、五方揭諦、護教伽藍等大批暗中監視取經的神仙助力，仍不是對手。還好黃袍怪的夫人，也就是寶象國三公主百花羞出面求情，黃袍怪才同意

放了唐僧。誰知取經團到了寶象國，將公主的書信呈交給國王，又誇下海口能降妖，手下敗將返身再戰。這次沒人求情，激戰中豬八戒臨陣脫逃，害沙僧被黃袍怪抓去。

黃袍怪也多了個心眼，要反擊取經團，變成俊俏文人進宮認親，誆稱公主當年是被虎妖所擄，多虧他救下，以身相許，並當場施法，現出唐僧的老虎「原形」。金蟬子十世修行，一朝被誣為虎妖，堪稱職業生涯最危險的一刻！這時孫悟空被逐、豬八戒脫逃、沙僧被抓，小白龍只好挺身而出，當然仍不是妖怪對手，但口吐人言，力勸豬八戒去請回大師兄降妖。豬八戒智用激將法，激得孫悟空出山。孫悟空也使了一個詭計，摔死黃袍怪的兩個兒子，氣得他心浮氣躁，趁機變作公主模樣，騙他交出舍利子玲瓏內丹，一口吞下。

這首先是暗喻了煉丹術中「服內丹」這個關鍵步驟。內丹是煉丹術的精華，蘊含了一個修練者的功法精髓，孫悟空一口吞下，相當於是搶奪了黃袍怪多年修練的成果。即便如此，孫悟空仍無法用實力降服黃袍怪。這時孫悟空使出大絕招──搬救兵。他準確判斷黃袍怪是天庭下凡的妖神，立即告上天庭。結果也不複雜，一點名就查到二十八宿中的奎木狼脫崗。星官下凡呼喚，那黃袍怪果真是奎木狼變化，聽到同事們呼喚，立即返回天庭請罪。玉帝的處分很輕：帶俸差操（保留原職級俸祿，差遣其他工作），去兜率宮給太上老君燒火，有功復職，無功罪加一等。為什麼是去給老君燒火呢？因為下一回就是金角大王、銀角大王出場，這兩位正是太上老君看管金爐、銀爐的燒火童子，已經下界為妖去也，老君那裡缺燒火工呀。後來奎木狼還多次出場，顯然很快就官復原職了。

奎木狼的罪行其實相當嚴重，查驗報告：二十八宿是三日一點卯，奎木狼缺了四卯，下凡一十三年（這是掐頭去尾的演算法，其實算

十四、十五年均可)。作為天庭高官,這是相當嚴重的違紀,而且十三年間他也有嚴重罪行,不僅和凡人私通生子,甚至還有阻撓取經這樣的錯誤。但處罰真的很輕,甚至可以說沒有受到實質性處罰,連俸祿都沒扣——蹺班十三年當帶薪休假了嗎?最讓人難解的是,二十八宿明明有點卯制度,為什麼他連續四次缺卯都無人彙報?可以想像,官員們的相互包庇已成常態。今日奎木狼下凡十三年,另外二十七宿無人聲張,因為下次別的誰有私事要開溜時,奎木狼也會幫你應付考勤啦!這就是明中後期的官場現實、軍事素質,或許很無奈,但玉帝——其實我是說嘉靖、萬曆這些橡皮圖章也只能徒嘆奈何。

白骨精和黃袍怪的遭遇,真是令人刺眼的對比。白骨精其實什麼都沒做(至少在書中沒有正面展現),孫悟空三次空襲毀滅;黃袍怪違法亂紀,天庭卻罰酒三杯。他們的區別到底在哪?其實就在於白骨精是沒有上編制的野妖怪,奎木狼是天庭在編的正宗神仙,這就是平民和奎星的待遇差距。

13.3 李春芳必吹的安銀堡大捷

黃袍怪將唐僧變作老虎,為國王立下大功,在銀安殿宴飲作樂,非常得意。這裡作者用了一個很奇怪的名字——銀安殿。

和忘了明代真有御馬監相反,現代人很容易誤認為明朝真有銀安殿,因為京劇常以「金鑾殿」、「銀安殿」並稱。但明代以前都只有金鑾殿,沒什麼銀安殿。無巧不成書的是,清代真的出現了一個銀安殿,是各大王府的正殿名,於是京劇將二者並稱。這當然不在明代作者的意料之中,這銀安殿確實是他當時生造出的一個殿名。這個在當時看來很怪異的名字暗喻了嘉靖朝——甚至可以說是明中後期最值得吹噓的一場大

捷——安銀堡大捷。

明中後期軍政愈發腐敗，蒙古諸部卻挺過了谷底，愈發強盛。嘉靖年間崛起的土默特部俺答汗基本統一諸部，異常強盛，一度以武力逼迫朝廷開放宣府、大同等通商口岸。長城邊塞常年處於他的重壓之下，一勝難求[53]。另一方面，南方倭寇猖獗，不但霸占了南洋商路，甚至上岸搶人。這種局面史稱「北虜南倭」，非常頭痛。其實國中不乏將才，名將曾銑、俞大猷、戚繼光都活躍在這個年代。

俞大猷在曾銑的理論基礎上，發明了一種車營戰法，用裝甲戰車搭載重炮，掩護火槍兵推進，實際上是後世坦克裝甲步兵戰術的萌芽，對付北方游牧民族的輕騎非常有效。嘉靖三十九年（西元 1560 年），俞大猷剛發表了這個發明，還沒來得及訓練，卻因為上司胡宗憲一次指揮失誤，放走數千倭寇，被御史彈劾，胡宗憲將罪責栽到俞大猷頭上，將其構陷下獄。這時俺答汗入侵甚急，大同巡撫李文進堅持稱北鎮軍不是對手，必須俞大猷來訓練車營才能鎮撫。

當權的嚴嵩、嚴世蕃父子似乎也明白這個道理，但就是不放人。最終不知是誰出錢，託陸炳轉交重金賄賂嚴世蕃，才將俞大猷放出，訓練了一百輛裝甲炮車和配套的三千火槍兵。不久，李文進、俞大猷帶領這支部隊在大同附近的安銀堡遭遇俺答汗的數萬精騎，結果大破蒙軍，向北追逐了數百里，斬殺無數，取得了明中後期對游牧部族最酣暢淋漓的一場大捷。不久，明軍根據李文進的建議進行了重大改制，在五軍、三千、神機這京師三大營的基礎上增加了一個車營，成為四大營，可見對俞大猷車營戰法的高度認可。

李春芳時任太常少卿（正四品）兼翰林學士，正在西苑陪嘉靖帝寫青詞，趁機大拍馬屁，將戰勝歸功於皇帝修道有得，上天垂恩。皇帝自然龍顏大悅，大肆封賞，李春芳一舉提拔為禮部右侍郎（正三品）仍兼翰林

學士,邁入公卿行列。

　　安銀堡──寶象國銀安殿,這是大明最值得紀念的一場大捷,也是作者個人仕途最值得感恩的一步臺階。作者巧妙利用「斬三尸」步驟後,「去金公」的狀態,安排了一場小白龍託豬八戒請回孫悟空取得大捷的橋段,如表6所示。

表6 安銀堡大捷史實與小說情節的對照

安銀堡大捷史實	銀安殿小說情節	說明
俞大猷被構陷下獄	孫悟空被構陷逐回花果山	
李文進不是俺答汗對手	豬、沙不是黃袍怪對手	當時明軍都不是對手
李文進請俞大猷助戰,嚴世蕃明知其理卻不放人	豬八戒知道只有孫悟空能勝,但不好意思去請	豬八戒只是不好意思,嚴世蕃是貪
有人出重金欲救俞大猷出獄	小白龍懇求豬八戒去請悟空	可能作者有內幕
陸炳出面救俞大猷出獄	沙和尚救百花羞公主出妖洞	錦衣衛出手搭救
俞大猷在安銀堡大勝俺答汗	孫悟空在寶象國銀安殿大戰黃袍怪	小說不如歷史酣暢

　　小說和現實對應最不明確的便是小白龍出手並灑淚懇求豬八戒一定要請孫悟空回來。其實這在當時反倒未必是什麼祕密,誰都知道障礙在於錢,只要銀子到位,嚴世蕃立刻可以放俞大猷。但清官們是沒有那個錢的,更不願意給嚴世蕃這種人送錢。那誰有錢?海商有啊!俞大猷常年在南洋奮戰倭寇(海盜),愛國商人中還是有不少感他的恩。這次有機會救他但需要花錢,海商當然就義不容辭啦。不過這種事畢竟隱祕,不見正史。李春芳可能知道一些內情,《西遊記》中的龍族正是暗喻明朝的

海商（資產階級）這個階層。海商出錢力求陸炳救俞大猷，小白龍力求豬八戒請孫悟空，再加上前後的暗喻，筆法當真巧妙。

13.4　奎星狀元郎

　　黃袍怪的真實身分是二十八宿中的奎木狼，西方七宿第一宿，主吉，共 16 顆主星，分別位於仙女座和雙魚座，古代誤將河外星系仙女星雲的部分星斑也納入。這顆星宿在科舉時代具有非常特殊的意義 —— 奎星，也稱「魁星」、「文曲星」，象徵著最頂尖的文采菁華，科舉制度成熟後奎木狼等同於狀元郎，這更是李春芳一生必吹噓的 title。

　　李春芳有兩個外號，一個是他羞於提及的「青詞宰相」，但另一個則是他最得意的「狀元宰相」。有明 276 年 88 屆科舉，有 17 位狀元郎登閣拜相，比例約為 1/5，在學術和仕途兩方面都做到極致，確實值得吹噓。早在嘉靖十年（西元 1531 年）李春芳 21 歲時，他就參加應天府鄉試，高中舉人。但在次年的全國會試中卻名落孫山，並且連續四次不中，直到 37 歲第五次才考中進士，所幸不中則已，一中便是狀元。

　　李春芳將唐僧踏上取經路的年齡改成 37 歲，已經是在暗示自己的經歷，奎木狼一節再次呼應。奎木狼四次點卯不到，滯留凡間一十三年，這依然是作者在暗示自己艱辛的科學考察路 —— 四次會試落第，滯留凡塵一十三年（其實算十四、十五年均可）。最終主角吃下奎星的舍利子玲瓏內丹，功力突飛猛進，登堂入室。這正是暗喻奎星正位，李春芳也考上了狀元。

　　考試是冰冷殘酷的，尤其是離職讀書對李春芳這樣的平民絕非易事。不從事後諸葛的角度看，一次又一次的失敗其實已經證明了老李沒有進士命，這時他應該趕快以舉人謁選入官，找份正經工作成家立業，

不過他卻將 22～36 歲這麼重要的十四年耗在旁人看來渺無希望的科學考察上，身邊的壓力可想而知。可以想像，李春芳的夫人也頂住了巨大壓力，支持老李繼續考下去，最終她也收穫了巨大福報。他這位夫人的詳情正史無載，但能嫁給舉人，想必也不是庸脂俗粉，而是當地小有名氣的一枝花。但同年的舉人夫人們的老公要麼高中進士，要麼已經在地方上當官，只有她家老李還在漫無希望地準備下一次會試，日子過得異常清苦，關鍵是看不到希望，那她有沒有被別的名花們嘲笑呢？我想這是難免的，只是最後絕地反擊，高中狀元，一下子讓那些嘲笑過她的舉人夫人們羞羨不已。這就叫 —— 百花羞。

其實奎木狼的夫人，也就是寶象國三公主百花羞這個名字更容易讓人聯想到唐代一位落第考生的詩：

待到秋來九月八，我花開遍百花殺。

沖天香陣透長安，滿城盡帶黃金甲。

這是唐末的黃巢科舉落第後悲憤地寫下一首霸氣十足的反詩，最終他帶領農民起義軍殺進長安，傾覆了被世族門閥壟斷的唐王朝。不過李春芳沒有黃巢那般殺氣，原因很簡單 —— 他考上了狀元，不用去起義。

這就是時代差異，唐朝雖初創科舉制度，但世族門閥用各種手段壟斷了進士名額，像黃巢這樣的庶民根本沒有機會考中，上升通道阻塞，階級固化。庶民想通這個道理後，除了造反，再無旁路。宋明以來逐漸形成了成熟的科舉制度，設計了多種強制迴流機制，破除門閥世族壟斷[33,54]。李春芳一介平民，只要有才華，有志向，就可以在公費的縣學、府學中離職攻讀，在公平的考試中脫穎而出，邁入制度化晉升的清流。他的逆襲之道是更加刻苦地攻讀而不是造反，他最終要的只是讓有眼不識泰山的「百花」羞一羞就夠了，不用「百花殺」那麼霸氣。這不僅

是黃巢和李春芳兩個人的人生軌跡,更是上千年的社會演進歷程,作者巧用奎木狼下凡迎娶百花羞的故事隱喻,立意之高,絕非兒童文學所能概括。

當然啦,李春芳四次不中,第五次一來就中狀元,這也足夠傳奇,只是不太合常理。現代讀者都是精於應試教育的內行,我想不會有人相信這是遇到醍醐灌頂、靈魂開竅之類祕法,更不是拜對了奎星,只能解釋為或許之前他沒有找到最高層次的應試技巧,最後一次得到高人指點,一通百通,這種感覺我在參加研究所補習班時也曾有過。孫悟空吃掉奎星的舍利子玲瓏內丹,奪了奎木狼多年的修練成果,仿似便是喻指此節。另一方面,李春芳61歲退休,74歲過世,在家安享了13歲幸福時光,奎木狼偷跑在凡間的13年或許是指這個?至於奎星內丹,也有可能是真正的狀元郎李春芳點撥了同鄉的後進,助其上進吧。

為什麼李春芳那麼拚命要考狀元?白骨精和黃袍怪的不同待遇很好地回答了這個問題,但黃袍怪這種待遇並不是因為他天生高貴,而是自己修練得來,白骨精沒有這樣的待遇,也不是因為血統低賤,只是自身修練不足而已。這暗喻了明代的社會機制——考上進士就進入最高政治層面,脫離被統治階層,成為統治集團的一員。這不是階級固化,恰恰是打破血統固化、階級城堡的明確路徑。考試面前人人平等,考上進士就進入最高統治階層,考不上就不是。換句話說考上就是黃袍怪,考不上就是白骨精,無怪乎李春芳以及那麼多人如此拚命,甚至誕生了《儒林外史》中的那麼多故事。這或許是一種不夠成熟的社會機制,而且看來是那麼殘酷,但無論如何是那個時代的現實。

14　誰是作者 —— 李春芳 PK 吳承恩

我知道已經有人按捺不住了，李春芳！李春芳！你到底還要藐視我扎實的小學語文知識基礎多久？好吧，我們不妨就此良機，來稍微考證一下《西遊記》的作者。了解了作者的心路歷程，有助於理解他筆下這部鉅著的靈魂脈絡。

14.1　搞清楚作者很重要

文學上有一個理論：一個偉大的作家，他最偉大的作品必然是寫他自己的。因為偉大的作品必然是描寫人心的最深處，而真正的最深處，當然只有自己才看得見。

長期以來，在胡適、魯迅[9]等大師的引導下，我們總愛把孫悟空看作一個無所不能的英雄，更有那種孤身一人對抗整個封建統治的豪邁氣概，這正是人人都喜愛這位偶像的主要原因。底層受壓迫人民喜愛他自不待言，中上階層同樣喜愛，因為體制內的人同樣要受體制的壓迫。《水滸傳》的林沖就表現了一個體制內基層幹部為了保住安穩的公務員生存狀態，受到極大的壓迫而不敢反抗，最後忍無可忍才反上梁山。孫悟空似乎與他正好相反，稍有不快就大鬧天宮，痛快！這無疑在相當程度上滿足了不少人突破牢籠的幻想。

這是《西遊記》極具藝術價值的一個方面，但不能太片面地看待。

大家喜愛孫悟空這個形象，正是喜愛他身上充滿著藐視權貴、勇於爭鬥、奮發昂揚、艱苦奮鬥等多重優秀品質。應該說他確實勇於爭鬥，

也確實奮發昂揚、艱苦奮鬥,但如果說他藐視權貴就大錯特錯了。他不但不藐視,還很傾心,甚至可以說是一個官迷,而絕非「鬥士」。他一生的奮鬥都是為了實現當官這個目標,所以說他的經歷恰是作者李春芳一生打拚仕途的心路寫照。孫悟空的「仕途」其實也很坎坷,絕非稍有不快就大鬧天宮那麼痛快。孫悟空一生經歷和許多明朝官員相似,尤其是御馬監小英雄汪直和李春芳,所以就算《西遊記》不是李春芳親筆,也顯然是以他為主要原型。

表7 孫悟空經歷與官員仕途對比

孫悟空經歷	明朝官員仕途	李春芳仕途	汪直仕途
拜師學藝	寒窗苦讀	寒窗苦讀	服侍萬貴妃
升天爲仙	考取功名	考取功名	當禦馬監太監
反出天庭	官場爭鬥	官場爭鬥	後宮鬥爭
大鬧天宮	與政敵撕破臉	摻入「大禮議」漩渦	設立西廠
壓五行山	被排擠邊緣化	被排擠邊緣化	西廠一度被撤
皈依佛教	找到靠山	加入西苑私臣	邀寵成化帝
西天取經	東山再起	在西苑寫青詞	重開西廠
最終成佛	功成名就	成爲「青詞宰相」	立下軍功無數

14.2 到底誰說作者是吳承恩

那麼到底是誰說作者是吳承恩呢?其實《西遊記》自出版以來,作者就沒有明確,只是因為電視劇等一些偶然因素,「吳承恩」成了一個廣為流傳的非定論。

由於《西遊記》是在宋元話本的基礎上編撰而成的一本小說,所以作者問題與版本密切相關,需要明確的是:我們現在所謂《西遊記》,是指萬曆二十年(西元1592年)金陵世德堂出版的《新刻出像官板大字西遊

記》（以下稱「世本」），本書所分析的一切內涵層次也均指向該版本。

現存《西遊記》古本是1930年代，日本東京村口書店贈送給北京圖書館的三個印版，除世本外，另兩個版本分別是嘉靖年間出版的楊致和版《四遊記之西遊記傳》、隆慶年間出版的朱鼎臣版《唐三藏西遊釋厄傳》。這兩個版本其實都是評書話本，不是小說，出版時間比世本略早，顯然是世本的基礎素材。楊致和、朱鼎臣都是嘉靖年間著名說書藝人，可考，他們的版本也清楚標註他們為作者。

不過，此二版僅是對宋元以來民間流傳西遊故事的蒐集整理，離世本創作的一百回小說差距還很大。世本卻偏偏沒有標註作者，這個印版上只有三個出版資訊：出版商——金陵世德堂；校訂者——華陽洞天主人；作序——陳元之。金陵世德堂是當時南京的一家出版商，可考。陳元之則不見別傳，很多人認為也不一定是真名。陳元之序稱：「《西遊》一書不知其何人所為。」可見並非出版後失去了作者消息，而是出版當時就不知道，交稿的人就沒打算讓人知道作者是誰。不過也有一個重要線索——校訂者華陽洞天主人，這正是李春芳的別號。而我認為李春芳極有可能不僅是校訂，他就是作者，確切地說是最終定稿的編撰者。可能這是李春芳的一種自謙，表示《西遊記》的橋段取自民間話本，他只是編撰到一起並校訂清楚。也可能是李春芳成立了一個工作室，組織一批人共同蒐集、整理民間西遊故事，最終由他校訂編撰成書。

各種話本當然是世本的基礎，也是千百年來群眾智慧的結晶，但我們既然要深入到世本對官場、社會的剖析層面，就要看到小說對話本的飛躍。民間流傳的西遊故事大多是一些普通的幻想篇章，讓很多不痛快的人宣洩一下快感。但世本加上玉帝、老君、如來的複雜博弈和他們對孫悟空的培養、拉攏、利用，就融入到了龐大官場體系之中，甚至指向了明代諸多史實，性質就完全變了。這種質變就好比評話故事借歷史上

的玄奘法師為原型,演繹出了唐僧取經的故事,但不能說是對玄奘天竺取經史實的真實敘述。

既然《西遊記》本身不署作者姓名,那可以透過其他資料,考證是否有人寫過一本叫《西遊記》的書。

第一個被列為嫌疑人的是全真教第二代掌門長春真人丘處機的弟子李志常(有些研究錯認為是丘處機本人),他的佛、道造詣都很深,而且確實寫過一本《西遊記》,所以在清代一直被認為是作者[55]。不過後來人們找到他這本《西遊記》,結果是講述他師父丘處機在西域遊歷的見聞,不是唐僧取經這個《西遊記》。直到民國初年,新文化運動引領者胡適[4]才又考證到,據舊版《淮安府志》記載,淮安府(今江蘇北部)有一位小吏吳承恩,寫過一本《西遊記》。儘管只有一句話,這句話也沒有說明這本到底是不是我們所謂的《西遊記》。事實上,舊版《淮安府志》中的《西遊記》還真就是列入地理遊記大類,而非評話小說,似乎和李志常情況類似。更重要的是,《淮安府志》也只有明熹宗天啟六年(西元1626年)版有此一項,清文宗咸豐二年(西元1852年)重修時已將吳承恩著作列表中的「西遊記」一項刪除,所以咸豐以後的人就都沒注意到。胡適極其偶然地在舊版《淮安府志》上撿到這麼重要一個訊息,真是淨壇使者菩薩大功德護佑!不過既然新修府志刪除此條,那很可能就是對舊版的勘誤,然而這已經是排除李志常後,人們唯一能找到關於《西遊記》作者的隻言片語記載了。

後來陳獨秀、魯迅[9]等大師都附和了胡適,儘管如此,由於論據確實過於纖弱,學界和民間仍只能持姑妄聽之的態度。直到電視連續劇《西遊記》上映,在片頭打出「原著 吳承恩」字幕,作者吳承恩才深入人心[56]。近年來關於吳承恩的研究也越來越多,但疑點反而隨之越來越多。尤其是沈承慶先生[57]已經確切考證,吳承恩所著乃《西湖記》而非

《西遊記》，是他常去淮安西郊的西湖遊覽所寫的詩集，情況和李志常完全相同。

14.3　作者至少應該具備的條件

恰如我們不能冤枉一個瞎子偷看國防機密，我們也不能硬說一個文化素養不高的人寫出了《西遊記》這樣偉大的著作，那我們不妨看看，作為《西遊記》的作者，至少應該具備哪幾方面條件。

(1) 深厚的文化功底

明朝有非常完善的科舉制度，功名有生員（秀才）、舉人、進士三個主要層次。進士又分一、二、三甲，層次分明，對人的教育程度有著非常明確的標識作用。《西遊記》作者無疑是一甲進士水準，臨場發揮糟糕透頂了，有可能會掉到二甲，斷無掉到三甲的可能。而吳承恩先生呢？有點不好意思地說，他只在府試中考上了秀才，之後多次參加省級鄉試，皆未能考取舉人。據明制，如果考不上舉人，但辦學多年者亦可由地方政府「補歲貢生」，相當於認證舉人同等學力。吳承恩45歲才補貢生，走旁路取得一個考進士的資格，可惜多次會試依然名落孫山。直到53歲才又找到一個機會，入南京國子監為監生。直到60歲才由吏部謁選為長興（今屬浙江）縣丞（正八品縣長助理，濁流）。

也許有人是無心仕途，所以才華橫溢卻身無功名，但吳先生顯然不屬此列，他確實是考了很多次考不上啊，真的是水準有限。如果說《西遊記》是這樣一位低學歷人士所寫，就彷彿某天我突然宣布《自然》(Nature)上某些文章其實是我小學二年級《自然》課寒假作業，大師兄，這不科學！而反觀李春芳，狀元郎，這才具備寫出《西遊記》的基本功底嘛。

(2) 較高的宗教哲學素養

《西遊記》畢竟以仙佛神魔為外在形式，需要借用大量佛道修仙的術語來裝點門面，書中亦處處不乏作者故意為之炫耀自己道術佛學的細節。後世任何研究都無法表明吳承恩對佛道兩家有何造詣，他有一些傳世的詩文，均無宗教色彩。顯然，一位終日憂心考不上舉人的秀才，哪有閒情逸致去研究虛誕的佛道之說呢[58]？李春芳這位「青詞宰相」的道學水準自然極高，《西遊記》中可謂遍地都是青詞的痕跡，說是某些青詞宰相的詩集都有人信。

那我為何不懷疑作者是另幾位青詞宰相顧鼎臣、夏言、嚴嵩、郭樸、嚴訥、袁煒、徐階，而認準李春芳呢？因為，《西遊記》除了佛道，還有不少陽明心學的內涵。世本出版時，陽明先生王守仁過世不久，他的學派開枝散葉還不算很廣，真正徹悟心學的人不多，嚴嵩等人在心學上並無建樹，吳秀才就更連邊都沾不上了。而李春芳師從泰州學派創始人王艮，王艮被王陽明譽為「吾之顏回（孔子門下最優秀的弟子）」，可謂得陽明先生之大道。恐怕也唯有陽明先生徒孫一輩的翹楚，才有功力寫出這本唯心有物的《西遊記》吧！

(3) 熟悉深宮內院

陳元之在序言中稱：「《西遊》一書，不知其何人所為。或曰出今天潢何侯王之國；或曰出八公之徒；或曰出王自制。」意思就說作者是不願透露身分的王公大臣甚至皇帝本人，我想長興縣丞不是什麼不便透露的大人物吧？

故事從唐太宗的宮廷出發，一路上經過了許多國家，自然少不了對宮廷的描寫，事實上對天宮的描寫也是以明朝皇宮為原型的，顯見作者對深宮內院相當熟悉。古代資訊不發達，不常在宮裡行走的人不可能熟悉。其實就算是現代，普通人也沒有管道熟悉白宮橢圓形辦公室的裝修

細節。吳承恩一輩子不知道進過幾次知府的辦公室，要讓他憑空描繪出豐富的皇宮細節，就好比我現在突然畫出一幅克里姆林宮的空調風管分布圖，您能信嗎？這更印證了陳元之所說作者必是宰相級人物，而且和皇帝、太監們私交不錯，不僅外廷，還常在內宮行走。而那句「或曰出王自制」，似在暗示作者是皇帝本人。嘉靖帝善寫青詞，精通道法，萬曆帝是張居正的學生，精通儒法，都具有寫出《西遊記》的基本功。

(4) 俯瞰社會形態的宏偉境界

如果看懂《西遊記》的內涵而不僅僅停留在神魔打鬥的層次，每位讀者都會為如此宏大的官場敘事而感慨，作者俯瞰芸芸眾生的視角、解讀社會歷史形態的宏偉境界更是令人折服。這種境界即便在狀元、宰相中也屬鳳毛麟角，這必是一位歷遍官場悲歡，馭過疾風惡浪卻又慣看秋月春風的老水手。李春芳不但是狀元宰相，還是嘉靖四十一年（西元1562年）重修《永樂大典》的總校官，對歷史的研讀更超越眾生。而60歲才勉強撿了個八品縣丞的吳承恩，站在大明帝國的官階表前，仰望一下，脖子都會發痠。且不說他對高層的政治結構缺乏了解，更無從宏觀俯瞰社會形態，就算略有耳聞，以他的艱苦心態也不可能產生這樣的視角。《西遊記》中頻繁出現土地公這個基層神仙的角色，孫悟空甚至紅孩兒都可以把他們呼來喚去，這個角色恰好對應明朝的基層官吏。吳承恩長期當縣吏，老來混個八品縣丞，他不就是當了一輩子土地公嗎？如果說他寫了一部《西遊外傳》，以土地公公的視角，講怎麼應付天庭、孫悟空和妖怪的使喚，那還有點可能。

(5) 對李春芳一生仕途的深刻感悟

世本《西遊記》的一個重要內涵就是以孫悟空的奮鬥之路，寫照了李春芳的一生仕途，所以作者必然對李春芳的宦海沉浮有著深刻感悟，極有可能就是本人。一部真正優秀的小說，主角和作者一定是心意相通的，很多時候是作者利用主角來表達自己的心境。《西遊記》這麼偉大的作品，

孫悟空身上充滿了作者的自我表述，說是作者的自畫像一點也不誇張。當然，也可能是熟悉他、研究過他的人。其實從這個角度講，吳承恩反而又有點可能。因為據研究，吳承恩應該和李春芳認識，而且關係不錯，吳承恩自己沒當什麼官，但把李閣老寫進自己的小說也有可能。

不過更有可能的還是比李春芳略晚入閣的高拱、許國、王家屏、王錫爵這幾位，他們也與李春芳相熟。而且高拱退休後據說一直在寫書，他死後頗有一些關於晚明政治爭鬥而又未署真名的著作被疑為出自其手筆，不排除《西遊記》亦屬此列。許國、王家屏、王錫爵都為李春芳寫過墓誌銘或傳記，對其頗有研究，其中尤以王錫爵嫌疑最大。王錫爵小李春芳 23 歲，萬曆十二年（西元 1584 年）入閣，同年李春芳去世。李春芳曾任重修《永樂大典》總校官，年輕的王錫爵也在專案組，每天都跟李春芳研究學術，相當於跟著他做博士後。後來王錫爵撰寫了李春芳的傳記《太師李文定公春芳傳》，對他很有研究。

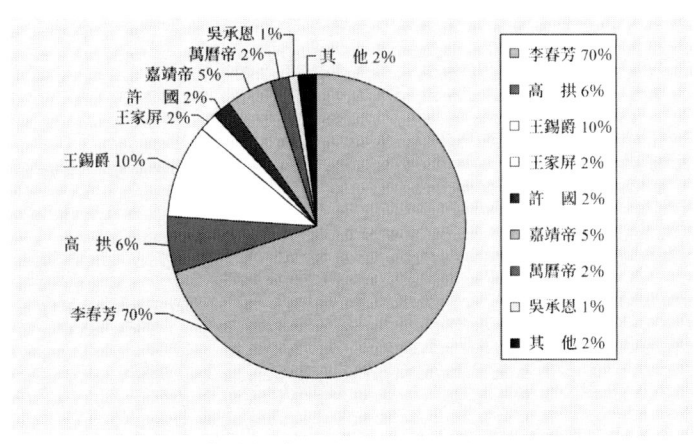

圖 6 《西遊記》作者真實身分的機率分布

整體而言，《西遊記》作者其實沒有鐵定如此的定論，恰如郭健[58]所說「只有李春芳最『像』」。在作者不願署名的情況下，我們只能綜合各「嫌疑人」，做一個機率分布，如圖 6 所示。

15 青詞宰相 —— 主角當然是作者的自畫像

在將李春芳確定為《西遊記》作者最大「嫌疑人」後，我們不妨來詳細了解一下李春芳其人，他是如何在《西遊記》的創作中巧妙融入自己的心路歷程和對官場社會的感悟。

15.1 李春芳何許人也

李春芳，字子實，號石麓，揚州興化人，生於明武宗正德五年（西元 1510 年），明世宗嘉靖二十六年（西元 1547 年）丁未科狀元，卒於明神宗萬曆十二年（西元 1584 年），享年 74 歲。《水滸傳》作者施耐庵也是興化人，吳承恩是淮安府山陽縣人。後世大多認為《西遊記》的前傳《封神演義》作者是應天府（南京）人士許仲琳，但也有觀點認為是興化人陸西星，均屬南直隸，江南果真是人文薈萃。李春芳一生大事如表 8 所示。

表 8 李春芳生平大事年表

年分	西元	歲數	重大事件（出任官職）	備註
正德五年	1510	0	出生	
嘉靖十年	1531	21	參加應天府鄉試，中舉人	
嘉靖十一年	1532	22	首次參加會試，不中	
嘉靖二十六年 1547 37	1547	37	第五次會試，狀元及第	煎熬了十四年
嘉靖二十六年 1547 37	1547	37	狀元直接授翰林修撰，從六品	以青詞受嘉靖帝青睞

15 青詞宰相──主角當然是作者的自畫像

年分	西元	歲數	重大事件（出任官職）	備註
嘉靖三十五年 1556 46	1556	46	翰林學士，正五品	翰林院最高職級
嘉靖三十六年 1557 47	1557	47	太常少卿，正四品	仍兼翰林學士，賜一品緋衣
嘉靖三十九年 1560 50	1560	50	禮部右侍郎，正三品	仍兼翰林學士
嘉靖四十年 1561 51	1561	51	禮部左侍郎，正三品	仍兼翰林學士
嘉靖四十一年 1562 52	1562	52	吏部左侍郎，正三品	仍兼翰林學士
嘉靖四十一年 1562 52	1562	52	出任重修《永樂大典》總校官、權相嚴嵩倒臺	仍兼翰林學士
嘉靖四十二年 1563 53	1563	53	禮部尚書，正二品	仍兼翰林學士
嘉靖四十四年 1565 55	1565	55	頒布《宗藩條例》	
嘉靖四十四年 1565 55	1565	55	太子太保（從一品加銜）、禮部尚書、武英殿大學士	入閣為宰相
隆慶元年 1567 57	1567	57	少傅兼太子太師、吏部尚書、建極殿大學士	內閣次相
隆慶二年 1568 58	1568	58	少師兼太子太師、吏部尚書、中極殿大學士	首席輔政大學士（內閣首相）
隆慶五年 1571 61	1571	61	退休	七次請辭才批准
萬曆十二年 1584 74	1584	74	卒，贈太師，諡文定	
萬曆十三年 1585	1585		《李文定公貽安堂集》出版	次子李茂材主編
萬曆二十年 1592	1592		世德堂本《西游記》出版	署「華陽洞天主人　校」

唐宋以來官制實施職、差分離，一個官員的級別待遇和實際差遣並

193

不掛鉤，一般同時有職銜、本官、差遣三類職務。職銜表徵級別，本官代表占用的編制，差遣才是實際職位。這套官制將虛銜級別和實際差遣分離，不相互限制，比較靈活。比如孫悟空，虛銜是齊天大聖，但並無實掌，而差遣可以是御馬監正堂管事，也可以是主管蟠桃園。明朝宰相慣例以尚書或都御史為本官，加從一品或正二品虛銜，差遣則是某某大學士入直文淵閣。李春芳最終的成就是「光祿大夫柱國少師兼太子太師吏部尚書中極殿大學士」，我們不妨就以他為例來說明。

（1）光祿大夫：從一品階官。階官是根據年限自然晉升的品階，作為官員俸祿、待遇的主要依據，又稱「寄祿官」。唐宋官制最重階官，讓士人有一個自然晉升的機制，避免他們為了升官去阿附權貴或相互傾軋。明代階官最高是正一品特進光祿大夫，李春芳差一點到頂。

（2）柱國：從一品勳官。勳官用於記錄一個人累積的功勳，相當於勳章，只是標上品級更直接明瞭。明代勳官最高是正一品左柱國，李春芳又差一點到頂。

（3）少師兼太子太師：從一品加銜。明朝的榮譽加銜有十二：正一品太師、太傅、太保，稱三公或三師；從一品少師、少傅、少保，稱三孤；從一品太子太師、太子太傅、太子太保，稱太子三師；正二品太子少師、太子少傅、太子少保，稱太子三孤。《明史》稱整個明朝文官只有開國丞相李善長、徐達、常遇春分別授太師、太傅、太保（但事實上這三位是開國元勳，並非文官），實施內閣制後只有張居正授太傅並晉升太師，其餘再無得授三公之例，李春芳當到少師也算是正常人的官居極品了。

（4）吏部尚書：本官，不是差遣，表示占用了吏部尚書這個編制，但如果不加「管吏部事」，就無權真正執掌吏部。明代宰相普遍以尚書或都御史為本官，但正常情況下不兼管部事，這是明制非常容易誤導人的一個小 bug。

(5)中極殿大學士：首相實職。明朝宰相正式說法是「入直文淵閣」，即在文淵閣處理奏章詔旨，閣員加掛內閣大學士頭銜，並有四殿二閣的次序：華蓋殿、謹身殿、文華殿、武英殿、文淵閣、東閣。其中，華蓋殿大學士即為首相，謹身殿大學士即為次相。若此二銜空缺，則排名相對最靠前者即為事實上的首相。嘉靖三十六年（西元1557年）火災，奉天、華蓋、謹身三大殿被燒毀，重建後更名為皇極、中極、建極三大殿，對應學士銜也因之更名。大奸臣嚴嵩是更名前最後一位華蓋殿大學士，李春芳則是更名後第一位中極殿大學士。當然，這兩個銜名並無實質區別。

根據明制，進士登科後到各部委觀政，實習期滿外放任職。一甲進士（成績最高的三人，亦稱「三鼎甲」）待遇特殊，狀元直接授從六品翰林修撰，榜眼、探花授正七品翰林編修。另外，二、三甲進士半年實習期滿後若發表了足夠論文，也有資格再參加一個「館選考試」，考選十餘名優秀者為庶吉士，在翰林院以學士、尚書為導師，帶薪學習三年後「散館考試」合格者亦可留為翰林編修或翰林檢討（從七品），是現代博士後制度的萌芽。明朝形成了「非進士不得入翰林，非翰林不得入內閣」的規矩，所以翰林官被稱作「儲相」，進了翰林院就是坐上宰相直通車。明朝163名內閣大學士中，41名是一甲進士，87名是庶吉士，加起來占了近八成[51]。再加上李春芳擅長青詞，「大被帝眷」，所以儘管起步略晚，37歲（唐僧踏上取經路的年齡）才中進士，但走得快，用了14年（唐僧取經的年數）位列公卿，再5年登閣拜相，再4年首相。

作為一個政治家，李春芳算不上突出。他前幾任首相是楊廷和、張璁、夏言、嚴嵩、徐階，後面是高拱、張居正，都在歷史上聲名顯赫，他夾在中間算名氣最小的一個。文學上，李春芳更獨特。隋唐以來是文官政治，文人和文官沒有明確界線，極少有專職作家，一般都是文官的

業餘愛好。但王家屏為李春芳所寫傳記卻稱:「公生平慎默不洩,草亦隨焚。居常閉閣而思,仰屋而嘆,深沉蘊藉,即諸子有不得與知者。」(先生生平謹慎沉默不洩漏思想,打完草稿也隨即燒掉。在家常閉門思考,對著屋頂感嘆,內涵深沉,即便兒子們也不知道在做什麼。)這其實有可能是在用功撰寫《西遊記》。李春芳生前沒有任何公開發表的著作,這在唐宋明高官中恐怕是獨一份。他的詩集《貽安堂集》其實是他死後,兒子李茂材整理他的遺物出版[59],嚴格說並未取得他本人同意,《西遊記》更是在他死後八年才出版。作為一位狀元宰相,這一點的確很另類。

　　需要說明的是,明代有不少叫李春芳的人,僅進士就有五位,三位與小說界有密切關係。尤其明末有一部影響很大的小說《海剛峰先生居官公案傳》,俗稱「海公案」,講大清官海瑞的故事。其實本書接下來會講到,海瑞也是孫悟空的一個重要原型,可惜海公案的作者李春芳是一位山西人,並非我們所說這位。還有一部《岳武穆精忠傳》,是岳飛故事的集大成,卷首明確署名「中極殿大學士李春芳撰」,但現已考證系偽託。可以確信,李春芳生前確實沒有發表過任何文學著作[60]。

　　不過從現代觀點來看,李春芳某方面的政績可能被忽略了,他長期擔任翰林學士、禮部尚書、分管禮部的內閣大學士等職,在文化建設方面可謂成效卓著,甚至彪炳史冊。現代很多研究就算不認可他是《西遊記》作者,也認為他在明代小說史上占據重要地位。當時江南密集出現了施耐庵、李春芳、許仲琳、陸西星(或許還可以算上吳承恩)等多位小說界大廠,其實並非偶然,而是李相一直重視江南文化建設取得的碩果。這些小說家大多得到過李春芳的專案資助,16世紀的李春芳就在運用一些現代科學研究專案的方式進行文化建設。當然,他的專案也有一些不太成功,比如被譽為明代三大才子之一的徐渭(徐文長),就曾進入李春芳的「一人計畫」,並獲得傑出青年基金專案,但最終沒有什麼特別

出色的成果，倒是混成了奸臣胡宗憲的筆桿子。

儘管李春芳在歷史上的名聲遠不如前後幾任宰相，更不如同時代的海瑞、戚繼光這些明星，但他或許是一位人生贏家。因為這些人大多深陷明末政治爭鬥的漩渦，下場普遍不好。李春芳呢？一路混到首相，位極人臣，卻又急流勇退。朝廷否決了他六次退休請示，第七次沒辦法，准了，61歲退休，回家安享13年退休生活。最大的奇蹟是他退休時，父母居然雙雙健在！須知當時人類壽命遠不如現代，60歲已經是高壽，61歲父母均健在完全是奇蹟。子欲孝而親不待是人生一大悲劇，一旦貨與帝王家，多半就只能獻身於宮廷，哪裡還有機會再抽身奉養父母？李春芳退休回家，奉養父母十餘年，數年後自己也過世，「鄉里豔之。」普通百姓都豔羨，嚴嵩、高拱、張居正泉下有知，更是會嫉妒得死去活來。連奎木狼都要嫉妒。

15.2 狀元宰相、青詞宰相、閹黨宰相

李春芳有兩個別號。一是狀元宰相，有明276年88位狀元郎，其中17位官至內閣大學士，約1/5的比例，李春芳也是這個光榮隊伍中的一員。但另一個就是貶義了：青詞宰相。嘉靖帝崇通道術，尤好青詞。青詞是道教齋醮時上奏天帝所用的表章，用硃筆寫在青藤紙上，體裁為駢儷體，需帶有強烈而華麗的道教色彩，還要巧妙地拍皇帝馬屁，比如最著名的就是袁煒這首：

洛水玄龜初獻瑞，陰數九，陽數九，九九八十一數，數通乎道，道合元始天尊，一誠有感。

岐山丹鳳雙呈祥，雄鳴六，雌鳴六，六六三十六聲，聲聞於天，天生嘉靖皇帝，萬壽無疆。

圖 7 狀元宰相李春芳

　　有些文官投其所好，也寫青詞邀寵，但此等行徑為文人所不齒，至少有張璁、夏言、顧鼎臣、嚴嵩、徐階、李春芳、郭樸、嚴訥、袁煒等9人被蔑稱為「青詞宰相」。進了這個行列還要和明代最大的奸臣嚴嵩為伍，恥辱啊！宋明以來，文官都是儒家士子出身，講究以才華和正直取得大家（主要指文官）的認可而晉身，趨炎附勢就會被人所蔑視。這幾位公然阿附皇帝，當然就會受到大多數文官鄙視，所以給了這麼諷刺的一個名號。

　　不過還有一種更令人不齒的稱號 ── 閹黨宰相。意即投靠閹人，這比投靠皇帝更令人不齒。請注意，閹黨是指一群投靠太監的文官，而不是閹人太監本身。明朝的閹黨行情有兩波高潮，一是正德朝的劉瑾閹

黨，二是天啟朝的魏忠賢閹黨，分別在嘉靖朝前後不久。閹賊臭不可聞，只要跟他們稍微沾一點邊，甚至只要在大家一起表達對閹賊極度厭惡時，你表達得不那麼起勁，就會被其他文官蔑稱為閹黨。有些宰相做了一些協調文官和閹黨關係的工作，或者在跟閹黨的爭鬥中相對溫和，就會被激進派蔑稱為閹黨。這個稱號指向並不特別明確，但越不明確越可怕，你有點傾向我就可以這麼指你啊！像李春芳這種對待太監非常友善的宰相，其實是符合這個特徵的，所幸嘉靖朝是閹賊勢力的谷底，若早五十年或者晚五十年，妥妥是閹黨宰相。

綜合李春芳的幾個別稱來看，他在官場上可謂左右逢源，其實這也是孫悟空的特點。

15.3 官場上左右逢源的孫悟空

李春芳能在如此險惡的權力大爭鬥時代善始善終，可見其油滑於官場的能力，這種感悟可不是長興縣丞能具有的。孫悟空，其實正是這樣一種展現。

(1)狀元郎融入文官主流

孫悟空自己修練成仙，本領高強，這可以為眾多道家神仙接受。《西遊記》第五回寫他初授齊天大聖虛銜，尚未領受蟠桃園實職時，「只知日食三餐，夜眠一榻，無事牽縈，自由自在。閒時節會友遊宮，交朋結義。見三清，稱個『老』字；逢四帝，道個『陛下』。與那九曜星、五方將、二十八宿、四大天王、十二元辰、五方五老、普天星相、河漢群神，俱只以弟兄相待，彼此稱呼。」孫悟空在太上老君面前很隨便，跟很多道家大老沒大沒小，這當然不是他們怕他，確實是關係融洽。《明史》稱「春芳恭慎，不以勢凌人。」又稱高拱、張居正「倨見九卿」（傲慢

地接見尚書等九卿),而徐階、李春芳「折節禮士」,形成鮮明對比。李春芳自登科到出為太常少卿,在翰林院待了十年。翰林院相當於中央政策研究室,層次很高,但工作相對務虛,並不繁忙,很利於結交。

(2) 深得皇帝青睞

玉帝很不喜歡主動提出某個動議,總是仙卿提出動議(票擬),他「依卿所奏」(批紅),唯獨讓孫悟空主管蟠桃園是他主動提出並直接任命(特簡)。李春芳深受嘉靖帝寵信,「大被帝眷」。《明史》稱「凡遷除皆出特旨。春芳自學士至柄政,凡六遷,未嘗一由廷推。」意即春芳從翰林學士到入閣為相,六次升遷都是用特旨,無一次由廷推。明代文官晉升的正當程序是相關文官開會推舉,人選報給皇帝象徵性批准,稱會推、廷推,偶爾也有皇帝直接任命的,稱特簡、特旨。但特旨很容易被文官封還,既沒用又丟臉,所以很罕見。而嘉靖帝對李春芳這樣大用特旨,這不是恩寵,完全是玉帝和悟空那樣的哥兒們哪!

(3) 與私臣關係密切

孫悟空最終投靠了佛家,由此路成佛,好比李春芳最終投向了嘉靖帝的私臣集團。當然,這層關係不太好意思大肆宣揚,正史亦無詳載。朝廷那邊文官是強勢主流,但擠進西苑的那幾個文官在私臣集團中卻是非主流人。然而,你既然選擇了進這個圈子,「聰明」的文官就必須放下儒家士子的尊嚴,傾心巴結太監、宮妃、錦衣衛才行。不過恰如須菩提嚴禁孫悟空透露師承,太監們也不會公開和李春芳的關係,您更無可能從正史上查到太監們幕後幫助李春芳上位的證據。

(4) 能協調武將、番邦的關係

取經路上,孫悟空多次藉助天庭神將來降妖。諸如讓二十八宿召回奎木狼(黃袍怪)、請昴日星官降伏蠍子精、請哪吒用皂雕旗「裝天」。被

黃眉老祖的金鐃裝了，亢金龍甚至捨得讓他在角上鑽個洞救他出來。獨角兕大王的金剛鐲見寶貝就收，可是神仙們就能為了幫他，前仆後繼地送寶，可見他和武將們的關係不是一般的好。明朝文武分途，武官亦屬濁流，一般攀不上清流，但李狀元就能和他們也打成一片。

　　李春芳最大的政績恐怕就屬羈縻俺答汗一事。嘉靖年間，察哈爾部衰落，土默特部開始稱霸蒙古右翼，一度兵臨北京城下耀示武力，摩擦不斷數十年，嚴嵩、徐階為首輔時始終不能解決。李春芳為首輔後提出羈縻，終於在隆慶四年（西元1570年）談成。朝廷封俺答汗為順義王，承認其為蒙古右翼領袖，土默特部則向朝廷進貢並開放貿易。千萬不要認為這個羈縻多容易，這其中利益關係很複雜。蒙古人不斷襲擾邊境，可以劫掠物資。武將們與之作戰，就有機會不斷立功，而且使朝廷愈發依賴武將。所以邊將既不願和談，更不願一戰滅之。嚴嵩、徐階並非不知利害，只是不敢或不願和武將這個利益集團撕破臉。李春芳憑與武將的良好關係，私下做了不知多少工作，才促使他們同意羈縻。

　　說到此，不禁聯想到明末，以李成梁、袁崇煥等等為首的遼東將門集團與建州女真部的天命汗（清太祖努爾哈赤）、天聰汗（清太宗愛新覺羅·皇太極）也形成了類似局勢[45]。但世間再無李春芳，只能任由邊將肆意出賣國家利益，養虎為患，最終亡國亡天下。

(5) 深諳為妖之道

　　花果山當那麼多年山大王可不是白鍛鍊的，使孫悟空深諳為妖之道。孫悟空經常變成飛蟲甚至小妖潛入妖怪洞府，輕車熟路。關鍵時刻，孫悟空還能急妖怪之所急，想妖怪之所想。白骨精第一次變作俊俏女孩兒來騙唐僧，孫悟空便笑道：「師父，你那裡認得！老孫在水簾洞裡做妖魔時，若想人肉吃，便是這等：或變金銀，或變莊臺，或變醉人，或變女色。有那等痴心的，愛上我，我就迷他到洞裡，儘意隨心，或蒸

或煮受用；吃不了，還要晒乾了防天陰哩！師父，我若來遲，你定入他套子，遭他毒手！」真是知彼知己百戰不殆呀！

《韓非子‧顯學篇》曰：「明主之吏，宰相必起於州部，猛將必發於卒伍。」論高官須有基層工作經驗。但韓非子畢竟是古老的經驗，唐宋以來這種觀念有所轉變，認為宰相應綜合學者和基層兩方面素養。明朝的內閣制似乎走到了另一極端，宰相八成是三鼎甲、庶吉士出身，登科後直接入翰林，翰林院供職幾年直接出為部、院長官，而後為侍郎、尚書，直至入閣，普遍缺乏基層經歷[51]。李春芳本也是這種情況，但他以37歲近不惑之年才中進士，早已熟悉了基層的人情世故，所以經常展現出明朝高官普遍不具備的靈活性。

(6) 和龍族關係融洽

《西遊記》中有一個隱藏的社會階層——龍族，暗喻明代商人。商人在古代地位微妙，他們掌握著實際上最強大的一項資源——錢，但政治地位始終被壓制。正史沒有詳述李春芳和這個階層的關係，但有一個重大歷史事件我相信不是巧合——隆慶開海。

大明自永樂、宣德朝鄭和下西洋以來，建立了牢固的全球海上霸主地位。但嘉靖以來海盜猖獗，朝廷一度實施海禁[61]，使旺盛的生產力突然失去海外傾銷地，異常不滿。隆慶元年（西元1567年），朝廷下詔解除海禁，史稱「隆慶開海」。一時間中國人的貨輪遍布四海，很快占據了全球2/3的國際貿易份額。當時正值美洲、日本兩個大銀礦開發之際，白銀潮水般湧入，使中國從一個貴金屬匱乏國突然變成最大的金主。德國經濟學家貢德‧弗蘭克（Andre Gunder Frank）[62]不禁驚呼中國是一臺巨大的「銀泵」！

隆慶、萬曆年間是中國商人最幸福的一個時代，關鍵是海商賺了大錢，李春芳內閣卻並未大幅提高關稅！十年後張居正內閣使國庫收入陡

然翻了一倍，這錢從哪裡來？還不是商人腰包裡掏出來的。這一對比，商人們就更加懷念李相了啊！所以，無需史書詳載，我們完全可以想見商人階層對李相的由衷熱愛。所以，孫悟空對龍王表面上很不尊重，但龍族卻始終傾力相助，甚至到了隨叫隨到的地步。真的不要認為是怕了他，這個階層不是靠嚇，而是靠利益驅動，這麼簡單的原理，學了國中政治都能懂，千萬不要認為李春芳不懂。

(7) 心懷人民的好宰相

李春芳在歷史上美譽度不高，主要是因為他不太符合儒家的審美觀，缺了點硬氣和骨氣，有鄉愿之嫌。《明史 李春芳傳》評價「其才力不及也，而廉潔過之。」徐階為首相時他為次相，合作非常愉快。但徐階退休後他補為首相，他手下的少壯派宰相張居正、趙貞吉、高拱每天對他驕橫跋扈。尤其是張居正「恃才凌物，視春芳蔑如也。」首相大人也只能「嘆曰：『徐公尚爾，我安能久？容旦夕乞身耳。』」（徐階大人尚且壓不住張居正，我在這個位置上還能長久？容我過兩天就退休吧！）誰知張居正竟然答道：「如此，庶保令名。」（你這樣自覺，還能保個好名聲）「春芳愕然。」高拱入閣後更是多次發生正面衝突，李春芳「度拱輩終不容己」，連上五道奏疏堅決請辭，隆慶帝無奈批准。

這確實與歷史上的忠臣直士形象相去甚遠，連李春芳自己都忍不住要問：「我好歹是一介首輔，難道在歷史上就這樣一個糯米老頭兒形象？」張廷玉（《明史》總編）果斷回答：「是，首相！」但客觀地說，李春芳在心懷人民方面其實還算不錯。隆慶元年（西元1567年）春，隆慶帝下詔建翔鳳樓，剛剛入閣的武英殿大學士李春芳立即上奏勸阻：「上新即位，而遽興土木，可乎？」他也因此受到群臣稱讚，被廷推為建極殿大學士（次相）。而他革除皇店、皇莊，甚至巧派海瑞剷除前任首相徐階在民間霸占的田產，深得人民稱頌。《西遊記》中的凡人暗喻了普通

人民這個階層，孫悟空一路上也遇到很多凡人求助，他還是很熱心地予以幫助，比如鳳仙郡求雨、金平府免燈油、扇滅火焰山等。做這些事其實會觸犯某些神仙在凡間的利益，他既注重策略，也不畏權貴。總之，李春芳並不是一個純粹的鄉愿，更不是有些人所說的軟骨頭，儘管沒有岳飛、于謙這樣驚天動地的浩然正氣，但他的心裡還是有人民，有正義的。

總之，李春芳在嘉靖朝這個皇帝和文官嚴重對抗的撕裂時代，是一個奇葩，是那個爭鬥漩渦中的一根定海神針。皇帝、文官、太監甚至人民都對李相能協調好各方關係寄以厚望，生怕哪天他不在了，幾大派別就會撕破臉鬥起來。難怪他要辭職時，連急著接首相位置的高拱（其實還有張居正）都有點捨不得。

歷數李春芳前後歷任首相：

楊廷和：跟年輕的嘉靖帝鬥「大禮議」，下臺，兒子楊慎被流放。

張璁：被罵成明代最大的奸臣。

夏言：被嚴嵩搞死，絕後。

嚴嵩：被徐階搞垮，被罵成明代第一貪，兒子被殺，絕後。

徐階：被彈劾免官，財產被收繳，兒子充軍。

李春芳：平安著陸，回家奉養父母十餘年，駕鶴西去，鄉里豔之。

高拱：被張居正鬥倒，若非王大臣翻案，差點也被弄死。

張居正：最慘！死後還差點被開棺戮屍，兒子自殺的自殺，充軍的充軍。

唯獨李春芳，善始善終。這在弘治朝或許只能算平庸，但在大撕裂、大爭鬥的嘉隆萬三朝就堪稱大贏家了呀！

參考文獻

[1] [明] 吳承恩. 西遊記 [M]. 北京：人民文學出版社，1980.

[2] [明] 吳承恩. 西遊記 [M]. 長春：吉林文史出版社，1995.

[3] [清] 陳士斌. 西遊真詮 [M]. 北京：中國人民大學出版社，1992.

[4] [民] 胡適. 《西遊記》考證 [M]. 長春：吉林文史出版社，1995.

[5] 吳承明. 秦以後的中國是有中國特色的封建社會 [J]. 史學月刊，2008(3)：13-14.

[6] [晉] 葛洪. 抱朴子 [M]. 上海：上海書店，1986.

[7] 徐弢，李思凡. 《抱朴子》的心身觀念及其科學文化功能 -- 兼論其與《神學大全》的思想分際 [J]. 社會科學研究，2006(2)：18-22.

[8] 黃如一. 冰火大明 [M]. 桂林：灕江出版社，2017.

[9] 陳澈. 魯迅與胡適《西遊記》研究比較 [J]. 北方論叢，1991(2)：76-82.

[10] 吳閒雲. 煮酒探西遊 [M]. 長沙：湖南人民出版社，2009.

[11] 劉乃達. 西遊原來是禁書：回到明朝看西遊 [M]. 北京：中國商業出版社，2012.

[12] 穆鴻逸. 妖眼看西遊 [M]. 北京：新星出版社，2009.

[13] 英熊北遊. 天庭內幕 [M]. 北京：中國青年出版社，2008.

[14] 詹石窗. 詹石窗正說西遊：西遊記解密 [M]. 瀋陽：遼寧教育出版社，2012.

[15] 六鈴使者. 揭祕取經門：《西遊記》你讀懂了嗎？[M]. 長沙：嶽麓書社，2010.

[16] 崔岱遠．看罷西遊不成精 [M]．北京：東方出版社，2007．

[17] 葉之秋．勘破西遊：八十一難皆是局 [M]．北京：中國發展出版社，2016．

[18] 陳肯．西遊真解——仙人養成計劃 [M]．上海：上海辭書出版社，2012．

[19] 楚陽冬．齊天傳 [M]．北京：中國華僑出版社，2012．

[20] [漢] 司馬遷 等．點校本二十四史 [M]．北京：中華書局，1978．

[21] [唐] 玄奘，辯機．大唐西域記 [M]．南京：鳳凰出版社，2013．

[22] 鄧忠．略論孔茲《般若波羅蜜多心經》英譯本——兼與玄奘《心經》漢譯本比較 [J]．譯苑新譚，2009(1)：396-404．

[23] [明] 沈德符．萬曆野獲編 [M]．上海：上海古籍出版社，2012．

[24] 方志遠．明代的御馬監 [J]．中國史研究，1997(2)：140-148．

[25] [宋] 司馬光．資治通鑑 [M]．北京：中華書局，1956．

[26] [清] 趙翼．廿二史札記 [M]．南京：鳳凰出版社，2008．

[27] 李涵．明代廠衛是如何誕生的 [J]．現代閱讀，2015(4)：18-19．

[28] 丁易．明代特務政治 [M]．北京：群眾出版社，1949．

[29] 韓大成．明代的官店與皇店 [J]．故宮博物院院刊，1985(4)：30-35．

[30] 黃如一．煮酒話太宗 [M]．太原：山西人民出版社，2012．

[31] 王迪．明代成化時期政局研究——以閣臣、司禮太監、后妃為中心 [D]．天津：南開大學，2011．

[32] [英] 崔瑞德 等．劍橋中國史系列 [M]．北京：中國社會科學出版社，1992．

[33] 孫國棟．唐宋史論叢：唐宋之際社會門第之消融 [M]．上海：上海古籍

出版社，2010.

[34] 嶽天雷. 張居正密謀「王大臣案」的確證 [J]. 哈爾濱師範大學社會科學學報，2011(5)：110-117.

[35] [美] 包弼德. 唐宋轉型的反思——以思想的變化為主 [J]. 中國學術，2000(3)：63-87.

[36] 張顯清. 明嘉靖「大禮議」的起因、性質和後果 [J]. 史學集刊，1988(4)：7-15.

[37] 孟廣軍. 從嘉靖朝大禮議等事看閣權對皇權的制約 [J]. 北方論叢，1995(3)：91-93.

[38] [唐] 李靖. 唐太宗李衛公問對 [M]. 西安：三秦出版社，1999.

[39] [唐] 吳兢. 貞觀政要 [M]. 合肥：黃山書社，2002.

[40] 胡倩. 試論貞觀後期唐太宗的執政變化——以魏徵《不克終十疏注》為視角 [J]. 湖南科技學院學報，2012，33(3)：78-80.

[41] 宋佳. 明代內閣、司禮監與皇權之間的關係 [J]. 黑龍江史志，2011(15)：13-14.

[42] 宋靜. 從祕書角度看明代的宦官集團 [J]. 祕書，2003(3)：11-11.

[43] 翁連溪. 明代司禮監刻書處——經廠 [J]. 紫禁城，1992(3)：23-24+44.

[44] [明] 陳洪謨. 治世餘聞 [M]. 北京：商務印書館，1937.

[45] [明] 計六奇. 明季北略 [M]. 北京：中華書局，1984.

[46] [美] 黃仁宇. 萬曆十五年 [M]. 北京：中華書局，2007.

[47] [明] 楊士奇 等. 大明太宗文皇帝實錄 [EB/OL]. http：//www.docin.com/p-121106830.html.

[48] [明] 羅貫中 等. 四大名著 名家點評 [M]. 北京：中華書局，2016.

[49] 吳晗. 明代的錦衣衛和東西廠 [M]. 北京：中華書局，1979.

[50] 當年明月. 明朝那些事兒 [M]. 北京：北京聯合出版有限公司，2017.

[51] 譚天星. 明代內閣政治 [M]. 北京：中國社會科學出版社，1996.

[52] 楊順波，周倫. 《宗藩條例》小議 [J]. 保山學院學報，2004，23(6)：24-27.

[53] [法] 勒內·格魯塞. 草原帝國 [M]. 北京：商務印書館，2007.

[54] 何忠禮. 二十世紀的中國科舉制度史研究 [J]. 歷史研究，2000(6)：142-155.

[55] 竺洪波. 四百年《西遊記》學術史 [M]. 上海：復旦大學出版社，2006.

[56] 梅新林. 20世紀《西遊記》研究 [M]. 北京：文化藝術出版社，2008.

[57] 沈承慶. 話說吳承恩——《西遊記》作者問題揭祕 [M]. 北京：北京圖書館出版社，2000.

[58] 郭健. 道教內丹學與《西遊記》作者研究 [J]. 求索，2006(6)：223-226.

[59] [明] 李春芳. 李文定公貽安堂集 [M]. 濟南：齊魯書社，1997.

[60] 黃俶成. 明代小說史上的三個李春芳 [J]. 明清小說研究，1990(z1)：139-151.

[61] [美] 黃仁宇. 放寬歷史的視界 [M]. 北京：中華書局，2001.

[62] [德] 岡德·弗蘭克. 白銀資本：重視經濟全球化的東方 [M]. 北京：中央編譯出版社，2008.

[63] [英] 加文·孟席斯. 1421：中國發現世界 [M]. 北京：京華出版社，2005.

[64] [美] 何炳棣，巫仁恕. 揚州鹽商：十八世紀中國商業資本的研究 [J].

中國社會經濟史研究，1999(2)：59-76.

[65] [法] 朗索瓦·德勃雷. 海外華人 [M]. 北京：新華出版社，1982.

[66] 錢穆. 中國歷代政治得失 [M]. 北京：生活·讀書·新知三聯書店，2001.

[67] 陳昆. 寶鈔崩壞？白銀需求與海外白銀流入 —— 對明代白銀貨幣化的考察 [J]. 南京審計學院學報，2011，08(2)：26-34.

[68] 朱輝. 張居正與九頭鳥 [J]. 政府法制，2011(5)：23-23.

[69] 田澍. 腐敗與弊政：張居正施政的另一面 [J]. 西北師範大學學報（社會科學版），2001，38(6)：43-47.

[70] 韋慶遠. 張居正和明代中後期政局 [M]. 廣州：廣東高等教育出版社，1999.

[71] 郭培貴. 明代科舉的發展特徵與啟示 [J]. 清華大學學報（哲學社會科學版），2006(6)：77-84.

[72] [明] 許仲琳. 封神演義 [M]. 北京：中華書局，2013.

[73] 王敏. 明代翰林院研究 [D]. 長春：東北師範大學，2011.

[74] 吳琦，唐金英. 明代翰林院的政治功能 [J]. 華中師範大學學報（人文社會科學版），2006，45(1)：96-101.

[75] 嶽天雷. 由學侶到政敵 —— 論高拱與張居正的關係 [J]. 廣東第二師範學院學報，2011，31(4)：93-104.

[76] 樊樹志. 張居正與馮保 —— 歷史的另一面 [J]. 復旦學報（社會科學版），1999(1)：80-87.

[77] 王培宇. 科舉制度史上的作弊防範及其當代啟示 [J]. 教育與考試，2010(1)：41-45.

[78] 何宗美. 張居正改革對晚明黨爭及文人結社的影響 [J]. 社會科學輯刊，2003(4)：93-97.

[79] 郭培貴. 二十世紀以來明代科舉研究述評 [J]. 中國文化研究，2007(3)：156-168.

[80] 郭培貴. 明代科舉各級考試的規模及其錄取率 [J]. 史學月刊，2006(12)：24-31.

[81] [美] 何炳棣. 中華帝國成功的階梯：社會流動面面觀 [M]. 紐約：哥倫比亞大學出版社，1962.

解碼西遊──紫禁城裡的西遊世界：

明朝祕辛！歷史現實與政治隱喻，大明首相李春芳筆下的隱喻與歷史解讀

作　　　者：黃如一	國家圖書館出版品預行編目資料
發 行 人：黃振庭	
出 版 者：崧燁文化事業有限公司	解碼西遊──紫禁城裡的西遊世界：明朝祕辛！歷史現實與政治隱喻，大明首相李春芳筆下的隱喻與歷史解讀 / 黃如一 著 . -- 第一版 . -- 臺北市：崧燁文化事業有限公司，2024.08
發 行 者：崧燁文化事業有限公司	
E - m a i l：sonbookservice@gmail.com	
粉 絲 頁：https://www.facebook.com/sonbookss/	面；　公分
網　　　址：https://sonbook.net/	POD 版
地　　　址：台北市中正區重慶南路一段 61 號 8 樓	ISBN 978-626-394-639-2(平裝)
8F., No.61, Sec. 1, Chongqing S. Rd., Zhongzheng Dist., Taipei City 100, Taiwan	1.CST: 西遊記 2.CST: 研究考訂
	857.47　113011106

電　　　話：(02)2370-3310
傳　　　真：(02)2388-1990
印　　　刷：京峯數位服務有限公司
律師顧問：廣華律師事務所 張珮琦律師

-版權聲明

本書版權為淞博數字科技所有授權崧燁文化事業有限公司獨家發行電子書及紙本書。若有其他相關權利及授權需求請與本公司聯繫。發行，不可複製，未經書面許可，不得複製、發行。

定　　　價：299 元
發行日期：2024 年 08 月第一版
◎本書以 POD 印製
Design Assets from Freepik.com

電子書購買

爽讀 APP　　　臉書